姊姊

暖淚系
青春愛情天后
晨羽

「妳知道全世界最寂寞的景色在哪裡嗎？」
當我再也找不到你的時候，
眼淚才告訴我答案。

出・版・緣・起

三百六十度全媒體出版

城邦原創創辦人　何飛鵬

當數位變革浪潮風起雲湧之際，做爲一個紙本出版人，我就開始預想會不會有數位原生內容出版社出現？如果會的話，數位原生出版會以什麼樣貌出現？而我又將如何面對這種數位原生出版行爲？

就在這個時候，我看到了大陸的起點網，這個線上創作平台，聚集了無數的寫手，形成數量龐大的創作內容，無數的素人作家在此找到了夢許之地，也成就了一個創作與閱讀的交流平台，而手機付費閱讀的習慣養成，更讓起點網成爲全世界獨一無二、有生意模式的創作閱讀平台。

基於這樣的想像，我們決定在繁體中文世界打造另一個線上創作平台，這就是POPO原創網誕生的背景。

做爲一個後進者，再加上我們源自紙本出版工作者，因此我們在POPO上增加了許多的新功能，除了必備的創作機制之外，專業編輯的協助必不可少，因此我們保留了實體出版的編輯角色，讓有心成爲專業作家的人，能夠得到編輯的協助，我們會觀察寫作者的內容、進度，選擇有潛力的創作者，給予意見，並在正式收費出版之前，進行最終的包裝，並適當的加入行銷概念，讓讀者能快速認識作者與作品。

這就是POPO原創平台，一個集全素人創作、編輯、公開發行、閱讀、收費與互動的一條龍全數位的價值鏈。

經過這些年的實驗之後，POPO已成功的培養出一些線上原創作者，也擁有部分對新生事物好奇的讀者，不過我們也看到其中的不足—我們並未提供紙本出版服務。

眞實世界中，仍有許多作家用紙寫作，還有更多讀者習慣紙本閱讀，如果我們只提供線上服務，似乎仍有缺憾。

爲此我們決定拼上最後一塊全媒體出版的拼圖，爲創作者再提供紙本出版的服務，讓所有在線上創作的作家、作品，有機會用紙本媒介與讀者溝通，這是POPO原創紙本出版品的由來。

如果說線上創作是無門檻的出版行爲，而紙本則有門檻的限制，線上世界寫作只要有心，就能上網、就可露出，就有人會閱讀，沒有印刷成本的門檻限制。可是回到紙本，門檻限制依舊在。因此，我們會針對POPO原創網上適合紙本出版的作品，提供紙本出版的服務，我們無法讓所有線上作品都有線下紙本出版品，但我們開啓一種可能，也讓POPO原創網完成了「三百六十度全媒體出版」的完整產業及閱讀鏈。

不過我們的紙本出版服務，與線下出版社仍有不同，我們提供了不同規格的紙本出版服務：（一）符合紙本出版規格的大眾出版品，門檻在三千本以上。（二）印刷規格在五百到二千本之間的試驗型出版品。（三）五百本以下，少量的限量出版品。

我們的宗旨是：「替作者圓夢，替讀者服務」，在作者與讀者之間搭起一座無障礙橋梁。

我們的信念是：「一日出版人，終生出版人」、「內容永有、書本不死、只是轉型、只是改變」。

我們更相信：知識是改變一個人、一個組織、一個社會、一個國家的起點。讓想像實現、讓創意露出、讓經驗傳承、讓知識留存。我手寫我思，我手寫我見，我手寫我知，我手寫我創，變成一本本的書，這是人類持續向前的動力。

我們永遠是「讀書花園的園丁」，不論實體或虛擬、線上或線下、紙本或數位，我們永遠在，城邦、POPO原創永遠是閱讀世界的一顆螺絲釘。

「妳知道全世界最寂寞的地方是哪裡嗎？」

01

清晨六時，轟隆一聲，傾盆大雨驟然落下。

連日的壞天氣，將整個臺北市區籠罩在一層厚厚陰霾裡，隨後而來的沙塵暴，更讓原本鐵灰色的天空呈現一片霧濛濛、白茫茫，看不見邊際。

寒流帶來的低溫，大雨帶來的潮溼，使每個拔腿衝進辦公大樓的人都發出氣惱的叫嚷，一雙雙高跟鞋踩在瓷磚地的尖銳聲響由遠而近。

四名衣著時髦的年輕女子踏進三樓的一間狹小辦公室，屁股一坐，包包一放，不約而同拿出鏡子檢查自己的臉蛋，深怕特地早起化好的妝，就這麼被大雨淋花。

其中一張辦公桌上的電話響起，坐在電話旁的短髮女子立刻不耐煩地嘖了聲：「還沒九點是打個屁喔？」然後放下眼線筆，拿起話筒，不帶感情的應答：「喂？您好。」三秒鐘後，她頭也不回懶懶的說：「姊姊，找妳的。」

正在檢查庫存清單的秦海昀，抬起頭來道聲謝，接過電話：「喂？我是秦海昀。」

「姊姊，我是宗奕。」話筒裡傳來怯怯男聲，「那個……我想問一下，黛黛她進辦公室了嗎？」

她朝右前方座位望去，一名長髮女子坐在那兒。

「嗯，來了。」

「姊姊，幫我一個忙好嗎？請黛黛聽一下電話，我從昨晚開始就一直打給她，但她不接，我現在也不敢直接過去找人。姊姊，拜託妳幫幫我，求妳了！」

男子說完，秦海昀拿下話筒，喚道：「黛黛。」對方一轉頭，她說：「是宗奕，他想找妳。」

長髮女子噘了噘嘴，漾起無比柔美的微笑，溫柔的說：「叫他去死。」接著回過頭繼續補妝。

秦海昀將話筒移回耳畔：「宗奕，黛黛現在可能不太方便，你要不要……」

「沒關係，我聽到了，她叫我去死。」男子的語氣掩不住濃濃失落，「沒關係，我晚一點再打給她……」

通話一斷，一開始接起電話的短髮女子便問：「幹麼？又跟妳男友鬧不開心了？」

「男友？就憑他？」黛黛轉開睫毛膏的蓋子，嗤了一聲，「我怎麼可能跟一個薪水只有三萬多的男人交往，連最基本的標準都達不到，就妄想當我男友，會不會想太多？」

「可是，前陣子他不是送妳一個GUCCI包？」

「那是他自己要送的，又不是我叫他買的。」

「但妳還是收了不是？」

「他硬要買給我，我有什麼辦法？不拿白不拿呀！」

「少來，妳一定有跟他說過妳想要。」

「小雪跟我想的一樣。」坐在短髮女子前面的Miya點頭附和，並對隔壁座位，也就是黛黛前座的人說：「嘿，憶兒，我昨晚在網路上看到妳說的那件衣服，賣家說只剩一件，我直接幫妳下標了唷。」

「眞的？萬歲！這樣下週夜店趴的衣服就有著落了，Miya謝謝，愛死妳了！」

四個女孩妳一言我一語，讓前一刻無比寂靜的辦公室，很快就恢復日常的活力與嘈雜。

坐在後頭的秦海昀發現今日有些不同，本身就年輕貌美的她們，這天更是使出渾身解數，從頭到腳無不精心打扮，連從走廊經過的幾位特助，都忍不住透過玻璃窗多瞧這群尤物幾眼。

秦海昀知道，她們應該是在等待這個月歸國，即將在今日來公司參觀的生產部經理的兒子。

經理名叫董琴，五十歲的她保養得宜，不只美麗，個性也直率，有個二十二歲正在國外讀書的兒子，只是比起男生，她更喜歡女孩，因此常會跑來最多年輕女職員的倉管部串門子，四個女孩也與她相處融洽，總是又勾手又摟摟抱抱，宛如眞正的母女一般。

有次董琴將兒子的照片秀出來，她們四人馬上陷入瘋狂，因爲她的兒子不但是名校高材生，長得又帥氣，董琴允諾，等兒子放假回來，就會帶來公司給大家認識，樂得她們興奮不已。

倉管部門一共六名職員，只有一位男性，就是她們的課長。

這些新來的年輕女孩進公司後，課長總是嫌她們沒禮貌，太吵太聒噪，於是搬到隔壁另一間小辦公室，卻總是不見人影，大家都知道，這只是他爲了方便偷懶才搬出的藉口，畢竟這位課長自私、懶惰又怕麻煩的個性眾所皆知，因此黛黛她們私底下給他取了一個綽號叫「矮老白」，意思是又矮又老頭髮又白，而第一個字，常隨她們的心情變換。

在這間印刷文具公司任職四年多的秦海昀，雖然才二十七歲，卻已經是倉管部裡年紀最大的女員工。

這兒的倉管部流動率高，許多剛進來的新人，受不了倉管業務事多繁雜，重覆性高，且枯燥乏味，只來半年、一個月，甚至一個禮拜就落跑不幹的狀況，秦海昀司空見慣，之前原本還有資歷比她久的兩名同事在，但他們都剛好在今年結婚離職，於是指導跟協助新人的擔子，自然落到她的肩上。

嚴格來說，秦海昀脫離大學的時間不算非常久，她卻覺得自己與這些女同事完全處在兩個世界，不談工作態度跟能力，她們在秦海昀的眼裡是可愛、活潑，充滿吸引力的，而且有話直說，對於自己想要什麼非常清楚，儘管某部分聽起來有些虛幻、不切實際。

她不曾對這些女孩有一絲反感與偏見，只是她們的直接，偶爾還是讓她有點難以招架。

印象最深刻的就是黛黛踏進這部門的第一天，當秦海昀認真的向她說明倉管作業的制度與流程，黛黛卻忽然問她：有沒有男朋友？

突兀的問句，秦海昀還沒反應過來，女孩就已偏著頭，將她全身上下打量一遍，眨著娃娃般的大眼睛，語帶驚訝：「妳該不會還是處女吧？」

總是束著一條中馬尾的她，上班時臉上不帶妝，衣著風格相當簡單低調，秦海昀知道，這些女孩們就像花蝴蝶般享受青春，綻放光芒，在她們眼中，自己同樣是個不可思議的人物。

每逢下班跟假日，行程永遠滿檔，過得多采多姿的女同事，在得知秦海昀下班後通常就直接回家，晚上十點上床睡覺，唯一的休閒活動是偶爾到誠品看看書，或者去看電影之後，各個臉上都寫滿驚訝，尤其不敢相信居然有人可以獨自去看電影，這對她們來說簡直是天方夜譚，絕不可能發生在自己身上。

十一點，辦公室外傳來一陣緩慢且優雅的高跟鞋聲。

原本意興闌珊坐在辦公桌前的女同事們，登時精神抖擻，沒多久經理董琴的笑臉就出現在門後。一看到董琴身後的男子，她們四人當場不顧形象的尖叫連連。

秦海昀注視瞬間被一群女子熱情簇擁的男生，覺得他長得就像言情小說封面上的男主角，唇紅齒白，眉毛濃厚，眼睛深邃，笑起來有小小的酒窩，頗有幾分偶像明星的樣子。

「姊姊，來，跟妳介紹一下，我兒子David。」董琴滿臉笑意走近身邊，將手放在她的肩上，那紅得發亮的美麗指甲，讓秦海昀的視線停住了一秒。

雙方打完招呼，David忽然靜靜凝視她的臉，不解的問：「爲什麼叫她『姊姊』？她看起來年紀跟我差不多啊。」

除了秦海昀，五個女人一聽全都大笑起來，使David更加一頭霧水。

見她們迫不及待要跟他解釋，秦海昀轉而對董琴說：「經理，我去幫你們泡杯咖啡吧？」

「喔，好呀，我兒子的那杯請加點糖，不要奶精唷，謝謝。」

「好。」

走進茶水間，黛黛她們的嘻笑聲仍不絕於耳。

秦海昀從架上拿下兩組咖啡杯，按下咖啡機上的按鈕，這時，音樂聲從她上衣口袋飄出，望見螢幕上的「郭庭」二字，她很快接起手機：「喂？」

「怎麼回事？爲什麼妳會用這支電話？」對方微冷的語調，有著濃濃質疑與困惑，「那個混蛋跑回去了？」

「沒有，育森沒回來。」她用耳朵及肩膀夾住手機，從抽屜裡拿出糖包和奶精，「我的手機壞了，暫時借用他留在家的這支。」

「怪不得，我就想妳發什麼神經，幹麼用他的手機發訊息給我，害我差點回了『幹』字回去。」

「我怕妳睡過頭。」

「安啦！我天亮前就把稿子搞定了，剛剛寄出去，現在正要去睡……等等，他的電話還能用，表示妳到現在都還在幫他繳電話費？」

「嗯。」

電話另一頭爆出一連串髒話，徹夜未眠的疲勞，導致郭庭火氣更大：「妳這白痴，智障加三級，嫌錢沒地方花是不是？不會把手機直接燒給他，等他下地獄時用嗎？」

「我只是想有個備用的也好，像這次手機壞了就可以先用，很方便。」

「算了，我現在腦細胞所剩無幾，再跟妳對話眞的會腦死。我昨天拿到雜誌社的稿費了，下班後居酒屋見，請妳吃飯。」對方迅速切掉通話，連句再見也沒有。

秦海昀將注意力拉回逐漸塡滿杯子的咖啡上，同時開始忖度今晚是否可以準時下班，若像往常那樣加班而遲到，郭庭一定會來把公司給掀了。

將泡好的兩杯咖啡放上托盤，她也在腦海中將今日待辦的事項整理完畢，然後端起托盤，步出茶水間。

02

郭庭曾說她這輩子做過最後悔的事，就是把劉育森介紹給秦海昀。

秦海昀與郭庭是高中同學，念的是校風嚴謹的女校。

秦海昀自小就是個品學兼優的好學生，性情嫻靜，乖巧無比。而郭庭是個美人胚子，是走在路上會讓人忍不住回頭多看一眼的那種美，但她的個性嗆辣，特愛挑戰權威，高中時天天化妝戴耳環上學，還把制服裙襬修到短得不得了，她的叛逆，從來就沒人制得住。

高傲又反骨的郭庭，不斷挑戰校方底線，最後卻還能平安無事的畢業，主要原因是她天資聰穎。

在當時，郭庭算是相當少見的「天才型」學生，學業成績優異不說，運動方面，如游泳、田徑跟網球也是她的強項，只要她代表學校出賽，總是輕而易舉就奪下獎項，沒有金牌也有銀牌，連英文演講、朗讀，或是作文等語文競賽，也難不倒她。

宛如天之驕女的郭庭，就是典型的嘴上說沒讀書，隔天考試卻拿一百分的學生，只是她沒說謊，在她的字典裡眞的沒有「預習」跟「複習」這兩個詞，上課也總是喜歡低頭寫一些跟課程內容完全無關的東西。

有時看到秦海昀讀書讀到像要把教科書吃下去的模樣，郭庭會把她的課本拿走，懶懶的說：「我的秦姊姊，這麼拚幹麼？人生還有很多比讀書更重要的事好嗎？而且就算念得再久，妳也贏不了我的啦！

走，陪我去福利社買冰淇淋。」

對秦海昀而言，身邊出現一個像郭庭這樣的人，已經是件很特別的事，但更讓她與旁人覺得匪夷所思的，就是高中三年與郭庭最親近的人居然會是她。

郭庭雖然出色，在學校卻沒什麼朋友，很多人都說那是因爲她的個性直接，嘴上不饒人，又太過苛薄……但同儕間的嫉妒，其實才是眞正的原因。

女同學看不慣她高高在上，看不慣她不需任何努力，就能輕易贏得她們想要的東西。付出的程度與結果永遠不對等，這對當時才十幾歲，渴望被看見，想表現自己，又身爲資優班學生的她們，何嘗不是一件傷自尊又挫敗的事？

郭庭人緣不好，但她也不屑和任何人打交道，因此當她主動跟秦海昀說話，秦海昀相當意外。她原以爲郭庭最討厭的類型，就是她這種只會抱著課本啃的書呆子。

有天，郭庭課上到一半，突然轉頭對後座的她說：「十分鐘後叫醒我。」

正在抄筆記的秦海昀，被她突如其來的「命令」弄得一愣，當郭庭直接趴在桌上呼呼大睡，臺上老師也不管，畢竟郭庭上課不專心早就不是什麼新聞。

十分鐘一到，秦海昀伸手輕輕拍對方的背，郭庭醒來，伸個大懶腰，沒有向她道謝就再度奮筆疾書起來。當日午休結束，郭庭忽然丟了樣東西在秦海昀桌上，嚇了她一跳。

「給妳看看。」郭庭托著腮，笑容燦爛，「妳是我的第一位讀者唷。」

眼前一小疊白紙上布滿文字，在秦海昀意會過來前，對方說：「這是我寫的小說。」

秦海昀心裡詫異，這才知道平時她上課那麼認眞在寫的東西是什麼。

這個發現，讓平時喜歡閱讀的秦海昀也難掩好奇，開口問：「什麼樣的小說？愛情小說？」

「不是，是以第二次大戰爲背景，關於納粹集中營的故事。」

「……」

縱然郭庭多才多藝，卻只有寫作才能讓她熱血沸騰。除了小說，她也會寫些專欄跟影評，由於她的文字就和她的個性一樣辛辣又毫無顧忌，什麼都能寫，也什麼都敢寫，吸引不少死忠讀者，不需要毛遂自薦，就有一票出版社找上門。

以現今社會的角度來看，郭庭就是屬於所謂的「人生勝利組」。

秦海昀好奇郭庭親近自己的理由，因爲高中時就有人私下議論，也問過她，當時有一個女同學對她說：「我覺得是因爲妳不會嫉妒郭庭的關係。」

後來秦海昀直接問郭庭，對方沒有馬上答腔，只是安靜吃著棒棒糖，淡淡睇著她。

「因爲妳是個沒有欲望的人。」這是郭庭的回答。

因爲沒有欲望，所以面對如此優秀的郭庭，秦海昀心裡不會有任何負面情緒，看到郭庭擁有再多，也不會羨慕。

一直以來，秦海昀如此用功讀書，是因爲她覺得那是身爲學生應盡的本分，只要成績不差，不影響升學，那麼誰第一名，誰排在她前面，她不在乎，不會有非贏對方不可的念頭，自然就不會因爲嫉妒而討厭郭庭這個人。

兩人算是「融洽」的相處了一個學期，有一天，郭庭突然說要介紹一個男生給她認識。

放學後，她把秦海昀拉去學校附近的下午茶店，等待對方來的空檔，秦海昀依舊在念書，直到聽見郭庭不耐煩的罵人聲，以及一個陌生男孩的聲音，她才抬起頭來。

「你是半路掉進水溝還是被車子撞了？居然讓我們等了三十分鐘！」

「喂，早就跟妳說會晚點到了，我學校離妳學校這麼遠，而且半路又下雨，有點同理心好不好？」男孩狼狽的撥撥被雨淋溼的頭髮，看見秦海昀時，馬上斂起不悅的情緒，抿了抿嘴。

他叫劉育森，就讀另一所高中，從小與郭庭住同一條街，兩人算是青梅竹馬。

看起來是個很老實也很活潑的男孩子，偶爾與秦海昀對上視線，臉還會紅，看得出是第一次這樣與陌生女孩見面，話語裡的結巴和失措，都在說明他的緊張。這是秦海昀對他的第一印象。

過程中，郭庭會離開座位，故意留點時間給他們，劉育森最初害羞靦腆，到後來也懂得抓住機會探問她的事，而那些事，不外乎就是她的興趣、喜歡的東西，或是平時的休閒活動。

只不過秦海昀的答案都十分簡短，不是不想回答，而是她本來就不像他和郭庭一樣，是個擁有許多興趣的人，可能一不小心就會陷入話不投機半句多的窘境。

「妳好用功，來這裡還在看書。」劉育森將視線落向她的參考書。

「嗯，因爲段考了。」

劉育森嘆：「我呀，最怕念這些東西了，翻開三秒就想睡覺，看再久也看不懂。」

「你們學校也是這週段考嗎？」

「嗯，超煩。」

「你可以請郭庭幫你，她很聰明。」

「算了，那個傢伙超沒耐心，而且根本不念書的，我認識她這麼久，從沒看她翻開課本過，每次段考，她都跑來找我打電動。」劉育森兩手一攤，笑容充滿無奈。

聊了一會兒，劉育森說要去廁所，並問秦海昀喜歡什麼蛋糕，等等請她吃。對方離開一分鐘，郭庭也回座位，馬上問起她對劉育森的感覺。

從那有一搭沒一搭的閒聊來看，秦海昀原以爲劉育森會覺得她這個人很無趣，不會想再跟她進一步認識，然而隔天郭庭卻一臉曖昧的告訴她，昨晚劉育森向她要了她的電話，可能今天就會打過來，沒想到果眞被郭庭猜中，當晚劉育森就傳訊息給她，兩人就此有了聯繫。

初次見到劉育森，是雨天。

劉育森第一次吻她，同樣是雨天。

就連把自己給了劉育森那天，也是下著冷冷細雨。

當時在劉育森房間，她正在解一道有點複雜的數學習題，也許是那時太過專心，她不記得劉育森是怎麼吻她，怎麼脫去她的制服，只記得他房裡昏暗暗的天花板，還有雨水落在屋簷上，叮咚叮咚敲不停的聲音。

後來自己究竟有沒有解開那道數學題，也已經沒印象了。

03

「姊姊！」

秦海昀踏出辦公大樓，財務部的許宗奕就從身後叫住她。

「抱歉，妳現在有沒有空？能不能……耽誤妳一點時間？」他深呼吸，喘一口氣。

「對不起，宗奕，我跟別人有約了。」她說，「有什麼急事嗎？」

「喔，沒有啦，我只是想問，黛黛今天上班怎麼樣？是不是還在不高興？有沒有說我什麼……或罵我什麼？」

秦海昀回憶了一下：「沒有。」

「真的？沒有擺臭臉，或是一點點心情不好的樣子？」

「嗯。」

許宗奕神情複雜，像是不知道該高興還是該難過。

畢竟還在追求的階段，秦海昀看得出他想知道黛黛究竟在不在乎他。

雖然不知道他們發生什麼事，但若黛黛生氣，縱然宗奕會怕，但至少代表黛黛還是有些在意他的，因此她沒告訴他，黛黛今天不但開開心心的和經理的兒子David膩在一起，下班前十分鐘，還有人開著賓士在公司門口等著接她。

「姊姊，就妳看來，黛黛是不是眞的對我沒意思？」許宗奕斂下黯淡的眼，「妳覺得我該怎麼做，才能讓黛黛喜歡上我呢？」

秦海昀沒有回答。

這時，郭庭又打了電話來，雖然對方心情低落，眼下還是郭庭的事比較要緊，因此她向他道歉，然後匆匆離去，等上了捷運才繼續思考許宗奕的話。

就算郭庭沒打來，她可能也不會給對方任何答案，哪怕是最簡單、最眞實的一句「她不適合你」、「你們並不合適」、「你可以找到更好的」，她都不會說。

她不曾給過別人任何建議，也不認爲自己是可以說這些話的人。

「慢死了，蝸牛。」一到居酒屋，坐在料理檯前的郭庭劈頭就念。

秦海昀拉開椅子，放下包包，發現她已經點了壺燒酒：「妳開車來的？」

「廢話，誰想跟妳一樣搭擠死人的鬼捷運？」郭庭拿起酒杯一飲而盡，並把另一杯倒滿遞給她。

秦海昀搖頭：「我不喝。」

「不知好歹。」郭庭冷哼。

她們並肩吃著晚餐，沒有聊太多的話。

郭庭仰首喝酒，一杯接一杯，她一手托著紅潤的臉頰，閉目養神的模樣像天使在歇息。認識郭庭這麼多年，秦海昀始終覺得微醺的她是最美麗的。

「這次稿子寫完會暫時休息嗎？」

「這個月還有兩篇專欄，下本書排在五月底，下下一本八月，下下下本則在年底。」秦海昀立刻聽出她的言下之意：做夢。

「今年排程好像比往年緊湊？」

「嗯，我要求的。」

「爲什麼？」

「因爲我爽。」她張開眼，用筷子夾起剛送來的生魚片，「妳什麼時候開始會問『爲什麼』了？」

秦海昀不語，待郭庭把生魚片吃完，又聽她問：「妳手機什麼時候修好？」

「這個週末。」

郭庭神情淡漠，從頭到尾沒看她一眼：「修好之前別用劉育森的手機打給我，現在只要看到那廢物的名字，我就火大。」

「嗯。」秦海昀垂首喝茶，卻發現茶杯已經空了，於是又倒一杯。

那天吃完飯，秦海昀開郭庭的車載她回去，得知對方開車來，這頓飯她就滴酒不沾，郭庭對大眾交通工具的反感，自高中開始就沒變過。

等紅燈的空檔，坐在副駕駛座安靜不動的郭庭出了聲：「秦海昀，我跟妳說。」打了個嗝，「我啊，可能會被告唷……」

秦海昀轉眸，發現郭庭在笑。

「那個女人前天跟我聯絡，不是打電話，而是寄Email。信的前大段義正辭嚴，句句仁義道德，說我會害自己的親朋好友蒙羞，後面又突然心靈導師上身，說我年輕漂亮，一定有更好的男人適合我，我只是一時被愛沖昏頭，還說她也年輕過，她懂，希望我好好珍惜自己的人生，不要繼續犯錯……巴拉巴拉。我特別幫她計算了一下，全文總共一萬五千多字，不愧是總編輯的老婆，這麼會寫，還以爲自己是耶穌基督跟聖母馬利亞咧！有病。」

她又打了一個嗝：「我只回她一句話：『自動自發把皮帶、西裝褲，還有內褲一件一件脫掉的人是妳的老公，不是我。』結果這句話似乎戳到她痛處，老女人氣死了，說我敬酒不吃吃罰酒，叫我等著吃官司。」

在郭庭捧腹大笑之際，秦海昀注意到外頭的雨又開始下了，連帶車內溫度也跟著降低，於是伸手把暖氣打開。

此時廣播裡播放的歌曲是張信哲的〈愛如潮水〉。

難得聽到這首老歌，秦海昀的思緒一時被吸引過去，聽到入神，爲了不讓大雨的聲響蓋過音樂，甚至還不自覺減緩車速。

等紅燈時，她望向昏昏欲睡的郭庭，伴隨雨聲跟歌聲，不知爲何慢慢回憶起高二時，郭庭曾邀她到家中睡一晚。

向來敢問敢言的她，直接就追問起秦海昀跟劉育森目前的進度到幾壘？

原本笑瞇瞇的郭庭，得知兩人在前陣子有了第一次關係之後，忽而斂起了笑，沉默片刻。

「那個白痴是怎麼吻妳的？」她問。

秦海昀還沒回應，郭庭的臉就驀然湊近，將柔軟溫熱的唇覆在她的唇上。兩人分開的前一刻，郭庭還用舌尖緩慢舔過她的唇縫，這個舉動立刻引起秦海昀一陣輕微的顫慄。

「是不是像這樣？」郭庭微笑，「我以前惡作劇鬧他的時候，就是這樣親他的，那個笨蛋有沒有學起來？」

從那之後，郭庭常會故意在劉育森面前對她摟摟抱抱，偶爾玩得太過火，惹得劉育森眞的發飆，不許秦海昀再到郭庭家裡過夜。

「眞是夠了，這女人從以前到現在都是這麼變態，妳少接近她，不准再跟她一起！」占有慾強的劉育森，開始防備郭庭，還一度懷疑她的性向。

得知劉育森這麼質疑她，郭庭咯咯笑了一陣，卻沒說什麼，只是淡淡告訴秦海昀：「小心點，那傢伙不愛戴套的。」就背好書包離開學校，與別校的三年級學長會合，兩人一塊騎車兜風去。

郭庭曾經墮胎兩次。

最近一次，是郭庭大學剛畢業，已經出版不少作品，聲勢如日中天的時候，她與擔任她作品的主編——一個有婦之夫——發生不倫戀。懷孕的事，郭庭沒讓男方知道，只告訴秦海昀。

她墮胎那天，秦海昀特地向當時的公司請假，到婦產科陪她。

「跟妳說過不用來的。」看到她時，郭庭反應不大，嘴裡還嚼著口香糖。

郭庭身著一件無袖上衣及牛仔褲，身材窈窕纖細，平坦的腹部看不出她懷孕了。秦海昀幫她跟自己倒了杯溫開水，等待護士叫號。

那天診所的病患寥寥可數，只有郭庭坐在看診間外，秦海昀則是靠牆站在她對面，不知為何，面對這種情況，反而是她坐不太住。

「會不會不舒服？」她是指害喜。

「不會。」

「還好嗎？」這次是問心情。

「嗯，又不是沒經驗。」郭庭頭也沒抬，「這是第二次了。」

秦海昀拿杯子的手頓了一下。

「同一個人？」

郭庭搖頭。

「什麼時候？大學？」

「不干妳的事。」她語調冷漠。

於是秦海昀不再問了，她輕輕啃咬著杯緣，直到視線又落在郭庭的腹部上，腦海乍然閃過的某個念頭，讓她的思緒停了一下，雖然不到一秒，卻是眞實存在過的念頭。

郭庭的第一個孩子……有沒有可能是育森的？

雖然劉育森是郭庭介紹給她認識的，但從郭庭幾次有意無意放出的訊息，秦海昀可以接收得到，她不覺得這是所謂的「女人第六感」，反而認爲郭庭是存心要讓她知道的。

與劉育森交往時，秦海昀聽他談過對郭庭的想法，在劉育森的內心深處，其實十分抗拒郭庭。郭庭過於優秀，過於耀眼，只要跟她在一起，他就很容易覺得自己沒用，是個廢人，什麼光芒注目全被她搶去，甚至因爲她，常覺得自己沒辦法當個「普通的正常人」，始終活在比較中。偏偏兩家住得近，雙方家長關係又好，郭庭也愛跑去找他。

他不討厭郭庭，卻無法抑止想擺脫她光芒底下的陰霾，想浮出水面喘口氣的心情。

「我以前惡作劇鬧他的時候，就是這樣親他的，那個笨蛋有沒有學起來？」

「小心點，那傢伙不愛戴套的。」

就因爲郭庭曾說過這種話，她才會有這些揣測吧！有了這些「暗示」，自然不難誘導秦海昀去想：郭庭其實是愛著劉育森的。

即使劉育森曾那樣訴說郭庭帶給他的沉重壓力，不代表他們之間沒有過去，也不代表沒有她不曉得的事。

秦海昀不覺得劉育森欺騙她，卻也不認爲郭庭在胡說八道，所以偶爾有幾次，她忍不住會想，從前劉育森天天與她在一起，完全被她占據的那段時期，哪怕是在郭庭面前手牽手，或者在她從小就喜歡跑去的地方——青梅竹馬的房裡，與劉育森擁抱、接吻，甚至上床，那個時候，郭庭心裡想的是什麼？不知失敗爲何物的她，是否會有那麼一點點的受傷？

她頂多好奇個一秒，沒有「贏過郭庭」這種多餘想法，她不嫉妒郭庭，可是郭庭對她有沒有那種心情，經過這些年、這些事，她變得不確定。

一個從不明說，一個從不明問，所以才能繼續相處到現在吧……

「郭庭，郭小姐，請進！」護士喚。

郭庭停止玩手機，懶洋洋的站起來，拍拍秦海昀的肩：「結束之後，陪我去逛個街吧，反正妳假都請了，就別浪費這天嘍！」

當走廊變回一片冷清，秦海昀甚至連手錶秒針跳動的聲音都聽得見。

一個生命，就在這規律細微的聲響中悄悄消逝，沒人挽留，沒人流淚。

連開口勸阻郭庭都沒有的她，就算死後不下地獄，應該也上不了天堂吧？

04

這場滂沱大雨，不到一個小時就完全停了。

秦海昀低頭看著擺在玄關的運動鞋，再朝屋內一望，電視聲從客廳傳出。

「回來啦？」劉育森直盯螢幕，按著遙控器。

「嗯。」她走過沙發，放下鑰匙跟包包，「下午回來的嗎？」

「晚上，八點左右。」

秦海昀脫下外套準備掛起來，瞥見桌上的兩張紙，是信用卡帳單和手機帳單，不是放在信封裡，而是直接攤開放在一起，讓她一眼就能看到。

「繳費期限是今天。」她告訴他。

「喔。」對方淡淡應道，沒有動作。

節目一結束，他慢吞吞起身，卻不是處理帳單，而是走進浴室。

距離十二點，剩不到一個小時。

二十分鐘後，劉育森洗好澡出來。

秦海昀放下頭髮坐在電視機前，桌上有兩張摺起來的帳單，上頭還有便利商店的戳印。

他瞄見了，嘴角漾起若有似無的笑，從冰箱拿出啤酒坐在她身邊，蹺起二郎腿，一隻手攬著她：「妳今天怎麼這麼晚回來？又去誠品看書了？」

「不是，郭庭約我吃飯，她喝醉酒，我送她回家，所以晚了點。」

「郭庭？」他眉頭一揚，但不意外，「妳們多久沒見了？」

「快兩個月。」

「這傢伙簡直比總統還忙。」他嘖了嘖，接著問：「對了，妳公司什麼時候放年假？放幾天？」

「三十號晚上，放六天。」

「那妳幾號回家？」

秦海昀靜默幾秒：「我還沒決定。」然後反問：「你呢？」

他聳聳肩，仰頭把酒喝完：「看情況嘍，可能除夕前，我媽就會打來問了吧。」

「你媽媽身體還好嗎？」

「就老毛病，一天到晚這裡痛那裡痛。」

兩人就這麼一邊看電視，一邊閒聊，直到桌上慢慢擺滿一堆空酒罐，劉育森意識不清的開始滔滔不絕說得眉飛色舞，心情似乎不錯。

「對了，前天我有打給妳，手機怎麼都不通？」他臉紅打嗝的樣子，跟郭庭有點像。

「喔，我手機故障，拿去修，暫時借用你的，抱歉沒跟你說。」秦海昀問：「怎麼了？有事嗎？」

劉育森噗嗤一聲，濃重酒氣撲在她臉上：「妳這問題問得挺妙的。『有事嗎？』，難道沒事就不能打給我女朋友？」

「我不是這個意思。」

劉育森與她互視，頭微微一偏，伸出手摸她的頭髮、她的臉，仔仔細細的撫摸，再勾起她的髮尾。

「妳呀，很乖。」他說：「眞的，很乖喔。」

「……」

「不過，在妳眼裡，我可能什麼都不是吧？」他喃喃道：「其實妳瞧不起我，也根本不把我放在眼裡，對不對？」

她靜靜看他：「你喝醉了，去睡吧。」

「欸，秦海昀，妳知道嗎？」劉育森兩眼迷濛，彷彿有一片霧籠罩，「我原本以爲在這個世界上，不會有比郭庭還要更奇怪、更詭異的女人了……從一開始我就很好奇，非常不明白，妳跟郭庭爲什麼會是好朋友？妳們明明就是兩個世界的人啊……不過，跟妳在一起到現在，我總算明白了……其實妳跟郭庭根本就一模一樣，妳們都一樣奇怪，一樣不正常，而且……一樣變態！」

他抓住秦海昀髮尾的力道有些重，到最後幾乎像是用扯的。

「我一直很想要問妳，妳的『尊嚴』到底在哪裡？藏在什麼地方？唔，不對……」劉育森驀的闔眼，露出深思狀，再張眸，「妳有『尊嚴』這種東西嗎？」

秦海昀沒有反應。

「其實，妳比郭庭還可怕。」他吸一口氣，咕噥：「妳常常讓我覺得毛骨悚然，覺得恐怖。第一次遇見妳的時候，妳很清純、乖巧，而且脾氣好，又聽話，跟郭庭那女人完全相反，所以我才會被妳吸引，甚至還以爲自己發現了寶呢……可是現在，我終於知道，妳那並不是乖，不是脾氣好……妳什麼也沒有，什麼都不是。」

他貼近她的臉，將她深深望進眼底，笑出一口白牙：「妳根本就沒血沒淚。」

翌日清晨，久違的冬陽露臉，將洗好的衣服拿去曬後，秦海昀就到廚房給自己弄了份簡單的吐司夾蛋，然後打開新聞台。

若是以往，她會準備兩份，只是從昨晚收拾的那一大袋空酒罐來看，她知道不到中午，劉育森是不會醒的。

秦海昀有個習慣，只要在家就會開著電視，而且頻道永遠停在新聞台。她不是喜歡看新聞，也不是特別想關心什麼，除了一些與自身相關的重要消息，比如颱風是否影響上班上課、瓦斯費跟物價的上漲，或是食安問題。

這麼做，讓她覺得自己沒有與這個世界太過脫節。

出門上班，她沒留下訊息要劉育森倒垃圾或是幫忙其他家事，因爲說不定今晚回家，他就已經不見蹤影了。

秦海昀搬出家裡到外頭住，是在大一寒假。

一個月後，與她讀不同所大學的劉育森住進她租的小套房，兩人正式同居，生活簡單安定，沒什麼大風大浪。

劉育森平日喜歡參與活動，和同學四處遊山玩水，而秦海昀的課餘時間幾乎都被打工占據。從高中交往至今，他們對彼此的個性相當清楚，劉育森大男人的性情，與秦海昀向來不衝突，就算激情不似當年，還是能平平穩穩的相處下去。

劉育森劈腿被發現時，是在兩人大二的暑假。

秦海昀臨時幫生病的同事代班，正準備將餐點送去給客人，就看到劉育森和一名女孩在座位上摟摟抱抱，甚至不顧別人的目光熱烈擁吻，手還直接往女孩衣服裡頭探，秦海昀的出現，讓劉育森震驚不已，但她只是不疾不徐的送上餐點。

「您好，這是你點的紅酒牛尾烤蛋，還有優格水果杯，一杯柳橙汁跟冰紅茶。」然後對面色蒼白的劉育森及一臉疑惑的女孩說：「請慢用。」

劉育森早就習慣秦海昀到處打工，久而久之就很少過問她的工作內容和地點，碰上這種情況是他始料未及的。

劉育森是第一次這麼做，還是之前就已經有，秦海昀不曉得。當晚劉育森在家裡跟她道歉，哭著發誓未來不再犯，秦海昀從頭到尾沒掉一滴淚，更沒有傷痛欲絕或是歇斯底里，甚至連「爲什麼」三個字都沒問，只是待對方慢慢停止哭泣，才淡淡的問：「你吃過晚飯了嗎？」

一直以來，她像個無聲的母親，包容他所有的壞習慣與過錯，當他再次劈腿，秦海昀的態度仍沒改變。她的不聞不問，讓劉育森的行爲變本加厲，到後來甚至被她「捉姦在床」，地點還在她和劉育森的房間。

那天她提早下班，回家打開房內的燈，床上兩個赤裸身影立刻動了一下，接著兩道目光同時落向她。

女孩清秀稚嫩的面孔寫滿驚慌，躲在被窩裡完全不敢下床，劉育森則是不發一語的抓抓頭。散落在地上的高中制服，讓秦海昀的視線停駐在少女身上一會兒。

女孩匆促離去，劉育森也穿好褲子步出房間。

秦海昀站在床邊，凝視床單上的血跡許久，最後搬著床單前往陽臺。

劉育森看見了，出聲：「妳要幹麼？」

「洗床單。」她頭也沒回，「髒了。」

劉育森不知道當時她的那句「髒了」，並沒有什麼深層涵義跟隱喻，而是純粹就字面上的意思，但從此以後，即便秦海昀不在，他也不再把女人帶回來。

後來那個高中女生懷孕了，需要墮胎費，當時沒工作、沒收入的劉育森，只能跟秦海昀借。

郭庭知道這件事時，沒有大發脾氣，似乎不感意外，卻還是對秦海昀冷冷說了句：「白痴。」

她和郭庭曾經將近一年的時間沒聯絡，各自忙碌的兩人，互動不如往昔頻繁。大學畢業後，秦海昀搬到另一間公寓，依舊與劉育森同居，但劉育森開始常搞失蹤，最長曾兩個多月不見人影，離開與回來的時間不定，而且幾乎不會通知，到最後，這間屋子變得像他偶爾留宿的旅館。

就在劉育森又跑不見的某天，郭庭主動與秦海昀聯繫了。她依然美麗，依然高傲不羈，卻少了些昔日的任性與驕縱。

「秦海昀，我問妳。」陪郭庭做完墮胎手術的那個午後，她們來到港邊，一起望著海面上的渡輪，「妳有沒有想過自己的未來是什麼樣子？過的是怎麼樣的人生？」

她看著郭庭的側臉，忽然覺得問這個問題的她有點陌生。

「最近我開始有個想法，想搬到國外去，最久十年內就會離開這裡，回來的機率應該不大。」她撥撥頭髮，說得悠然，「至於妳呢，八成會等到劉育森玩夠之後回來，然後跟他結婚，像個歐巴桑一樣每天煮菜、洗衣、打掃，照顧小孩、伺候公婆，每天乖乖等老公回家，就這樣無趣的過完一生。」

細碎的光灑在海平面上，陽光太強烈，讓秦海昀想仰望天空裡的雲都無法直視。

「像妳這種沒情緒，對什麼都不在乎的女人，我很好奇，如果有天出現一個能夠動搖妳，擊垮妳內心的東西，會是什麼樣子？」郭庭注視她，脣角微揚，「妳崩潰的模樣，我滿想看看的。」

風徐徐的吹，吹來潮水的味道，郭庭的側臉也同時被吹起的長髮蓋住一半。

「妳知道嗎？」半晌，她呢喃似的說：「我想我這輩子做過最後悔的事，就是把劉育森介紹給妳。」

她說得很輕，秦海昀還是聽見了。

只是郭庭這句話是指責，還是惋惜？是爲她說，還是爲劉育森說？當下她聽不出來，可是郭庭會有「後悔」這種心情，是她怎樣也想不到的。

就在那一刻，秦海昀想：也許從一開始，郭庭就不曾將她視爲朋友。

孤傲的她，從來就不需要友誼這種東西，若未來兩人眞的離別，她也不會爲她流下一滴眼淚。

不曾停止吹拂的海風，吹斷秦海昀的思緒，沒多久，她再度抬起了眼，發現原本停在遠方的雲，變得比剛才更靠近了些。

05

一入中正國際機場海關，戴著黑色軟呢帽，深褐色墨鏡的年輕男子，速速拉著行李前往大廳，站在旅客等候區，頻頻環顧四周。

看到一身深色西裝的中年男人，他馬上摘下墨鏡，喜逐顏開：「閔喆哥！」他衝上前緊緊抱住對方，「大哥，好久不見！」

賀閔傑激動的反應，讓賀閔喆當下笑個不停：「看看你，都三十歲的人了，怎麼還跟小孩子一樣？」他拍拍弟弟的背，「大老遠飛回來，很累吧？」

「不會，想到要回來就不覺得累，反而精神百倍。大哥工作這麼忙還來接我，真不好意思。」

「什麼話？大哥才覺得不好意思，你在國外生活得好好的，我卻硬把你叫回來。」

他搖頭：「你沒逼我，是我自己要回來的，我很高興，真的。」

賀閔喆凝睇弟弟的眸裡映滿柔和，他再度輕拍對方的肩：「我們走吧。」

前往臺北的路上，儘管陽光強烈到有些刺眼，氣溫仍是偏低。

發現賀閔傑專注凝視窗外景色，賀閔喆問：「不知不覺你也離開了這麼久，七年？還是八年？」

「正好十年了。」

「是嗎？」他有些驚訝，沉聲一嘆，「會不會覺得不習慣？」

「不會。」賀閔傑回眸，「不管去哪裡，離開多久，這裡永遠都是我的根啊，回到自己家，怎麼會不習慣？」

賀閔喆被他的話逗笑，點了頭，欣慰的說：「那就好。」

「上次見到大哥，是五年前你到洛杉磯出差的時候吧？那之後過得好嗎？」

「唉，還能怎樣？不就是那個樣子嗎？你越長越大，大哥越變越老，這次看到你，覺得歲月實在不饒人哪！」

「怎麼會？大哥看起來還很年輕。」

「都四十五了哪裡年輕？沒看到我臉上皺紋越來越多了？」

「有嗎？我沒看到。」

他們笑了一陣，半晌，賀閔傑又問：「那……閔成哥和閔輝哥，還有閔嫻姊，他們也都好嗎？」

「嗯，很好。你二哥因爲工作的關係，去年就搬去澳門，你三哥現在在高雄做海外生意，至於你大姊，在桃園忙餐廳的事，春節的時候更忙，恐怕他們都沒辦法回來過年了。」

「這樣啊？」賀閔傑低應，隨即沉默下來。

賀閔喆看出他還想問些什麼，體貼的說：「到了臺北，你要先去醫院，還是等這邊的事都安頓好，再跟哥一起過去？」

賀閔傑微微一頓，搖頭：「沒關係，那些事我自己處理就可以了，大哥你平時也忙，就不要麻煩你之後再跑一趟，直接去醫院吧。」

賀閔喆深深看他，然後微笑：「好。」

到了臺北，賀閔喆將車開往醫院，兩人搭上電梯，前往五樓的病房區。

幽靜的長廊，乾淨到有一股冷意，賀閔傑緩緩跟著哥哥的腳步，胸口起伏不定，喉部感到一陣窒礙，呼吸也變得斷斷續續。

最後，他們在一間病房門口停下。

開門前，賀閔喆回頭看他，問：「會緊張嗎？」

他輕扯唇角，沒有回答，卻難掩內心忐忑。

「她現在還在昏迷中，不曉得什麼時候才會醒來。」賀閔喆開門，微笑，「進去吧。」

賀閔傑點頭。

病房裡光線昏暗，被窗簾遮住一半的窗，只照進一道細細的光在病床上。

賀閔傑不自覺屏住呼吸，放輕步伐謹慎走過去，此刻的每一步，對他來說都十分珍貴，深怕一個不穩，就會不小心跌出這個夢境。

當那道陽光越來越近，他終於看清楚那人的臉——插著氧氣管，安詳躺在病床上的女人，正動也不動的沉睡。

頭上幾綹斑駁白髮，深淺交錯的皺紋，都是歲月在她身上留下的痕跡。儘管生病讓她整個人浮腫一圈，臉上不見半絲血色，但那美麗深邃的五官，依舊與他記憶中一模一樣，沒有改變。

他不發一語的佇立在母親身旁，直到賀閔喆拍他的肩：「坐吧。」

賀閔傑回神，恍恍然的坐下，目光仍停留在婦人臉上。

「這幾年，媽的身體一直不是很好，上個月做完心臟手術就一直昏迷不醒，心跳也一度停止。醫生說，她的情況不太樂觀，要是狀況惡化，隨時可能會走，要我們做好心理準備。」

賀閔傑腦海空白，一段時間無法有任何反應，看見母親吊著點滴的手，他忽然有一股衝動，想要緊緊握住那雙手。

「閔喆哥。」良久，賀閔傑出聲，語調不穩：「那個，我想問……」

對方低頭凝視他：「我知道，你是想問媽曾說的那些話吧？」

他抿起了唇。

「三個月前，媽再度住院時，就常是意識不清的狀態，偶爾會陷入昏迷。就在上個月動手術的前一天，媽對我說，希望能在死之前再見你一面，她知道自己曾對你做了很多殘忍的事，這些年來很愧疚、很痛苦，而且無時無刻都在思念你。」

賀閔喆雙手放在他肩上：「對我說完這些話之後，隔天晚上，媽從手術室出來，就沒有再醒來過了。」

賀閔傑頓時感到喉嚨滾燙，鼻頭漸酸，母親的臉也變得一片模糊。

「未來媽的情況會變成怎麼樣，沒人能保證，大哥希望可以幫她完成這個願望，才決定叫你回來。」賀閔喆溫柔低語：「當聽到媽那麼說，我才知道原來在她內心深處還是很愛你的，不管過去發生多少事，有多少恩恩怨怨，你終究是媽的兒子，這一點，誰都沒辦法改變。」

賀閔傑一哽，無法言語。

「這件事我沒有告訴家裡的任何人，連你大嫂也沒說，因爲我不希望在這種時候引起不必要的紛爭，只希望完成媽最後的心願，讓你們母子團聚。所以我才會希望在媽醒過來之前，別讓家裡的人知道你回來了。況且，媽臥病在床已經很久，很少人來看她，但我還是會來醫院了解一下狀況，若他們要探病，大致上也會先透過我，事先讓我知道，所以你不必擔心會碰到他們。」他沉沉嘆息：「希望你能原諒哥的任性，閔傑。」

賀閔傑連忙拭去眼角的淚，起身對哥哥莞爾一笑：「大哥，我沒怪你，我明白你的考量，也知道你這麼做都是爲我好，我很感激你做的一切，謝謝你告訴我，也謝謝你通知我。你不必擔心，從今天開始我會在媽的身邊，一直到她醒來爲止，哥這些年來很辛苦，之後就交給我，我保證會好好照顧媽，不讓你操心！」

「你從來沒有讓我操心過。」賀閔喆揚起嘴角，「雖然有很多原因，讓我們兄弟不得不分開這麼多年，但說來諷刺，現在這個家裡，唯一能讓我放心將媽託付出去的人，居然只有你了。」他感慨又惋惜，不捨之情溢於言表，連笑容都變得苦澀，「老實說，現在看到你，哥總會忍不住想，你如果不是生在這個家，也許會比較幸福。我很慶幸能有你這個弟弟，可是這些年來我也沒能爲你做什麼，對你，我眞的覺得很抱歉。」

「哥你說什麼，你爲我做的已經夠多了，想當年家裡除了爸，就只有你對我最好，你哪裡有對不起我呢？」

聞語，賀閔喆面露感動，不再多言，只握緊他的手：「今後有什麼事，隨時都可以跟我聯絡。不管是醫院的事，還是生活上的事，只要有需要幫忙的地方，儘管跟大哥說，大哥一定幫你，知道嗎？」

「好，謝謝。」他頷首，笑容裡滿溢喜悅。

強烈的陽光，人來人往的街道，看著從眼前經過的每一張亞洲面孔，聽著周遭的人說著國語及臺語，讓靜靜在座位上觀察這一切的賀閔傑不知不覺揚起了脣角。

他端起咖啡，隔壁桌一名年約三、四歲的小男孩，正好轉過身子面向他，兩人對上視線幾秒鐘，男孩突然朝他吐了吐舌頭，賀閔傑眉頭一挑，放下杯子，回敬對方一張鬼臉。

男孩的母親發現兒子正和隔壁的陌生人玩個不停，起初還有點警戒的看著賀閔傑，但見兩人玩得不亦樂乎，擠出來的鬼臉一個比一個滑稽，最後也不禁噗嗤一聲。

「賀閔傑。」身後的叫喚，讓他即刻回頭。

眼前擋住陽光的高眺身影，是個皮膚黝黑，理了顆平頭的男人，看到賀閔傑的食指跟姆指拉扯眼角跟嘴角，用詭異萬分的表情面對自己，一雙原本就不大的單眼皮眼睛，幾乎瞇成一條直線：「你一定要用這副模樣迎接我嗎？」

賀閔傑哈哈大笑：「這樣才能表達我對你的熱情啊！」

「少噁了你。」吳棠聖不領情，卻也跟著笑開，他一邊瑟縮著拉開椅子，一邊抱怨：「幹，你是不會選室內的座位喔？今天幾度你知不知道？冷死了！」

「裡面都坐滿啦，而且我來的時候，戶外剛好就剩這一桌，看我多幸運。」賀閔傑指指客滿的咖啡館，再回頭瞧了他一圈，「嘩！在視訊裡還看不太出來，你怎麼瘦這麼多？從前的吳大師兄到哪兒去了？」

「當然是健身練出來的。」對方用鼻孔噴氣。

「我看是罰單開太多了。」

「去你的，少亂講！我現在可是一有時間就會運動的健康警察，而且不把肚子弄平一點，等我拍婚紗照或是結婚，頂著一顆圓肚穿西裝能看嗎？」

「你要結婚了？」賀閔傑眼睛一亮。

「還沒，後年，我和我女友之前沒在她阿公過世百日內結婚，長輩說得延後三年，明年就是最後一年，所以我們預定後年的三月訂婚，六月結婚。」

「那也快啦，再過幾天今年就結束了，看樣子我回來得正是時候。」

「等等，你回臺灣，那你在洛杉磯的女朋友怎麼辦？」看到好友的視線往一旁飄，啜著咖啡不發一語，吳棠聖好奇：「該不會分手了吧？」

「嗯。」他承認，「我只是說『可能』會回臺灣，她就直接跟我分了，還很乾脆的祝我一路順風。」

吳棠聖狂笑：「我看你根本就是被戴綠帽了吧？還不確定，對方就急著分手，鐵定有鬼啊！」

賀閔傑語氣有些悶：「就算那樣也沒辦法，當我大哥聯絡我的時候，我幾乎沒有考慮就決定回臺灣了，與其雙方鬧不開心，不如就這樣和平的分開還比較好。」

吳棠聖點點頭：「也對，反正遠距離戀愛本來就很難禁得起考驗。」摸摸下巴，他說：「欸，要不要過去你家了？我跟房東說你今天就會搬進去，鑰匙也拿了，等她下班回家，你再跟她簽約吧。」

「好啊。」

「那你的其他行李呢？」

賀閔傑指指桌下的大背袋，和身旁一只大型行李箱。

吳棠聖不敢置信：「就這些？你千里迢迢從洛杉磯搬回來，就只帶這兩樣？」

「我本來就沒什麼東西啊，有這兩樣就夠了，還有幾箱包裹過幾天才會寄到臺灣。」

「靠，虧我還把家裡的休旅車開過來。」

「抱歉啦，不然你把房子鑰匙給我，我自己過去就好，反正地址你也給我了。」

聞言，吳棠聖微笑，卻笑得咬牙切齒：「這位老兄，我犧牲難得的休假，忍痛推開跟女友的約會，就爲了來陪你這傢伙，你還敢給我囉哩八嗦的，快走！」

三十分鐘後，吳棠聖將車駛進一條巷子，停在某棟建築前。卸下行李，他把鑰匙丟給賀閔傑，告知對方房間在六樓。

這是一棟外觀老舊的住宅大樓，離捷運站有點遠，坐公車卻很方便，而且附近就有菜市場、便利商店跟郵局，生活機能健全，大致上該有的都有。

他們搭上電梯，打開六樓的一扇厚重鐵門及內門，一股淡淡的潮溼味撲鼻而來。

賀閔傑開啟電源，屋內的白色日光燈亮起，置放在客廳的沙發還有玻璃桌立即映入眼簾。他專心環顧這間屋子，白色的瓷磚地、簡易烹飪區，讓他訝異的是臥室空間竟比客廳大一些，裡頭還有一整面的落地窗。

「喂，眞的跟照片一樣耶！」他驚喜。

「廢話，當然一樣，難道我之前拍給你看的是別間房嗎？」吳棠聖笑罵，把行李箱推至衣櫃角落，「我可是把五樓到七樓的每一間空房通通看過一遍，才決定這間套房的，雖然坪數不大，但從這房間看出去視野不錯，我想你這個攝影狂會很喜歡，就幫你選這間了。只是房東說若碰到好幾天的大雨，屋子就會變得有點潮溼，剛好前陣子連下好幾天雨，所以有點味道，但放台除溼機跟除臭劑應該就沒什麼問題，你覺得咧？」

「你知道我不會在意這個，而且我發現這裡比我想像中好，果然交給你就沒問題，謝啦！」賀閔傑開心不已。

「你是該謝我，不但幫你找到房子，還提供工作機會給你。」

「啊？」

「我不是有跟你講過，我舅舅是一家成人美語補習班的主任？想到你會回來，上個月我就順便問他補習班有沒有缺人？他告訴我，有個老師會在年後離職，剛好空出一個缺。」

「眞的假的？」賀閔傑一臉驚喜。

「別高興得太早，你還不一定能進去，就算你英文能力好，有教學經驗，也沒辦法搞內定，我舅舅不吃這一套的，所以一切得靠你的運氣跟實力，我只是告訴你有這個機會而已，有沒有興趣就看你自己啦！」

「哇靠，阿聖你對我也太好了吧？」他欣喜若狂的要衝去抱他，卻被對方敏捷的閃開了。

「歹勢，我不跟男人擁抱，離我遠一點，想謝我的話，就快點把屋子清一清，東西整理好，晚上請我吃飯。」

「沒問題，我連宵夜跟明天早餐都可以請你。」賀閔傑笑容滿面。

在太陽下山前，兩個男人認眞清掃屋子，擦玻璃、拖地板，洗窗簾。

清理好客廳後，吳棠聖走到臥室：「喂，外面差不多了，你如果還想增添什麼傢俱或物品再另外買吧，床套跟被套什麼的都在衣櫃裡，有看到嗎？房東說那是新的，用不著洗了吧？」

「嗯，剛剛就看到了，現在正要換。」所有衣物都收進衣櫃後，賀閔傑開始套床單。

這時，吳棠聖走到桌子前，拿起他的單眼相機玩了一下，再瞧瞧相機旁的三個大盒子：「這些是什麼？」

「喔，我之前的作品，我把它們帶回來了。」

吳棠聖打開其中一盒，裡頭滿滿的照片讓他吃了一驚：「到底有幾張啊？你打算怎麼處理？」

「我想拿一些貼在牆上，剛好這房間的牆壁很大也很乾淨，適合把照片拿來當壁貼。」整理好床單，他走到對方身邊，從盒裡拿出一疊照片，再抽出一張移至牆前比劃：「看，這張不錯吧？上個月在威尼斯海灘拍的。」

吳棠聖雙手交疊環在胸前，看他興致勃勃研究起照片要怎麼貼，沒多久又將視線移回盒內，然後拿出另一疊，坐在床邊開始一張張瀏覽起來。

「喂，閔傑。」他頭也沒抬，「你家裡的人不知道你回來了吧？」

「是啊，我大哥說暫時先別讓他們知道，等我媽清醒後再說。」

「所以你還得偷偷摸摸不被他們發現？」

「也用不著偷偷摸摸啦，我哥說現在家裡的人已經不太會到醫院去探病了，所以碰到他們的機率不大，我只是想好好照顧媽，其他的不太在乎。」

「那你媽醒來之後呢？你要跟她回家？還是回洛杉磯去？」

聞言，賀閔傑沉默幾秒，淡然一笑：「應該不會了吧，當我大哥告訴我，其實這些年來我媽一直很想我之後，我就沒有回洛杉磯的念頭了，只要可以留在這裡，繼續陪在我媽身邊，能不能回到那個家，我無所謂。」

「那過年這段期間你打算幹麼？」

「到醫院嘍，反正也不可能回去過年，乾脆好好陪我媽，然後等你舅舅開始徵人。」說完沒多久，他突然驚豔的喊：「喂，阿聖，你快看！從這裡看夕陽超美的啊！」然後迅速拿走桌上的相機，打開落地窗衝到陽臺去。

在賀閔傑朝著遠方晚霞不斷按下快門時，吳棠聖也抬起眸，靜靜凝視他的背影一會兒，再低頭瞧瞧手中的照片，那是洛杉磯的夜景，璀璨燈火在黑夜中無限延長，宛如一條鑲鑽的銀河。

「好了，阿聖，東西整理得差不多了，謝謝你幫我找房子跟打掃，我請你去大吃一頓，走吧！」賀閔傑從陽臺踅回來，語氣愉悅。

「準備吃垮你了還這麼開心。」

「因爲我很想念臺灣的食物啊，尤其是蚵仔煎跟魯肉飯，你都不知道我在飛機上光是用想的，就從洛杉磯流口水流到臺北！」他樂不可支。

「可憐的傢伙。」

06

玄關已經不見劉育森的運動鞋。

電燈一亮，秦海昀一如往常脫下外套，放下包包，走到陽臺把曬好的衣服收進房間，摺好後再回客廳。

她從冰箱內拿出一罐啤酒，坐在沙發上，打開電視，主播播報著新聞，她卻一則也沒聽進去，一口一口啜著劉育森愛喝的酒，心想再不喝完，過期就浪費了，於是獨自解決，只是從前陪他喝了這麼久，她發現自己還是不太能適應這種味道。

整整一天，劉育森沒有發來任何信息，也沒要她帶晚餐回來，她便猜到對方又離開了，不知去了哪裡，也不知何時會再回來。

「妳根本就沒血沒淚。」

她沒什麼胃口，晚餐只用一個麵包配啤酒裹腹，原本在想要不要告訴郭庭昨天劉育森回來的事，但郭庭每逢截稿期就特別焦躁，對任何事都容易敏感，劉育森可能會是點燃她怒火的一顆火種，因此決定作罷，不再深思這件事是否有必要特別通知她。

發了半晌呆，放下麵包跟啤酒，她動也不動的直盯桌上的手機。

明明還沒過年，外頭就已經傳來鞭炮聲，偶爾的深夜，還能聽見附近住戶的小孩在施放煙火的聲音。

恍若過了一個世紀，秦海昀終於拿起手機，慢慢打出一個又一個數字，最後變成一串熟悉，卻許久不曾撥出去的號碼。

手機移到耳邊，另一頭的嘟嘟聲響沒有幾秒，就驟然換成一道淡漠的女聲：「喂？」

「媽。」她開口，「是我。」

對方停了一下：「什麼事？」

「這個月三十號，我就放年假了。」她語調平靜，緩慢的說，「今年你們有要到臺南過年嗎？」

「沒有。」對方問：「妳要回來嗎？」

「會回家一趟。」

「什麼時候？」

她停頓，沒有思考太久：「除夕那天上午，可以嗎？」

「嗯。」然後通話就被切斷了。

秦海昀繼續坐在原地好一段時間，直到外頭再度傳來鞭炮聲才稍稍回神。她望著電視許久，輕輕吸一口氣，感覺還嚥得到殘留在喉嚨裡的苦澀味。

「這樣不對啊！從一開始就跟妳說料帳要合一，妳備料作業弄懂沒？流程圖搞懂沒？有時間一直在那邊化妝聊東聊西，還不快點弄清楚，不然等到公司盤點出問題，看妳怎麼辦！」

離開課長辦公室，黛黛氣沖沖的將手裡資料丟到桌上，坐在位子上紅著眼眶不發一語。其他女生正要前去安慰，課長卻突然出現，扯著粗啞嗓子直對後方座位罵：「秦海昀！妳到底有沒有把工作交代清楚？怎麼到現在還有人搞不清楚狀況？連最基本的東西都做不好，要是盤點料帳出差錯，一切由妳負責！」

課長一走掉，黛黛立刻掉下眼淚，敲打鍵盤的動作大了幾分，劈里啪啦格外刺耳，憶兒跟Miya趕緊到她身邊關心：「黛黛，妳還好吧？」

「矮老白！死老白！他算什麼東西？憑什麼吼我？我長這麼大，連我爸媽都沒這樣罵過我！」滿腹委屈的黛黛憤怒泣訴，淚水撲簌簌的掉。

「他本來就變態，什麼都不做，罵部屬罵得最大聲，這老頭腦筋不正常，別跟他計較，不要難過嘍。」憶兒安撫。

「就是啊，我之前也被他電個半死，超火大的，妳就當作瘋狗亂吠，別生氣別生氣。」Miya道。

秦海昀走過去，遞了張面紙給她：「來。」

黛黛接過面紙，抽抽噎噎的擦掉眼淚，紅著鼻子哽咽道：「姊姊，抱歉，害妳也被罵了。」

「沒關係，若有程序不熟悉，再來問我就行了。」

然後小雪也拿了一份零食放黛黛桌上：「是啊，那老頭子八成這期樂透又摃龜，所以拿妳出氣啦，不用理他，吃個巧克力消消氣，乖。」

黛黛點頭，不一會兒恢復情緒，在眾人的齊聲安慰下，很快就破涕爲笑。

空檔時間，秦海昀在洗手臺前洗手，小雪隨後也步出廁所，走到她身邊轉開另一個水龍頭。

「這個禮拜五就開始放假了，姊姊開心嗎？」

秦海昀輕勾脣角：「妳呢？」

「有假放當然好嘍，只是想到要回高雄就無力，春節時段坐車最累了。」小雪從化妝包裡拿出粉底盒，「姊姊，我看妳之後會變得更辛苦喔。」

「嗯？」

「矮老白呀，他今天把黛黛臭罵一頓，有一半也是針對妳吧？他現在把一堆工作都推給妳，他搞不定的事，妳也都幫他處理好，我曾聽其他部門的人說，之前矮老白帶的倉管部簡直是一團亂，身爲課長，連流程圖都不會畫，還常搞出一堆問題，可是自從姊姊妳來之後，從進料到出貨的圖，妳都詳細的一張張繪製出來，讓作業流程變得清楚分明，倉管問題才獲得改善，妳甚至還因此發現公司內部的一些弊病，對吧？」

「我沒那麼厲害，只是跟著前輩學，然後照著做而已。」

「姊姊太謙虛了，妳本來就能幹，不然經理怎麼會這麼讚賞妳？矮老白動不動就刁難妳，看也知道是眼紅，搞不好他以爲妳想竄奪他的位置呢，因爲妳連他的工作都能做了，而且還做得比他好。」她收起粉底盒，拿出唇膏再凝視著鏡子，「不過黛黛也是很誇張，妳不覺得嗎？」

秦海昀從鏡中看了她一下。

「都二十幾歲的人了，居然還會說『我長這麼大，爸媽都沒這樣罵過我』這種話，還直接在矮老白面前擺臭臉，講好聽點是天眞，難聽點就是白目。爲了不讓她影響辦公室的情緒，大家還得像哄小孩般安慰她。」她哂笑，抿抿上好唇膏的唇，「說實話，姊姊妳也是太寵她了，她進來多久了？居然連ERP系統都還沒摸熟，只會一直說我不會我不會，撒個嬌就把事情全推回給妳。雖然我大她一歲，但這種公主脾氣我也受不了，那個許宗奕還能愛她愛得要死，眞是什麼人都有。她會被矮老白罵也是活該，至少我聽了覺得挺痛快的，就當是給她一個教訓吧！」

聞言，秦海昀低頭，將沖溼的手擦乾。

小雪轉眸望她，頭往一旁偏，無辜的嘛起嘴：「姊姊不接話，該不會是想陷我於不義吧？因爲只有我一個說黛黛的壞話。」

「當然不是。」

「那要幫我保密，不然我就不理姊姊嘍！」小雪笑容燦爛，旋即哼著歌步出洗手間。

下班後，小雪與黛黛兩人手勾著手，一起離開了公司。

爲了趕在春節假期前將工作結案，公司裡頭每個人都忙得不可開交，留下加班，挑燈夜戰的人不減反增。

週五下午，公司宣布提前下班的那一刻，每間辦公室都歡聲雷動，完成工作的人，開開心心的提著包包離開公司，準備好好享受這六天假期。

秦海昀依然工作到和平常一樣的時間才離開，沒有直接搭車回去，而是到平時常逛的誠品走走。離開後，發現時間還不晚，又去看了場電影，一連看兩部，等到回家洗完澡躺在床上，早就過了平時的就寢時間，她卻遲遲無法入眠。

她想不起自己是從什麼時候開始，只要在回家過年的前一天晚上，就沒辦法馬上睡著，總要拖到凌晨才能闔上眼睛，平時正常的作息，偏偏就這一天變調，因此這回她才試著把自己弄得疲憊一些，結果還是沒什麼用，只能繼續躺在床上等待睡意出現。

天色漸亮，清晨的溫度驟降，秦海昀在瑟縮中睜開眼睛，手機時間顯示七點半。她下床梳洗，然後吃早餐，將昨晚整理好的幾件乾淨衣物收進旅行袋，一切就緒，就出門去搭車。

所到之處皆是滿滿人潮與車潮，無數拖著行李的身影，將車站擠得水洩不通。

乘坐區間車的秦海昀，八分鐘的時間，人從板橋到臺北，再搭乘公車，不到兩個小時就回到她原來的家。

站在一幢透天厝前，面對家門片刻，她伸手按下電鈴，看到出現在門後的中年男子，她微微頷首，喚了聲：「孟叔叔。」

「喔，海昀。」孟書煒一臉和藹，將門完全打開，「外頭很冷吧？辛苦了，來！快進來，叔叔幫妳把東西放好。」

「叔叔，東西我來放就好，不用麻煩您。」

「沒關係沒關係，我先放在櫃子上，晚點妳再帶回房間就行了，趕快先進來喝杯熱茶，不然感冒了。」他親切的把她的行李和禮盒帶進客廳，然後朝廚房喊：「老婆，海昀回來了，出來一下吧！」

「叔叔，沒關係，我進去找媽就好。」她立即說，邊環顧無人在的客廳，「語新跟語璇……他們不在嗎？」

「他們在樓上，叔叔等一下就叫他們下來，妳先去找妳媽媽吧。」他莞爾一笑，旋即幫她放東西。

秦海昀慢慢往廚房走去，門簾一拉開，就看見一道身影佇立在裡面。

「媽，我回來了。」她喚道。

站在流理檯前的婦人，轉眸瞧秦海昀一眼，沒什麼表情，只淡淡應了聲「嗯」，就回頭繼續切花椰菜。

「需要幫忙嗎？」

「不用，已經切好了。」秦母將切好的花椰菜放進袋子裡，扳開水龍頭沖洗刀子。

此時秦海昀走到她身邊，舉起手中的東西說：「媽，新年快樂。」

她手上的紅包，讓對方的視線停了一會兒，秦母默默將沾滿水的手擦拭乾淨，接過紅包，仍沒半點情緒反應，只是說：「客廳桌上有鳳梨酥跟蛋糕，去吃點吧。」然後將紅包收進圍裙口袋，從冰箱裡拿出其他菜。

「好。」正要步出廚房，秦海昀從眼角餘光發現母親轉身拿出剛才的紅包，往裡頭看。

「海昀，叔叔茶泡好了，來喝一點。」孟書煒在客廳招手，替她倒好了一杯茶，「語新跟語璇等等就下來了。妳早餐吃過了嗎？這裡有鳳梨酥跟蛋糕，叔叔昨天去買的，嚐嚐看。」

「謝謝您，叔叔。」秦海昀接過茶杯前，又從口袋裡拿出另一袋紅包，「叔叔，這是給您的，祝您新年快樂。」

「唉呀，海昀，妳怎麼這麼客氣？」孟書煒一驚，連忙推回去，「不用不用，拿回去，這樣叔叔會不好意思啦！」

「叔叔，您就收下吧，不用不好意思。」她溫婉的說，「這是我的心意，感謝叔叔照顧我媽還有語新語璇，請您一定要收下。」

秦海昀的誠懇，讓孟書煒不好再推拒，接下時，紅包的厚度又讓他愣了一下：「謝謝妳啊，海昀。」他露出欣喜且靦腆的笑，「那……叔叔就收下了。」

對方收起紅包的那一刻，秦海昀聽見樓梯口傳來腳步聲，孟書煒立刻喊：「語新，語璇，快來，姊姊回來嘍！」

秦海昀轉頭，有兩個身影一前一後走下樓梯。與她對上視線時，他們臉上沒有半點興奮與喜悅，只有生疏的表情，兩人直接坐在另一張沙發上。

「怎麼啦？這麼久沒見到姊姊，你們都不想她嗎？快點跟姊姊打聲招呼啊！」

「姊姊。」他們有些彆扭的開口，馬上又移開視線，一個盯著手中的電動，一個盯著電視螢幕。

孟書煒對秦海昀無奈一笑：「大概是太久沒看到妳，覺得不好意思，平常的話，兩個老早就開始吵嘴了。」他拿出秦海昀帶來的禮盒，對孩子們說：「你們看，姊姊帶了你們最喜歡的巧克力過來喔，不跟姊姊說聲謝謝嗎？」

「……謝謝姊姊。」他們異口同聲，仍是那樣生硬的語氣。

四人吃點心配茶水，閒談的過程，大部分都是孟書煒在說話，兩姊弟始終專注在電動和電視上，不肯往秦海昀望去，像是想用專心來掩飾面對她時的尷尬與不自在。

「上班累不累？辛苦吧？」孟書煒關心。

「還可以。」

「看妳好像比之前更瘦了點，一個女孩子獨自在外頭生活，一定要好好照顧身體，知道嗎？」

「我知道，謝謝叔叔。」秦海昀說，目光又緩緩移至另一邊。

將近一年不見的雙胞胎弟妹，又長大了一些，變得與記憶裡不同，讓她深刻體會到時光流逝的迅速，從前那對可愛稚嫩的小小身影，不知不覺變得像是小大人，他們十六歲了，是高中生了。

那天，他們「一家五口」吃完中餐，雙胞胎馬上回到二樓房間，幾個老鄰居跑來家裡串門子，找孟書煒聊天，原本幫忙收盤洗碗的秦海昀，也被長輩們拉去打打麻將。

「海昀，跟男朋友現在怎麼樣啦？」左邊大嬸一邊摸牌一邊問，「什麼時候結婚？阿姨等著喝妳的喜酒耶！」

秦海昀還沒回應，右邊的伯伯也開口：「海昀還在原來那間公司嗎？有沒有升官？薪水多少？怎麼沒有去考公務員呢？考公務員好啊！」

「好啦，你們專心打牌，幹麼一直問孩子這種事？」孟書煒端茶過來。

「當然是爲海昀好啊，海昀這麼聰明，我還記得她小時候常常拿獎狀，都是前三名呢，一定很輕易就能考上的！」對面的白髮伯伯附和，幫著勸說：「海昀，伯伯是說眞的，去考考看，等考上啦，就什麼都好了。就像妳孟叔叔一樣，看看他，在公家單位待得多好？什麼都不用愁，妳還年輕，趁現在趕快去考一考，知道嗎？」

大嬸反駁：「唉呀，哪裡還年輕？我女兒比海昀小一歲，兒子都生了呢，女孩子還是趕快找個好男人嫁一嫁，這樣妳媽才能放心，還可以早點抱孫子呀！」

「妳女兒不是老師嗎？老公是做什麼的？」白髮伯伯問。

「是律師，而且聽說他哥哥也是呢！」

「都是律師？哇，釣到了金龜婿呀，妳很幸福唷！」

「神經，我哪有什麼幸福不幸福的？孩子幸福才重要！」大嬸說道，眼神裡藏不住驕傲的光芒。

三位長輩滔滔不絕，聊得不亦樂乎，秦海昀始終保持淺淺微笑，安靜陪他們打完一局又一局。而在大嬸繼續聊律師女婿與女兒的事情時，秦海昀看見母親走出廚房到客廳擦桌子，大嬸的聲音越大、笑得越開心，母親的表情就越清冷。

三十分鐘後，孟書煒讓秦海昀休息，換他和鄰居繼續玩，此時秦母正好出門買東西，秦海昀將行李提到二樓。

她踏進房間，裡頭空蕩蕩的，只有書桌、書櫃、衣櫃還有一張床，她當下佇立原地許久。熟悉的擺設、熟悉的味道，以及窗外熟悉的景色，讓她一時陷入深深的思緒之中。

她走到床邊，看見秦母幫她把床單跟枕頭套放在床上，但沒有套，她將換洗衣服拿出來放好，自己鋪床單，套枕頭套，大致整理一下，再打開窗戶讓空氣流通。

遠方灰白的天空，擁擠暗沉的房舍，喚醒了往昔回憶。

看景色看得出神，秦海昀聽見一陣爭吵聲，於是稍微將窗關上一些，發現是隔壁房的弟弟妹妹正在吵架。

「給我安靜一點，打電動不會戴耳機嗎？」

「耳機就壞了咩，妳很奇怪耶！」

「那把音量關小一點啊，當這裡只有你在住是不是？」

秦海昀靜靜聽他們吵，直到一陣巨大甩門聲響起，爭執聲戛然而止。

她站在窗邊一會兒，步出房間，走到其中一間不斷傳出音樂，未完全闔上門的房門口，伸手敲了敲門。

「吼，妳真的很煩！都關小聲了妳還想怎──」孟語新一回頭，發現是秦海昀在門邊，原本不耐煩的嘴臉迅速消失，嘴巴閉了起來，整個人變得無比侷促。

他在電腦桌前打線上遊戲，書桌跟書櫃一團亂，漫畫跟衣服丟得一床上都是，遊戲音樂不曾間斷。孟語新把視線轉回電腦螢幕，不吭聲，也沒其他反應，直到秦海昀走至身邊。

「語新，好久不見。」她開口，「你過得好嗎？」

「呃，嗯。」他低應，口氣略顯僵硬。

「剛剛來不及交給你。」她將紅包遞給他，「新年快樂。」

孟語新訝異的睜大眼睛，尷尬的模樣馬上一掃而去空，他開心的接過紅包：「耶，謝謝姊姊！」見弟弟滿臉喜色，就等她離開，可以打開紅包的那一刻，秦海昀便走出去，到對面另一間房敲敲門。裡頭一有回應，她推開門扉，同樣坐在書桌前的孟語璇，一看見她也和孟語新的反應一樣，詫異的愣住。

「語璇。」

聽見姊姊叫她，孟語璇稍稍回神，沒反應也沒回答，握著筆的手停頓片刻才又開始動作。

她正在念書，書桌上的參考書擺得整整齊齊，房間明亮乾淨，東西整理得井然有序。秦海昀記得，她這個妹妹從小就愛乾淨，只要東西被調皮的語新弄亂，常會氣得哭起來。

她走到妹妹身邊，關心詢問：「學校的課業還可以嗎？」

孟語璇不語，繼續埋首寫筆記，當一個紅包袋映入眼簾，她的手再度停住。

「這是給妳的。」秦海昀語氣溫和，「新年快樂。」

孟語璇默默盯著手邊的紅包，頭髮遮住她一半側臉，秦海昀無法看清她此刻的表情。孟語璇沒收下紅包，也沒說話，遲遲不肯抬頭正視秦海昀。

凝視妹妹半晌後，她離開房間回到一樓，秦母已經回來，正在和鄰居打麻將，已經下場休息的孟書煒，將秦海昀叫到客廳吃水果，兩人看著電視聊天。

約莫十五分鐘，樓梯傳來一陣腳步聲，孟語璇背著包包快步下樓，到麻將桌旁對秦母說：「媽，我要出去念書。」

「出去念書？怎麼不在家裡念就好？」

「孟語新打電動太吵，我念不下去。」她面無表情。

「那妳要去哪兒念？今天除夕，哪一間圖書館有開？」秦母疑惑。

「我去同學家念，順便到她家玩，很快就回來了。」

秦母答應後，孟語璇繞過客廳對孟書煒說：「爸爸，我出去了。」

「好，小心點，記得吃晚飯前要回來。」

「嗯。」她頭也不回，沒和秦海昀打聲招呼，就迅速離開家。

這時，大嬸忍不住對秦母讚賞起來：「怡青，看看妳家語璇，又乖又優秀，過年還這麼認眞讀書，哪像我家兒子，從前只要學校放假，都是在家裡睡覺，家事都不幫忙做，唉！」

「我記得海昀以前也是這樣嘛，假日的時候，常看她去圖書館念書呢，怡青的兩個女兒都這麼聰明又懂事，眞好啊。」白髮伯伯也發出羨慕的喟嘆。

「看樣子，語璇像她姊姊，一樣會念書，腦筋一樣好！」

「眞是好命，好命啊。」

「好了好了，說這麼多幹麼？快點丟牌！」秦母甩甩手，笑著催促。

待天色暗下，打完麻將的鄰居紛紛回去，秦母準備年夜飯，孟語新下樓，孟語璇也回家了，雖然秦海昀久久沒回來，但因爲有孟書煒在，這一頓「團圓飯」吃得還算融洽。

飯後，孟書煒與雙胞胎三人在客廳打撲克牌，秦海昀在廚房幫忙洗碗，秦母則在一旁切水果，誰也沒說話，直到秦海昀打破沉默：「媽。」

「嗯？」

「這段期間，家裡都好嗎？」唯有此時，她才能這樣與母親交談。

「好啊，怎麼不好？」秦母削著蘋果皮，卻沒反問她的近況，一句也沒有。

「今天聽阿姨他們讚美語璇，就表示語璇的課業沒什麼問題吧？」

「是啊，倒是語新書不好好念，一天到晚只會玩電動，語璇就不需要別人操心。」

「那很好，以語璇這樣的程度來看，應該可以考上很好的大學。」

「就像妳一樣？」秦母語調微揚，「妳阿姨他們今天不是說，語璇像妳嗎？」她問：「妳眞的覺得這樣很好？」

秦海昀刷洗碗盤的速度悄悄減緩了些。

「像妳一樣從小用功，付錢讓妳上補習班，高中念資優班，考上國立大學，結果畢業後的第一份工作是在大賣場當結帳員，然後再去一間聽都沒聽過的小公司，做薪水沒有幾萬塊的基層勞工。」秦母看著她，笑得很輕，「妳眞的認爲語璇跟妳一樣會是好的？」

秦海昀沒有答腔。

母親端水果離開，她也把最後一個盤子洗好，把流理檯整理乾淨。走出廚房，秦母已和他們坐在一起吃水果。

孟語新看見秦海昀走近，一時想到什麼似的，轉頭問母親：「對了，媽，姊姊明天也會跟我們一起去嗎？」因爲收到不少壓歲錢的關係，孟語新對秦海昀的態度已不再像白天那樣冷漠。

弟弟的疑問，讓秦海昀的目光移向母親跟孟書煒。

發現她不清楚狀況的樣子，孟書煒立刻解釋：「叔叔跟妳媽媽打算過完除夕之後，就帶語新、語璇去臺中玩個三天兩夜，好好渡個假。」語落，他詢問妻子：「妳沒有跟海昀說嗎？」

「沒有，我以爲她只回來一天。」秦母嚼著蘋果。

「不然這樣，再去訂一張車票吧？」

「現在哪還訂得到票？當初就是怕買不到，一個月前我就叫語璇去買四張了。」秦母的視線落向秦海昀，不帶情緒的問：「妳要去嗎？」

她望著母親，搖搖頭，對孟書煒說：「叔叔，你們去吧，不用買我的票。」

「可是妳明天……」

「我明早就回板橋，剛好下午和朋友有約，提早回去也好，叔叔你們好好玩，出去多走走吧。」

「嗯，好。」孟書煒微笑點頭，將水果盤朝她推去一些，「來，多吃一點，家裡很多蘋果，明天帶一點回去吧！」

秦海昀道聲謝，伸手拿蘋果，卻注意到從前方投來的視線，眸一抬，坐在對面的孟語璇已經別開了眼，面向電視不動。

洗完澡，秦海昀上樓回到臥室，她將這次多帶的衣服一件件收進行李袋，然後坐在床邊，專注眺望窗外黑夜。

良久，她起身走向書櫃，抽出一本許久不曾翻過，上頭積了點灰塵的書，是她的高三國文課本，內頁邊緣處已有點泛黃，裡頭每一頁的空白處，甚至是每句課文段落的間隙，都有當年用原子筆寫下的滿滿注解與翻譯。

放眼望去，櫃子裡除了當年的課本、參考書，以及補習班講義，沒有其他讀物，從前別說將課外讀物買回家，只要被發現讀課本之外的東西，一定會招來一頓打罵，因此，學生時期她最常待的地方就是圖書館，有喜歡的書也不能借回家，只能在館內看完。

離家多年，這個房間早已沒在使用，她原以為母親會把這些課本丟掉，不過……也許當年離開後，母親就不曾再踏進這間房裡一步。

看到這些書，對秦母而言只是諷刺，諷刺自己多年的付出不過是場徒勞。

收起課本，秦海昀來到書桌前，打開桌燈，掛在燈上的一樣東西因爲被照亮而映進她眼簾。

那是一隻小小的兔子布偶，從國中開始就掛在這兒，陪伴秦海昀度過無數個熬夜苦讀的日子，她依稀記得是某個親戚送的禮物。

她凝視兔子布偶許久，慢慢伸出手觸碰它，上頭的灰塵，再度提醒她那一段只能追憶的青春歲月，就在她對著兔子陷入深深思緒，一陣敲門和開門聲讓她回過神。

孟語新探頭進來，小小聲的問：「姊姊，妳還沒睡吧？」

「嗯，還沒。」見弟弟來找她，秦海昀頗感意外。

孟語新笑了一下，進房後迅速將門關起，快步走到對方面前：「那個……我是想來跟姊姊說，謝謝妳今天包紅包給我。」

「不客氣。」秦海昀注意到他眼神忽左忽右，不時抿脣的模樣，就知道他還有話想說，「語新？」

「呃，老實說，我有一件事……想要拜託姊姊啦。」

「什麼事？你說。」

他嚥嚥口水，吞吞吐吐，回頭朝門邊瞄了瞄，像怕被第三人聽到，因此將音量放得更輕，近乎細語：「其實……我一直都很想要一支智慧型手機，可是爸媽都不肯辦給我，我同學每個都有一支，就只有我還在用原來的舊手機，害我一直被笑，超遜的！」

聽到這裡，秦海昀知道弟弟想說的是什麼了，於是問：「那語璇呢？」

「她有哇！因爲她功課好，爸媽覺得她很乖很棒，就買一支給她了，媽說如果我想要，就好好用功，只要成績進步就會買給我，連爸也這麼說，根本就是偏心嘛！」他滿臉不服氣。

「要不要照媽說的做呢？努力一點，說不定下次考試成績就有起色了。」

「唉唷，如果可以的話，我早就這麼做了啊！但我就是很討厭念書，不管怎麼讀都讀不進去，而且我才不想變成孟語璇那樣，自以爲功課好就跩得要命，老是一副瞧不起人的嘴臉，看了就火大！」忿忿咕噥完，他雙手合十，可憐兮兮的說：「姊姊，拜託，能不能再資助我一點？一點點就好，我眞的很想要一支。我算過了，妳給我的紅包，加上爸媽的，還有其他叔叔阿姨給我的，金額還差一點點，可是我身上已經沒有半點零用錢了，等明年拿到壓歲錢，我再還給妳。我保證，絕對不會一天到晚亂打電話，也不會讓爸媽發現，更不會對任何人說是妳幫我辦的，現在就只有姊姊可以幫我了，拜託妳，姊姊，求求妳！」

弟弟的苦苦哀求，讓秦海昀沉默一段時間，最後點點頭，答應了。

孟語新瞪大眼睛，興奮喊：「眞的嗎？」他樂不可支，「姊姊，謝謝妳！我就知道妳對我最好了！姊姊明天回去的話，那……那等我從臺中回來，學校開學之後，我再跟妳聯絡，好不好？」

見她再點頭，孟語新雀躍不已，和她道聲晚安，就興高采烈的回自己房間去了。

隔日早上八點，秦海昀拎著行李踏出房門之前，視線不經意飄向了書桌，她盯了一會兒桌燈上的那隻兔子布偶，最後上前將它卸下收進行李帶走。

秦海昀比孟書煒他們早些出門，離開前，她先到廚房，對正在清理垃圾的母親說：「媽，我走了。」

「嗯。」秦母將新的垃圾袋套進垃圾桶裡，頭也沒抬。

繞過客廳時，秦海昀又對沙發上的妹妹說：「語璇，再見。」

孟語璇滑手機的手微微停了一下，她沒看對方，幾秒鐘後低低的應：「嗯。」

而孟語新則是精神抖擻的朝她喊：「姊姊，拜嘍！」

「這孩子，昨天明明還那麼害羞，八成是因爲今天要出去玩太開心了，就變得這麼熱情。」孟書煒呵呵笑，與秦海昀一起走到門口，叮嚀：「海昀，路上小心，衣服也多穿一點，別感冒了。」

「好，叔叔你進屋吧，外頭很冷，不用特地送我了。去臺中好好玩，麻煩叔叔多照顧語璇語新了。」

「什麼麻煩？還跟叔叔這麼客氣，有空的話，多回來家裡坐坐吧！」

「嗯。」

「還有……那個，海昀啊。」他清清喉嚨，摸摸鼻頭，臉上浮出一抹像是歉然的笑意，然後用低沉的嗓音，輕吐了句：「一直以來……辛苦妳了，謝謝。」

面對孟書煒這句道謝，秦海昀沒說什麼，只是淡淡微笑：「若還有需要我幫忙的地方，請媽再跟我說。」

聞言，對方沒有說「好」，也沒有點頭，只是再度摸了下鼻子，輕咳一聲。

與孟書煒道別後，秦海昀步出巷子，坐上往車站的公車，準備搭火車回板橋。

距離開工還有幾天，她一邊凝視車窗，一邊想著剩下的假期該去哪裡？要做什麼？可以做什麼？卻又很快就想通，其實去哪裡都無所謂。

因爲並沒有誰在等著她。

07

今年過年，賀閔傑幾乎在醫院及家裡兩邊往返。

儘管有護士幫忙注意情況，他還是每天到醫院看賀母，與她說說話。

就如賀閔喆之前告訴他的，這段期間他不曾見過任何一位親戚來探望母親，也沒聽過有人向醫院打聽母親的病情，該是與家人相聚團圓的時刻，她的身邊卻這般冷清孤寂，這段日子，就只有賀閔傑一人陪伴她。

大年初三的午後，賀閔傑走進病房脫下毛帽，受不了的直嚷嚷：「哇，好冷好冷，想不到臺北的冬天也這麼冷啊！」他拿著一杯熱騰騰的拿鐵，坐在病床旁吁一口氣，對母親苦笑：「媽，今天氣溫又變得更低了，想不到除夕一過馬上變天，尤其前天跟昨天，雨下得好大，害我的衣服怎麼曬都曬不乾。回來到現在還沒來得及去買新衣服，幸好我有多帶厚外套跟毛衣回來，所以就算冷氣團再強，也不用擔心啦！」

床上的賀母雙眼閉闔，胸口緩慢平穩的起伏。

她睡得很沉、很深，神情始終平靜安詳，彷彿無人能輕易將她從夢中喚醒。

喝完拿鐵暖和身子，賀閔傑拿條乾毛巾，弄了點熱水，將毛巾沾溼，確定溫度不會太高，便將毛巾捲成圓柱狀，開始爲母親擦拭臉部。

他小心翼翼撥開母親的髮絲，順著臉部線條，從眉毛到嘴唇，每個地方都仔仔細細的擦過，擦完了臉，換耳朵，然後頸部，即便對方沒有半點意識，他仍希望能讓母親清清爽爽、舒舒服服的睡著。

「老實說，我還是不太敢相信，想不到今年過年居然是跟媽一起過，而且就只有我們兩個。雖然妳看不到我，可能也聽不到我說話，但我眞的很高興可以再見到媽，無論怎麼想都不像眞的，跟做夢一樣。」掀開被子，他輕輕拉起母親的手，發現她指甲上的紫色指甲油已經剝落一大半，色澤也變得暗沉。

他深深凝睇這雙手，再回望母親的臉，脣角微微揚起。

「原來媽到現在還是擦這個顏色的指甲油。」他繼續擦拭她的手，低語：「我記得小時候，媽一直都是擦紫色的指甲油，而且媽的皮膚白，手指纖細又修長，擦亮紫色眞的很合適，加上當時妳戴著爸爸送的金戒指，看起來更是漂亮。」

他緩慢的擦著她的手心，眼神隨思緒變得遙遠。

「媽，妳知道嗎？以前的妳很美，眞的很美，當然現在還是非常美，雖然妳生病，也老了不少，可是在我心中妳還是一樣美麗，我是說眞的喔！下一次，我就來幫妳擦新的指甲油，擦妳最喜歡的紫色，就跟以前一樣，所以……」他喉嚨一滾，抿住脣，慢慢吸口氣。

「媽對我說，希望能在死之前再見你一面。」

「媽，妳要醒來。」他喃喃呼喚著，「妳一定要好起來，親眼看見我回來了。」

細雨下下停停，天空被層層灰雲籠罩，低溫加寒風，讓臺北街頭的人們穿得一個比一個多。久久不曾乾過的地面，久久不見陽光的天色，令人深感之前一閃即逝的好天氣，恍然如夢。

賀閔傑每天從醫院離開後，都會在街上逛一段時間，看看多年未踏上的這塊土地，與記憶中有什麼不同。吸著家鄉的空氣，面對熟悉又陌生的風景，穿梭在無數人影之中。

那段數不清的日子，濃濃鄉愁總在夜深人靜時湧上心頭，積累無盡思念與期待的心情，都在這一刻獲得釋放，他無法不激動、不感動，無法抑止就快撐破胸臆的千言萬語，光是輕輕說一個字，就足以讓他哽咽，熱淚盈眶。

母親的一句話，讓他終於能夠回家。

他眞的回家了。

深呼吸，他抿抿因冷風吹拂而乾澀的脣，笑得無比喜悅，他不願錯過身邊任何一道景色，站在這裡的每分每秒，不管走到哪兒，他手上的相機從沒放下過。

站在騎樓下賣雞蛋糕的老伯伯、排滿一整條路的摩托車、站在便利商店門口鬧彆扭的年輕情侶、坐在巷口的流浪貓……再簡單不過的畫面都深深吸引他，讓他無法停止按下快門的手。

最後，他跑去老伯伯的攤子買一份雞蛋糕回家，迅速洗完澡，回房間拆開剛從洛杉磯寄到的包裹，將裡頭的照片搬出來放進櫃子，未收進相簿的，將被他拿來製作成壁貼。

他叼著雞蛋糕愉悅的哼歌，拿著分類好的照片，準備貼在牆上，吳棠聖卻在這時撥電話過來。

「喂，攝影狂，在幹麼？」對方問。

「貼照片啊，怎麼這麼晚打給我？」

「跟你說補習班的事啦，順便確認你有沒有餓死在家裡。有時間到處拍照，不會去多買點食物擺在家中？冰箱裡只有一兩包冷凍食品，連顆水果都沒有，寒酸死了！」

「暫時隨便吃吃就好啦，我現在還不敢亂買東西，至少等到有工作，收入穩定點後再說，最近我發現冷凍水餃不錯，一包就可以抵三餐。」

「這麼好打發？那下次我送一箱泡麵給你救濟救濟好了。」

「好哇，我喜歡吃泡麵！」

「夠啦，不跟你鬧了，我跟你講補習班徵人的事，你記一下。」

「這麼快？消息出來了？」

「還沒，過幾天，只是事先從我舅舅那裡打聽到一點訊息，也怕你這個笨蛋拍照拍到忘記了，所以提前通知你，順便告訴你需要哪些資料，讓你有多點時間準備，應徵時間是……」

「Wait－Wait－等一下！」賀閔傑連忙丟下照片，砰砰的跳過箱子奔向書桌，從抽屜裡翻出便條紙及一枝筆，「好了，你講吧。」

將應徵跟面試時間，以及應徵所需要的相關證明文件一項項記下，確認無誤後，賀閔傑鬆口氣：「了解，這幾天我就會開始準備。」

「還有一點提醒你，你準備履歷的時候，別用電腦打字，要用手寫的。」

「手寫？為什麼？」

「這就是我舅舅個人的問題了，他有個怪癖，特別喜歡手寫的東西，討厭電腦打字，我也搞不懂他為什麼會對這種東西那麼反感。反正你寫履歷表的時候，通通用手寫的，雖然不保證你一定會應徵上，但至少能讓你贏在起跑點啦！若程度沒問題，加上這一筆，你的字又不會太醜的話，我想中的機率會高一點。」

賀閔傑哈哈笑：「知道了，雖然對其他應徵者不好意思，但還是謝謝你啦！」他馬上在紙上的「履歷表」三字後面加上提醒。

「那就這樣，我能幫的就這些，接下來你只能自求多福了。加油點，若你應徵上，換我請你吃飯。」

通完電話，賀閔傑放下手機，心滿意足的深吸一口氣，算算時間，有十天可以準備。

「加油吧，賀閔傑。」他低聲對自己勉勵，然後把便條紙牢牢貼在牆上，回頭繼續處理照片的事。

08

六天春節假期結束，秦海昀回到上班族的身分。

這波收假症候群讓大家進公司時都有點鬱卒，但倉管部的年輕妹妹們倒是很快就回復心情，互相聊著假日跑去哪裡玩，或是又買了什麼。

下班前五分鐘，秦海昀正在核對庫存資料，小雪把文件交給她時，注意到一樣東西：「姊姊，那是什麼？」

秦海昀轉頭，發現對方是指她掛在包包背帶上，過年時從老家帶走的兔子布偶。

「想不到姊姊會掛這個東西，好意外，是男朋友送的嗎？」

小雪這一問，引起其他女同事的興趣，紛紛上前湊熱鬧。

黛黛說：「跟姊姊的氣質不太搭耶，而且看起來像是很久以前的東西，怎麼不買新的呢？」

「有特別的意義才會帶在身上吧？我表妹十八歲了，還很寶貝小時候外婆送她的熊娃娃，連出門旅行都會帶著呢！」

「不過看到姊姊帶這個，有一種很可愛的衝突感耶。」

秦海昀沒想到自己掛個娃娃在身上，就能引起那麼熱烈的討論，她不過是想把布偶留在身邊，才掛在背帶上的。

「這樣吧，若姊姊喜歡這種款式的兔子，我就請一個專賣娃娃的朋友幫我留意，若有更新、更可愛的，我就請她幫我保留，送給姊姊當禮物！」憶兒拿出她的粉紅色手機準備拍兔子，那亮晶晶的鑲鑽機殼，當下吸引住秦海昀的目光。

「憶兒，請問一下，妳這支手機……」

「怎麼了？姊姊喜歡嗎？」憶兒直接把手機借給她看，「很漂亮吧，我上個月剛換的唷！」

「有其他顏色嗎？」

「當然有，姊姊也想買嗎？」

「不是，是我弟弟想要一支智慧型手機，所以我才好奇問問。」

「原來如此，不過姊姊妳怎麼不也辦一支呢？連我爸媽都用智慧型的了。」當Miya好奇問道，小雪失笑聳肩：「對姊姊來說，手機能打能接就夠啦，她連臉書都不玩了。」

她們聊到下班，憶兒仍推薦秦海昀同樣的機種，還上網找不同顏色的圖給她參考。

過幾天，秦海昀收到弟弟的簡訊。

他告訴她學校已經開學，再暗示到資助買手機的事，由於他還沒有自己的帳戶，因此無法用匯款的方式將錢給他，原本想週末跟她約見面，但昨天他不小心惹爸媽生氣，被罰禁足兩週，連假日都不能出去，問秦海昀該怎麼辦？

那時準備就寢的秦海昀坐在床邊，思忖下週排一天休假應該沒問題，於是回傳簡訊告訴弟弟，她下週三會去學校，等他放學時見面。孟語新馬上答應，跟她道謝，從文字裡可以看出他有多開心。

雖然秦海昀心裡清楚，若非弟弟有求於她，她不可能會收到這簡訊，語新也不會和她這樣聊天，但那一夜，她還是對著簡訊裡最後的「謝謝姊姊」四個字，默默看了很久，很久。

到了約定那天，秦海昀來到弟弟妹妹的學校。

她沿著學校外圍漫步，眺望校園裡的景色，運動場上有不少男學生在那裡打籃球，運球聲及學生的笑鬧聲清晰傳進她耳朵。

那些充滿活力的年輕身影，讓她看到入神，直到放學鐘聲響起，無數背著書包的學生魚貫走出校門，她轉而到隔壁的店家去。

因爲怕被孟語璇發現，孟語新之前提議約在學校附近的速食店。

放學後的速食店十分熱鬧，到處都是學生，秦海昀在座位上喝紅茶，聽著隔壁桌的三個高中女孩聊天，其中一位鬱鬱寡歡，其他兩位則是激動的振振有詞，偷聽了一分鐘，秦海昀大概了解發生什麼事，女孩的男友與同社團學妹走得太近，不只私下常聯絡，甚至還被人撞見手牽手走在一起。女孩的朋友不顧有旁人在，一邊痛罵對方，一邊安慰已哭成淚人兒的女孩。

「姊姊！」孟語新出現，迅速奔向她這一桌，他笑得憨憨然，摸摸頭，不好意思的說：「那個……抱歉啦，還讓姊姊特地跑過來。」

「沒關係。」

「那麼……那個，就是……」

他扭扭捏捏，還沒開口，秦海昀就先將一袋東西放在桌上。

「來，給你。」

孟語新疑惑，把袋子裡的東西拿出來一看，整個人呆若木雞，眼睛睜大到不能再大。

「前陣子我看到這一款，覺得不錯，是黑色的，你看看喜不喜歡？」

孟語新張大嘴巴，驚訝瞪著手中盒子許久，因爲裡頭正是他朝思暮想的智慧型手機。

「不喜歡嗎？」秦海昀以爲他不滿意。

他用力搖頭，不敢相信對方會直接買一支給他，當下開心到臉都紅了：「姊姊，謝謝！這支超棒的耶！」他欣喜若狂，興奮不已，「我終於也有一支了，謝謝姊姊，我一定會好好用，不會弄壞的！」

秦海昀莞爾一笑，在弟弟狂喜之際，她拿出錢包：「對了，語新，你去點一份餐上來吃吧，姊姊請客。」

聞言，孟語新臉上的笑容登時消失，他愣了幾秒，接著嚥嚥口水，吶吶回道：「那個，姊姊，我……還是回家吃就好了，因爲媽叫我一放學就要立刻回去，不准在外面逗留，要是今天晚回家，我又會挨罵了……」

弟弟尷尬的神情，讓秦海昀即刻意識到，儘管他對她已沒那麼生疏，但要他繼續留下與她面對面單獨相處，對他而言還是件不自在的事，就算要聊，也不知道該聊什麼，畢竟兩人平時根本不會見面，也多年不曾好好說過話了。

孟語新把盒子放回袋裡，小心塞進書包，站了起來：「那……我先回家了，謝謝姊姊，我走嘍，再見！」他揮揮手，頭也不回的快步離開。

隔壁仍不時傳來女學生的啜泣與怒罵聲，秦海昀的杯子也已見底，於是她起身將紙杯丟入回收桶，步出速食店準備搭車回去。

尖峰時段的公車十分擁擠，秦海昀一邊聽司機廣播下一站站名，一邊望著窗，不知爲何，腦海一直浮現方才隔壁桌女孩哭泣的臉。

從前，她的世界有兩個重心，一個是學業，另一個就是劉育森和郭庭，只是那些記憶像是從塵封已久，沾滿灰的書櫃角落翻出來的照片，除了黑白，她看不見一點色彩。

剛才那個女孩在她眼中是傷心、痛苦的，卻也是帶著色彩的，那樣的畫面勾著她的心，吸引她的目光，不知不覺將她的思緒拉至心底的最深處。

公車緩緩煞車，所有站著的人重心跟著往前，秦海昀停止了沉思，繼續面向著車窗，卻在玻璃窗反射的影像中，注意到站在斜前方的女子面色有異，神情越來越難看。

女子身著便服，看起來像是大學生，秦海昀原以爲她不舒服，透過眼角餘光又發現一名站在女子後方，也就是秦海昀旁邊的中年男子，他的左手好幾次觸碰到女子的臀部。

車上太擁擠，女子沒辦法移位，只能不斷往座位處靠，想遠離身後的狼爪，男子卻持續朝她逼近，由於女子沒有出聲張揚，男子的動作也越發大膽。

秦海昀慢慢靠近她，在手機上打出幾個字，再悄悄移她面前——

需要幫忙嗎？

女子驚訝，宛如看見救星，眼眶泛紅的連忙對她點頭。

確認對方真的遭到騷擾，秦海昀蒐證後收回手機，準備到駕駛座通知司機，轉身那刻卻聽見一道宏亮的聲音：「司機先生，車上有色狼！」

喊的人是個男生，嗓音很年輕，像是青少年的聲音，有點沙啞，卻十分響亮，頓時讓全車的人都吃驚的往後方望。

司機立刻用麥克風詢問：「剛才有人說有色狼嗎？」

秦海昀跟著回頭，看見一名身著與孟語新相同制服的少年，他坐在較高處，舉起右手指著那名中年男子：「有！在這裡，就是穿白色衣服的這個男人，他一直在騷擾女乘客！」

車上一陣騷動，所有乘客的視線全落向被點名的那個男人，司機當場宣布：「各位乘客，接下來幾站本車將暫不停靠，直接開往警局，造成各位不便，請見諒。」

司機先生的廣播讓男人驚覺不妙，焦急的擠過人群往門邊衝，然而前後門都緊閉著，男人根本無處逃。最後公車停在警局門口，車門一開，他馬上衝下車要逃，卻被接獲通知，已事先戒備的警員逮住，看到他被扭送進警局，車上乘客全拍手叫好。

當那位女大生及高中少年也依警方要求下車，司機又廣播：「若車上還有其他的目擊者，請幫忙作證，謝謝。」

那女生一聽，忽而停下，回頭朝秦海昀望去。

接觸到對方的眼神，秦海昀沒多作思考，走至前方刷完悠遊卡就下車。

在警局裡，那個男人矢口否認犯行，就算大學女生與少年指證歷歷，對方依舊狡辯不肯認罪，甚至誣賴少年說謊。

「我才沒說謊，我親眼看見的，你在車上都站她後面，還一直摸她的屁股！」他憤然。

「小鬼，你有證據嗎？有什麼證據證明我摸她屁股？沒證據就少亂講話，趕快回家多念點書吧！警官，他們根本沒證據就想誣賴我，搞不好是串通好要陷害我的，不是有些人會故意設圈套，趁機多撈別人幾筆嗎？這社會的風氣很陰險的，看起來善良的人也都不能信哪！」

男人繼續耍賴，不但不認罪，還把矛頭指向女大生和少年，那張狡獪的嘴臉，讓他們氣憤不已，女生甚至氣到掉淚，卻無計可施。

就在這時，秦海昀將手機交給做筆錄的警官：「警察先生，這是剛才在公車上錄的畫面，請您看看。」

他們三人聞言同時愣住，警察開始看手機裡的錄影畫面，鏡頭將男人騷擾女生的過程拍得清清楚楚，鐵證如山，男人百口莫辯，臉色發白的癱坐著，再也說不出話。

離開警局後，女大學生不停跟少年、秦海昀道謝，尤其對秦海昀更是感激不已。

然後，女大生道別離去，男孩忍不住說：「太好了，多虧有妳，才能把那個噁心的變態抓起來！」

秦海昀回頭，此刻的近距離，讓她得以看清楚對方的臉。

少年比她高將近半顆頭，頭髮理得很短，他很瘦，但有一身好骨架，看起來像經常運動的樣子，笑起來時，勾起的嘴角旁有小小的酒窩，微微瞇起的眼睛烏黑明亮，炯炯有神，是個外向活潑的男孩。

「你剛剛很勇敢。」她說。

「還好啦，有勇無謀而已。當時一發現，我只想趕快通報司機，完全沒想到要先錄影存證。」少年不好意思的摸摸頭。

氣溫偏低，他卻似乎一點也不怕冷，白色襯衫外頭只穿一件單薄的學校外套，秦海昀注意到，他襯衫左胸前的名字旁邊，繡的是一條藍色條槓。

「你是高一生？」

「對啊。」他點頭，順著秦海昀的視線往自己身上瞧，「怎麼了嗎？」

「沒有，只是我弟弟跟你念同所學校，也是高一。」

「眞的？是誰？」少年意外，當聽見對方說的名字，他立刻笑了開來，「孟語新？我知道，他跟我同班啊！」他唇角酒窩浮現，「原來妳是他姊姊呀！」

少年的燦爛笑顏，讓秦海昀的目光一時停住。

沒多久，她又看見少年的深藍色外套上，以白線端端正正繡在左胸口的名字——余學翰。

聽到對方充滿精神的應答，讓秦海昀忽然覺得，眼前少年的臉，在這樣灰暗陰沉的天色中很是明亮，宛如一盞小小明燈，安靜溫和，緩慢照亮她的視野。

感受到那一曙光，身邊不曾停止吹拂的寒風，似乎也變得沒那麼冷冽了。

09

回溯二十七年來的人生，秦海昀不曾覺得自己失去過什麼，卻也不曾覺得自己擁有過什麼。

有記憶以來，她就不斷努力念書，因爲母親認爲這是她該做的，是身爲孝順的子女，身爲學生該盡到的責任。弟弟妹妹出生後，無論是照顧他們、做家事，或是維持課業成績，不能掉出前三名，她不只要做到，更要做到好，當這些都做到了，母親才可以向父親證明自己是一個好妻子。

正因爲那些都是「應該的」，所以就算完成母親的要求，她也不會得到讚美。當達成他人期望變成再正常不過的事，「失敗」就成了罪惡，無法輕易獲得原諒，一輩子都會遭到指責、唾棄。

從生活作息到交友狀況，甚至是思想，母親對她無不牢牢滲透，嚴格控制。小學時，母親不准她和同學出去玩，放學必須立刻回家；國中時，母親不准她參加任何校外及同學之間的活動，同學的生日、聚會，學校舉辦的遠足、畢業旅行，從來不曾有她的身影，非上學的日子，她只能在家念書、照顧弟妹，連同學打電話來家裡都不被允許。

母親總是告訴她，那些同學都不是好人，是會阻礙她進步的絆腳石，不是她需要的東西。

藉由女兒來滿足自我良好及自欺欺人的心，只因爲秦母認爲這麼做，丈夫的心就能留在這個家。

一直以來，秦母以言語及身體力行告訴女兒：父親的話就是權威，父親說什麼就是什麼，若男人犯錯，是女人的責任，是女人不夠努力，才沒辦法挽回對方的心。秦母甚至常以此標準在秦海昀面前批評身邊那些婚姻不幸的女人。

在男人面前，女人永遠不能有自己的聲音、不能有主見、不能有情緒、不能有脾氣、不能太強勢，這是身爲女人的責任與義務，也是她深信不疑，堅守多年的眞理。

因此，當丈夫最後還是離開她，秦母徹底的崩潰了。

秦海昀國三時，父母因第三者介入而離婚，當時語璇、語新才剛滿四歲。

丈夫的背棄，讓秦母——一個從來沒有自己的聲音的女人——她的世界、她多年來的信仰就此崩盤瓦解。

她痛苦不堪，天天沉溺在憤恨與淚水中，直到一年後遇見孟書煒。

經由親友介紹，秦母認識大她六歲，在政府單位任職的孟書煒，他的個性溫吞，說話緩慢輕柔，總是掛著親切有禮的笑容。他的出現和陪伴，慢慢打開秦母封閉許久的心扉，兩人從熟識到交往，孟書煒多次進出他們家，對孩子們也十分照顧，視如己出。

當時，秦海昀已經高三，考上大學的隔年，孟書煒與秦母結婚，正式搬了進來，半年之後，秦海昀對母親開口說想搬出去住。

十六歲那年，她認識了郭庭與劉育森，他們帶給秦海昀的衝擊，就像彗星撞上一顆失溫死去的恆星，狠狠撞開她封閉狹小的世界。郭庭讓她看到不一樣的世界，劉育森則給她前所未有的情感依賴，一直活在母親嚴格管控下的她，在遇見劉育森之後，開始有了反抗心理。

當她開始會對母親說謊，告訴她去圖書館念書，實際上卻是跑去與劉育森見面時，想從母親身邊逃走的心情一次比一次強烈。

到了大學，在劉育森不斷的慫恿，以及家裡各方面也都平穩安定的情況下，秦海昀終於以學校離家過遠，易耗體力和交通費爲由，對秦母提出搬出家裡的請求。

在認識劉育森之前，她從不敢想自己有一天會對母親說這種話，結果可想而知，秦母大發雷霆，在孟書煒的百般勸和下才有了轉機。

最後，秦母答應秦海昀搬出去，卻同時冷冷宣布：「妳搬出去，今後學費和生活費就自己解決，不要妄想我們會給妳一毛錢。」

於是，她終於搬出了那個家，從母親掌控的世界離開。

大學四年，她靠自己的努力養活自己，不只沒拿家裡一毛錢，還會匯點錢回家。在打工認識的朋友介紹下，畢業隔天，她直接進入一家大賣場當結帳員。

秦母得知這件事，氣到幾乎發狂，不能接受身爲國立大學畢業生的她竟做這種工作，除了痛罵她將全家的臉丟光，更不准她再踏進家門一步。

若要問，在她截至目前爲止的人生裡，違逆了母親幾次？答案是兩次。

第一次，是當年她搬出家裡，第二次，是踏上與母親期望完全相反的路。

大學畢業前，秦母就曾多次要她去考國家考試，和孟書煒一樣當個公務員，在當時經濟不景氣，裁員風潮盛行，人心惶惶的氛圍下，鐵飯碗成了大家都想搶的熱門職務。

秦海昀開始上班後，秦母下了通牒，在考上國考或是找到更好、更像樣的工作之前，她別想回家看弟弟妹妹。因此，秦海昀當時白天在大賣場上班，晚上就苦讀準備考試。雖然念書對她而言並不難，但除了平日，假日她也兼其他工作，等到下班回家翻開書本，通常都是在很疲憊的情況下，結果第一年她沒有考上。

其實她從未有多大的期許，認爲自己該找一個符合「國立大學畢業」這身份與條件的職業，會進大賣場當結帳員，只是因爲那時身邊正好有這份可以馬上做的工作，爲了緊迫的生活開銷，所以她做了。待一年過去，才轉進另一間印刷公司。

準備國考的第二年，某個深夜，她在夜燈下讀著厚厚一本行政法，謄寫筆記的手寫到一半速度漸漸慢下，最後她完全停止書寫。

那時，她坐在書桌前凝視書本整整十幾分鐘，不再動筆，將書和筆記都闔上，隔天就把所有的書收進紙箱，送給昔日一位也正在準備國考的同事。

她又一次違逆了母親。

這也是自小到大，她兩次最大的「叛逆」。

她沒告訴母親自己已放棄考試，就算母親問起，她也不多說，只讓對方以爲她又沒考上。

日子一久，母親漸漸不再關注這件事，雖然在孟書煒的幫助下，秦海昀不至於繼續被擋在家門外，但秦母從此對她十分冷漠，沒再對她笑過，最常對她說的話就是：「沒什麼重要事就不用一直跑回來。」最後再附一句：「妳不是很想離開這個家嗎？」

秦母看她的眼神讓秦海昀明白，母親是眞的將她排除在外。秦海昀想，或許在母親的內心深處，會覺得看見她就像看見自己從前的不堪，在母親眼中，她就是一個「失敗」，多看一眼都是傷害。

對母親而言，她已經是個外人，從一開始的掌控限制，到最後的完全放任。放她走，是謊言；放棄，才是事實。

雖然母親已不歡迎她，也不期望見到這個女兒，卻還會不定時與她聯繫，要她爲家裡「盡些責任」。

「妳從父母這裡得到那麼多，供妳吃好睡好，讓妳讀書讀到大學畢業，結果什麼也沒有回饋給我們。」電話裡，秦母不帶情緒的問：「妳不覺得，自己現在應該負些責任了嗎？」

在母親眼裡，她沒有盡到任何的責任，所以她沒有選擇權，沒有回話的權利，沒有說不的資格。

因爲這一切對她而言，本來就是「應該」的……

秦海昀在雨聲中慢慢睜開眼睛。她躺在床上不動一段時間，視線從天花板移至窗邊，交織在玻璃窗上的雨網，斷了又結，結了又斷。

下床，梳洗，穿上外套，提起包包，走到玄關處，一把墨綠色的折疊傘擺在牆角——昨天那位少年借給她的傘。

經過一夜，傘布已經乾得差不多，秦海昀拿起來抖了抖，仔細將它弄乾淨，再將傘面壓平，不弄出半條皺摺，整整齊齊的綁起來。

那位叫余學翰的少年，一得知她是孟語新的親姊姊，很是訝異，兩人結伴從警局走到附近的公車站，閒聊的過程中，他想到：「嗯？可是我剛剛聽警察先生問妳的名字，好像聽到妳姓秦……」

「這是舊姓，語新他們跟的是我繼父的姓。」

「咦？」這個答案又讓他驚訝一次，頓了幾秒才理解的點點頭，「是這樣啊。」

「你跟語璇也認識嗎？」

少年搖頭：「我不認識孟語璇，但聽過她，她的功課很好，我沒跟她說過話，不過大家都知道她跟孟語新是雙胞胎，雖然他們兩個長得一點都不像。」

「嗯，他們是異卵。」

「我知道，所以要不是名字相近，大家絕不可能猜得到。只是沒想到，原來他們還有一個這麼大的姊姊，我從沒聽孟語新說過。」他摸摸頭，又想起：「對了，姊姊對這裡熟嗎？」

她看看四周，搖搖頭，雖然都是在臺北，但她從沒有來過這兒。

「那妳原本要去哪兒？」

「臺北車站。」

「喔，那簡單，我記得這裡有一班車可以直達，我幫妳找找。」他立刻跑到站牌前，將每一座站牌都仔細看過，最後指著其中一座，「有了，就這班，姊姊妳搭這班就可以了！」

秦海昀看著他，正要開口道謝，一滴冰冷驟然落在她鼻頭上。

綿綿細雨中，少年連忙跑回她的身邊：「哇，慘了，居然下雨，妳有帶傘嗎？」沒等對方開口，他二話不說翻開書包，拿出一把墨綠色雨傘並且打開，直往她手上塞：「幸好我媽早上硬要我帶著出門，還眞的派上用場，給妳！」

「不用了，我——」

「沒關係，我本來就要轉兩班公車，突然中途下車，剛好可以直接搭捷運回家，不用轉車，可是姊姊妳在這邊搭捷運就要轉，很麻煩。妳再等一下，公車應該很快就會來了，我先走嘍，拜拜！」

秦海昀完全來不及說話，只能看著少年在漸大的雨勢中，用書包遮住頭，往捷運站方向快步奔去。杵在原處的她，抬頭盯著傘，下一秒，聽見少年在遠處呼喚她，他停在街角，正望著她的方向。

「我叫余學翰——」他喊道，臉上笑容燦爛明亮，「很高興認識妳！」

秦海昀的呼吸凝滯了一秒。

待對方身影逐漸消失，她的目光仍停留在那裡，直到她要搭的公車到站。

一個小時後，她將溼答答的傘放在家中玄關處晾乾，心裡想著，也許要再找時間和語新見個面，請他把傘還給他同學，只是不曉得語新還願不願意跟她見面，而且，或許那男孩之後會將這一天的事告訴語新……

「很高興認識妳！」

沒想到會聽見有人這麼對她說。

雖然知道那只是禮貌上的說詞，但少年率眞的氣質，還是讓秦海昀印象深刻。

她憶起剛認識劉育森時，他傳給她的第一封簡訊中就有這句話。

或許因爲如此，與少年相遇的那個夜晚，她才會突然夢見從前的事。

她不曉得自己是否在懷念著什麼，但隔日一醒來，躺在她腦海裡的第一個畫面，不是與劉育森的初識，也不是這些年來和他相處的點點滴滴，而是那個少年的笑。

10

近日公司的業務量爆增，使得倉管部的員工們苦不堪言，哀鴻遍野。

連日加班帶來的疲憊不說，精神壓力更是成了快壓垮她們的最後一根稻草，辦公室的女孩們，脾氣一個比一個暴躁，火氣也一個比一個大。

「幹，那個矮老白又死到哪裡去了？打手機也不接，是想逼我炸了他的辦公桌嗎？今天就是最後期限了，一堆東西都在等著他簽核，他還敢給我不見！」耐性已到極限的小雪，一回辦公室就毫無顧忌的飆罵：「我一定要跟經理投訴，拜託她把那個死矮子給裁掉，氣死我了！」

「要連署的話，記得算我一份。」憶兒從電腦中抬起空洞的眼。

「好不容易撐到今天了，結果還這樣，唉唷，又要被罵了啦！」Miya趴在桌上，對秦海昀求救：

「姊姊，怎麼辦？星期五了，我不想連今天都要留下來加班。」

秦海昀在座位上，靜靜聽著話筒裡的嘟嘟聲，對方始終沒接，她只好掛上電話，對她們說：「我去跟經理解釋，看能不能先呈上去，所有東西我都確認過，應該沒什麼問題。」

「可是等矮老白回來，姊姊妳一定又會挨罵了！」黛黛道。

「沒關係，事情先處理好比較重要，今天是最後一天，逾期的話，後面問題會很大，也會影響到其他部門的進度。」她對前座的人說：「小雪，麻煩妳將課長桌上的所有卷宗都拿來給我好嗎？」

忙碌多天，最後在秦海昀與上司說明及協調下，主要工作總算平安落幕，暫時告一段落。

可以大肆放鬆的她們，提議下班後一起去吃飯、逛個街。

「妳們去就好，我想把一些資料再整理一下。」

秦海昀一這麼說，黛黛和憶兒立刻齊聲喊：「不行，姊姊怎麼可以不去！」

「就是啊，今天大家能準時下班，都是託姊姊的福耶！」Miya也附和。

小雪則笑：「不然，姊姊只要吃飯就好，逛街就放過妳。我剛剛已經訂了一間非常有名的燒烤店，姊姊就跟我們去吧。」

她們拉著秦海昀開開心心的步出公司大門，搭了十分鐘的捷運，再走一段路，抵達目的地。

四個女人各叫了一大杯的水果酒，點了好幾盤肉大吃特吃，將這幾日工作上的積勞和鬱悶都發洩出來。她們又叫又笑，每張臉隨著酒一杯接一杯，越顯紅潤。

看到秦海昀從頭到尾都在幫她們烤肉，然後挾到她們盤子裡，小雪說：「唉唷，姊姊，妳怎麼只顧著幫大家烤啦？妳也多吃點啊，連酒都不叫一杯！」

「沒關係，我其實不太餓，妳們吃就好。」秦海昀說。

身旁的黛黛立刻倚著她的肩撒嬌：「嗯～姊姊眞好，好像媽媽唷！」

「姊姊是在擔心矮老白會找妳秋後算帳嗎？」小雪又問。

「不是，今天情況本來就比較緊急，我相信課長會理解的。」她莞爾。

她們花了三小時用餐，吃飽喝足後，黛黛一行人還要去逛街，於是秦海昀就在店門口與她們道別。

儘管快十點，街上依舊是滿滿人潮，由於秦海昀對附近不太熟，剛吃飽時，她就請小雪幫忙上網看一下離這兒最近的公車站位置，發現有一班車可以直達她家附近。

秦海昀越過馬路走到對街，再繞進一條人煙稀少只有幾家小店的巷子中，只要穿過小巷就可以抵達公車站，她卻在途中被一間店吸引，那間店不只空間小，連天花板都很低，木製的牆壁上，貼了幾位經典革命人士的海報，包括切．格拉瓦，還有印度聖雄甘地，從門口看實在猜不出裡頭賣什麼，因此秦海昀進去瞧了瞧。

昏黃的燈光，讓人彷彿置身在暮色下，空氣中還有一股淡淡的檀香味，店中央的長桌上，擺設著黑膠老唱片、CD、明信片，和一些造型別緻的小精品，整間店給她的感覺是溫柔舒服的，賣的商品獨特又多樣，其中最吸引秦海昀目光的，是放在桌角的一個金黃色燈壺，與阿拉丁神燈一模一樣的神燈壺。

「歡迎光臨。」從櫃檯傳來親切的女聲，她稍稍回了神，又看了眼那座神燈壺，然後轉頭問：「我可以拿起來看嗎？」

「當然可以。」個頭嬌小的女老闆走近，直接捧起神燈壺給她，「很美吧？和阿拉丁神燈一模一樣喔！妳有什麼心願嗎？要不要對它許許看？」

這句話令秦海昀微笑，晶亮的壺面，閃著清澈的光澤，美到讓她覺得不像是這個世界會有的東西，彷彿只要伸手輕輕一抹，就眞的會有精靈跑出來的樣子。

「這間店很漂亮。」秦海昀抬頭環顧店內，「請問平時的營業時間是什麼時候呢？」

「我們一個禮拜開六天，上午十點到晚上十點半，星期一公休。」

「那不好意思，耽誤妳下班了。」

「沒關係，歡迎再來看看，剛好明天有一些新貨進來，說不定會有其他妳喜歡的東西唷。」

兩人話別後，秦海昀離開了店。

走出巷子，一座天橋映入眼簾，而天橋的另一端——對街，公車站就在哪裡。

與一群人等著過馬路的同時，她凝望不斷從眼前駛過的車輛，無止盡的車鳴聲、喧嘩聲，與方才那間小小的、寧靜的店，宛若兩個世界。

「妳有什麼心願嗎？」

她的眼神飄遠，焦距卻沒落在任何一處。

一句輕輕的話，在她耳畔不斷迴蕩，一次、兩次，直到每個字都慢慢有了重量，最後彷彿凝聚成水滴，無聲落在胸臆間，悄然渲染開。

浸得不深，卻染得很遠……

儘管對方不苟言笑，嚴肅到令人冒冷汗，他還是努力笑得眞摯誠懇，勾得高高的嘴角始終沒垂下來過。

賀閔傑動也不動的直盯眼前這位中年男人。

眞要形容的話，這位主任簡直像整整一天沒吃飯，三天沒睡覺，又便祕一個禮拜的吳棠聖。黝黑的膚色，顯眼的單眼皮，雙眉擰起的模樣，讓他不禁在心裡感嘆這兩人不愧是親戚。

對方沉默不語，讓這間小小辦公室充滿令人窒息的低氣壓。

當主任終於慢慢從履歷中抬起頭，目光如箭直射向他，他馬上讓唇角再上揚幾度。

星期六，賀閔傑到這間補習班參加面試，很久沒有寫履歷的他，這些天一直在苦思要怎麼寫才能給這位主任留下好印象？要怎麼跟他介紹自己，成功機率才會比較大？因此到面試的前一天晚上，他都還在研究履歷表，修修改改，不斷重寫，甚至多寫了一份，再決定投哪一份會比較好。

「你是在洛杉磯修完教育學程？」主任問。

「對，因爲我對教學一直都很有興趣，也有在當地教過小孩及成人華語。」

「我們這裡是美語補習班，不是華語補習班。」

「呃……不過主任，教美語我也OK的，不管是生活美語還是商用美語，我都有自信可以勝任，我在洛杉磯不只擔任過老師，也有在報社跟外貿公司待過幾年時間，很多方面我都有接觸，我相信這在教學上會特別有助益，因爲我不只可以教學生語言，還可以分享在國外生活的經驗給他們！」

聞言，主任陷入沉思，盯著履歷良久，突然問了件跟前一段無關的事：「你履歷表爲什麼會用手寫的？這年頭幾乎每個人都是用電腦打字，所有人的履歷表就只有你的不一樣。」

「咦？因爲……」他心一驚，馬上笑笑的回：「因爲我本身比較喜歡手寫的感覺，而且我覺得這樣也比較有誠意嘛，哈哈哈……」

十五分鐘後，賀閔傑覺得莫名疲憊的步出補習班大樓。

他傳訊息給吳棠聖，對方很快就直接打來：「結束了？怎樣？順不順利？沒有出槌吧？」

「還可以，我只能說盡力了。」他虛脫的鬆口氣，搔搔頭，「不過你舅舅眞的有夠恐怖，不用說話就很有壓迫感了，從來沒有一次面試這麼緊張過，壓力好大！」

對方大笑：「我早跟你說過他不好搞了啊！這關搞定，接下來就祝你好運啦，先不跟你說了，老子要去執勤，結果出來再跟我講，拜！」

放下手機，賀閔傑看看時間，已經三點多。

今天還沒有去探望母親，他打算去看她，剛好這間補習班與醫院相隔不遠，步行的話，大約十五分鐘就能到，若能順利應徵上這裡的工作，今後去看母親就更方便了。

前腳才踏出一步，毛毛雨就驟然飄落，他連忙退回屋簷下，愕然仰望天空，短短幾秒鐘，雨勢由小轉大。

「不會吧？剛剛天氣不是還好好的嗎？怎麼又下雨了？」沒帶傘的他，先是傷腦筋的撓頭，然後乾脆從單肩包裡抽出一份資料夾，直接用它擋雨，快速往前方的天橋方向奔。

難得的假日午後，秦海昀沒有待在家，而是來到昨晚逛過的那家精品小店。

不知爲何，她有點想念那家店的檀香味，可惜昨晚正好要打烊了，能看完全部商品的時間不多，女老闆又告知今日有新品，讓她覺得再來看看也不錯，因此這次她在店裡待了許久，沒有空手而回，買了一個星砂瓶，準備星期一送給憶兒，感謝對方之前熱心推薦智慧型手機給她。

逛完店，買完東西，秦海昀準備返家，她坐在候車亭等車，邊凝望簷外的雨，這時一陣夾帶雨絲的風吹來，一片片白影驀的吹過她的視線，定睛一看，是兩張A4白紙，其中一張飛到她腳邊。

秦海昀左右張望，想知道紙是從哪裡飛來的，最後在候車亭後方發現一名穿著深褐色西裝外套的男子，正手忙腳亂的收拾落在地上的紙張，似乎是從他夾在腋下的資料夾中掉出來的。

眼看男子就要收拾完畢，秦海昀也發現公車已駛來，於是立刻站起，將身前的腳邊的白紙撿起，匆匆瞥見其中一張上頭的文字。

那男子一邁開步伐朝街頭衝，秦海昀馬上追過去，朝對方喊：「先生，貝先生！請等一下，貝先生！」

賀閔傑聽到有人不斷在他身後呼喊，頓時放慢腳步，疑惑回頭，秦海昀隨即在他面前停下，喘氣道：「貝先生，你的東西掉了！」

看到她手上的影本文件，賀閔傑一愣，連忙道謝：「小姐，謝謝妳，還麻煩妳送過來，不好意思！」

「不會，不用客氣。」她說完，下一秒就奔回候車亭，趕去搭乘已抵達站前的公車，車門一關，公車便從他眼前駛過。

「貝先生？」賀閔傑滿臉困惑，隨手翻開影本下的另一張紙，發現用水性筆寫的另一份履歷表一半已被雨水浸溼，有些字也跟著暈開，姓名欄上，他的賀字上頭的「加」已經糊掉，只剩底下的「貝」。這張面目全非的履歷表，角落還有被人踩過的腳印，慘不忍睹的程度，連賀閔傑都看不下去，只怪自己太粗心，沒將資料夾收好，結果裡頭的東西全飛出來。

「貝先生，你的東西掉了！」

他不禁莞爾一笑，朝公車離去的方向再望一眼，便回頭繼續前往醫院。

11

星期一的倉管部，氣氛十分低靡，有人正在裡頭大發雷霆。

由於上週未經他同意，秦海昀就直接將文件向上簽呈，因此惹惱課長，把她叫去辦公室痛罵一頓，聲音大到連隔壁的同事都聽得見。

「那個臭矮白眞的很可惡，明明自己有錯在先，居然還怪姊姊！」黛黛憤然，恨不得馬上衝過去，卻被小雪制止：「笨蛋，妳不要命了嗎？妳現在過去也會挨罵，姊姊會處理好的！」其他兩人連忙點頭，不敢吭聲。

整整二十分鐘過去，秦海昀終於回座位，她們上前關心，卻發現對方始終面色平靜，一點都不像挨罵的樣子。

黛黛睜大眼睛，深覺不可思議：「姊姊，妳被罵成那個樣子，都不會生氣，不會想哭嗎？妳到底是怎麼忍的？」

秦海昀笑了笑，沒說什麼。

憶兒接著問：「剛剛只聽到矮老白在罵，但沒聽到姊姊的聲音，妳有回他什麼嗎？」

秦海昀搖頭：「我只有跟課長道歉。」淡淡的說，「不管原因爲何，我這麼做等於是越權，被指責也是應該的。」

「應該？這怎麼會是應該？是他自己跑去偷懶鬼混，才會害妳要到處替他擦屁股，幫他收拾爛攤子耶！」黛黛跳腳。

「不管怎樣，這麼做還是不對，他是課長，本來就要聽他的。」

「還是要爲自己爭取公道呀，我們累得要死還要被他罵，至少可以跟經理反應吧？」

「不行的……」

「這也不行，那也不行，那到底要怎麼辦嘛？這樣繼續做下去很痛苦耶！」黛黛完全不能諒解，氣得嚷道：「有時候，我眞的覺得姊姊妳好奇怪，明明是別人的錯，妳卻認爲是自己的問題，就算別人怪妳罵妳，妳也都沒怨言，甚至認爲別人這麼對妳是理所當然，是應該的，完全不反駁、不反抗，一般人哪會這樣？看起來根本就像在自虐，一點也不正常！」

秦海昀打字的手微微停了一下。

小雪出面緩頰：「唉，我相信姊姊心裡也很嘔的啦，不然誰能忍受那個老頭子，大家也是爲了吃一口飯，才拚命咬牙撐的嘛！」

「我知道啊，我只是看不慣姊姊明明是受害者，還一直幫壞人說話。」黛黛轉過身時，又小聲嘟噥了句：「如果是爲了巴結，那未免也太矯情了吧……」

這場風波平息後，秦海昀在公司的日子稍稍回復了平靜。

某天晚上，她接到郭庭的電話，要她月底到位於鬧區的某間服飾店幫她拿下個月初出席餐會要穿的衣服，地點有點遠，需要搭車過去。而距離她說的日期，還有十多天。

「妳要出席什麼餐會？」

「出版社辦的啦，有夠麻煩，老娘忙得要死還逼我參加。那件禮服我是上週末看到的，需要修改一下，偏偏老闆剛好隔天就出國爽了，三十一號早上才會回來，但那天我沒空，妳去幫我拿一下，我已經跟老闆講好晚上十點前會過去拿衣服，那個老闆很變態，七早八早就打烊，所以妳那天絕對不准給我加班聽到沒？好了就這樣，拜！」

郭庭不花十五秒說完整段話，秦海昀卻還是不疾不徐用筆順利記下時間。郭庭會這麼早通知她，就表示接下來的時間她又要繼續閉關，到時別說見到郭庭，連要跟她通電話都很難，除非她主動打來。

她看著書桌上的日曆，不知不覺想起之前送智慧型手機給弟弟語新，到目前爲止還沒接到任何從家裡打來的電話，應該就表示手機的事還沒被發現……

就在這時，熟悉的簡訊聲清脆響起，打斷秦海昀的思緒。面對訊息來源的名字，她沒有立刻打開。

「有時候，我眞的覺得姊姊妳好奇怪。」

「一般人哪會這樣？看起來根本就像在自虐，一點也不正常！」

她停滯的目光，動也不動的落在手機上，直到因訊息通知而亮起的螢幕，再度變回一片漆黑。

鋒面過去，將陰晴不定的天氣給帶走，陽光露出了臉，感覺整個城市都在發光發亮，不再像之前那樣寒冷，人們因連日大雨而鬱悶許久的心情，不知不覺跟著一掃而空。

某日，秦海昀臨時被課長指派到臺北處理公事，待工作完成，已經晚上六點，無需再回公司了。她沒有馬上回家，而是到附近的商店街走一走，打算吃頓晚餐後再回板橋，然而走到一半，卻不時聽見有人在身邊喚：「姊姊，姊姊！」

秦海昀停下腳步，往右邊一望，發現有名穿著工作制服的女子站在路邊盯著她，視線一對上，對方驚喜萬分：「姊姊，真的是妳！」

這名女子是秦海昀大學打工時認識的同事，當年一畢業，就是她邀請秦海昀一塊進大賣場上班，兩人共事了一年的時間。

突然遇見昔日朋友，秦海昀有些意外，上前與她交談：「好久不見。」

「真的，好幾年沒見到妳了，剛才發現妳，我就一直在看，果然沒認錯！」對方滿臉欣喜，「見到妳好開心，姊姊沒什麼變呢！」

這時秦海昀發現她手上的一疊紙張：「妳在發傳單？」

「是呀，我老公在這裡開了一間牛排館，今天剛開幕，我弟弟在店裡幫忙，我跟我妹出來發傳單。」

「妳結婚了？」

「嗯，去年底。」

容光煥發的她，讓秦海昀的目光不禁多停留在她臉上幾秒：「原來如此，妳看起來很幸福的樣子，恭喜妳。」

「眞的？」女子摸摸臉，笑得靦腆，小小聲的再輕語：「偷偷跟妳說，前幾天我去做檢查，發現懷孕了，但因爲還不滿三個月，我媽叫我先不要到處張揚，可是今天看到姊姊實在太開心，忍不住就想和妳分享了。」

聞言，秦海昀低頭瞧瞧對方的肚子，她穿著黑色圍裙，看不出來。

「太好了，眞的恭喜妳。」她由衷祝賀，並且關心道：「但妳這樣在外面久站可以嗎？身體會不會不舒服？」

「不會，沒問題，是我自己想出來發傳單的。我沒有害喜，倒是食慾變得好恐怖呢。」對方輕輕撫摸著肚子，忽然一陣感慨：「說也奇怪，不知道爲什麼，自從有了孩子之後，我就覺得自己的人生好像變得不一樣，感覺更有意義，更踏實了，難怪有人說，孩子會讓女人的生命更加圓滿，原來就是這種感覺。懷孕後我整個人變得好感性，動不動就會感動想哭呢！等妳將來懷孕，一定也會有這種感覺的。」語落，她好奇道：「對了，那姊姊呢？我記得妳不是有一個交往很多年的男友，現在怎樣了呢？你們結婚了嗎？」

當秦海昀搖搖頭，女子有些訝異，她的沉默，更是讓女子以爲她已與男友分手，因此不再多問，只是拉起她的手鼓勵著：「不要緊，反正以妳的條件，一定有更好更棒的男人排隊等妳，會有妳更愛的對象出現的。以前跟妳相處那麼久，妳有多好，我可是很清楚的，所以這點我可以保證！」

秦海昀微微一笑，接著見對方兀的擰起眉頭，她問：「妳怎麼了？」

「沒事，肚子突然有點疼而已，我懷孕後雖然不會害喜，但偶爾會想拉肚子，沒什麼大礙。」

「那妳快點先回店裡，傳單交給我，我幫妳拿吧。」

「不好意思，姊姊，那就先麻煩妳，我很快就回來，等我！」女子一臉歉然，轉身匆促離去。

秦海昀拿著那些傳單站在路邊，看著一群群從面前走過的人們，最後，她索性幫忙發起傳單。由於從前打工時就有幾次發傳單的經驗，因此這項工作對她而言並不陌生。

發傳單的過程中，有人接收，有人拒絕，有人拿走後好奇參考，也有人拿走看了看就扔進垃圾桶。雖然不是在大太陽底下發，但要獨自發完這麼多的傳單，對一個孕婦來說，負擔還是有點大，因此她希望能在對方回來前，幫忙發完一半以上的分量。

「秦姊姊？」

當她將傳單發給一對情侶，一個熟悉的年輕嗓音驀然飄進她耳裡。

她往右方望去，看見之前在公車上勇敢發聲，那位名叫余學翰的高中少年。他背著書包，穿著校服，右手抱著籃球與同學走在一起，就站在不到五步的距離，訝異看著她。

秦海昀沒想到會再見到那個少年，下意識注意起他身旁的其他男同學，沒發現孟語新的身影。

她反應過來前，余學翰已走到她面前，瞧她手上的東西，好奇問：「秦姊姊，妳在做什麼？」

「我……在幫朋友發傳單。」少年突然靠近的臉龐，使她喉嚨莫名一澀，「你剛放學？」

「對呀，跟我同學來吃東西，順便逛一逛。」他仍將目光放在她的傳單上，「這些全部都要發完嗎？」

事。」

「嗯。」

「好！」他點點頭，接著轉身將籃球丟給一位同學，對他們說：「欸，你們先走吧，我還有別的事。」

那些男學生一聽，納悶瞧瞧他們兩人，面面相覷，然後聳個肩後就一起走掉了。

余學翰將書包放在後方的矮階上，再脫下外套，解開襯衫扣子。

秦海昀微愣：「你要做什麼？」

「幫忙發傳單呀！」他脫掉襯衫，露出裡頭的一件黑色短袖T恤，「多個人發的話，會更快發完吧？換便服比較方便，不然被同學或老師看到，恐怕不太妙。」他將衣服放好在書包上，然後從秦海昀手中拿走一半傳單，直接跑進人群中：「妳好，我們牛排館今天新開幕，請參考看看喔！」少年一邊發送，一邊向路人熱心推薦。

也許因爲他是年輕男孩，加上他有一張青澀率眞的陽光笑臉，有不少年輕女子都願意收他的傳單，發送進度一下子加快許多。

等到兩人發得差不多，秦海昀的朋友也回來了，發現傳單剩不到十張，她相當驚訝，當下感動又感激：「姊姊，謝謝妳！那麼多傳單，妳居然這麼快就發完了！」

「我沒做什麼，主要是他的功勞，有一半以上的傳單都是他發掉的。」秦海昀指指余學翰。

「弟弟，謝謝，眞的很謝謝你的幫忙！」她滿臉喜色，從口袋拿出兩張票券塞到秦海昀手中，「姊姊，這是我們餐廳的折價券，現在店裡已經客滿，妳下次就跟這位弟弟一塊來吃牛排吧？你們幫了我這麼大的忙，一定要來店裡讓我好好招待一下，一定要來喔，知道嗎？」

秦海昀與余學翰一聽，先是互望幾秒，接著不約而同笑了起來。

後來，他們兩人又在附近的商店街隨意走走，最後一起坐在路邊附設的一座長椅上。

看到秦海昀只買一份蔥油餅和一杯愛玉，余學翰問：「吃這樣就夠了嗎？姊姊妳晚餐不是沒吃？」

「沒關係，這樣就夠了。」

「喔。」他舉起手中的青蛙下蛋，「謝謝妳請我喝這個。」

「不客氣，你剛剛幫了那麼多忙，只請你喝飲料不太好意思，其實你可以再點些吃的。」

「沒關係，這樣就夠了。」余學翰笑笑，學她的口吻。

他喝得津津有味，秦海昀也默默吃起蔥油餅，享用這頓簡單的晚餐。

「姊姊今天是一個人來逛街？」

「嗯。」

「剛剛那位女生，她是大學生嗎？」

「不是，她比我大一歲。」

「咦？」他吃驚，卻一頭霧水，「可是我剛剛有聽到她叫妳『姊姊』，所以我以為她比妳小……既然她比妳大，為什麼還會叫妳『姊姊』？」

她拿出一包面紙：「那是我的綽號。」

「綽號？」

「嗯，很多年前班上同學幫我取的，一直被叫到現在，不管是同年齡還是比我大的，很多人都會叫我姊姊。」

「那妳平常上班，身邊的人也是這樣叫妳嗎？」

「嗯。」

當年她進目前任職的公司應徵，經理董琴是當時的面試官，看完秦海昀的履歷後，她忽然問了句：「對了，妳有什麼綽號嗎？」

「綽號？」

「是的，有嗎？」她眨眨眼。

三天後，秦海昀被錄用了，雖然她始終不明白爲何經理會那麼問她，可能只是好奇罷了，但從第一天上班開始，董琴就不叫她「秦海昀」，而是叫「姊姊」，叫著叫著，最後也影響到公司其他職員，不分男女老少，都跟著叫這個綽號。

「好有趣喔，每個人都叫妳『姊姊』，這綽號挺特別的耶。」余學翰嘴含吸管，「可是，爲什麼妳同學會幫妳取這個綽號呢？」

她望著前方：「我也不清楚，有一天忽然被同學這麼叫，久而久之，當大家都這樣稱呼我，也就聽習慣了。」

「原來如此……」男孩咕噥點頭。

「對了。」秦海昀從包包中拿出一樣東西，「這把傘還你，謝謝。」

「姊姊一直都帶在身上嗎？」他呆住，訝異的接過那把墨綠色雨傘，低頭邊端詳邊驚歎：「好厲害！收得好整齊，簡直跟新買來的一樣。哪像我，不管怎麼弄，就是沒辦法弄成這樣，到底是怎麼摺的？」

「你那天淋雨回去，挨罵了吧？」

「對啊，被罵得超慘，我媽一直問明明有帶傘，怎麼還會淋成落湯雞回去？我跟她說把傘忘在學校了。」他笑得開懷。

「其實你不需要借我的，因爲那天我也有帶折疊傘，就在包包裡，只是來不及跟你說。」

「咦？是喔？」

「嗯，但還是謝謝你，」她看著他，「你很貼心。」

「沒有啦，舉手之勞而已。」她由衷的稱讚，讓余學翰有點不好意思，低頭摸摸後腦杓。

「對了，余同學……」

「姊姊直接叫我學翰就好了。」他露齒一笑，頭微偏，「什麼事？」

「今天我在這裡發傳單的事，請你別跟語新說。」她淡淡開口，「雖然只是幫忙，但我還是不希望讓他知道。」

余學翰頓了頓，問：「姊姊是怕……孟語新會不高興嗎？他不喜歡妳做這件事？」

「不是的。」秦海昀否認，卻無法告訴男孩，自己其實是不想讓母親知道。

即使不曉得語新得知後，是否會告訴母親，但無論如何，任何會讓母親「覺得丟臉」的事，她都不想再讓對方得知半個字，畢竟秦母從前就曾爲此事久久不肯跟她說話，不想看見她的臉。

「我知道了，如果姊姊不希望我說出去，那我就不說。」余學翰開口，伸展著雙腳，「而且……雖然我跟孟語新同班，但不算熟，不是常玩在一塊的死黨。平常相處上是沒什麼問題，可是，跟他的交情還不到會直接跑去找他說這些，我覺得太突兀了，所以上次碰到姊姊的事，我也沒有告訴他。」

「是嗎？」對方的回答，讓秦海昀的心稍稍安了些，「謝謝。」

「不會啦。」他搔搔臉，「不過有件事，我可以問問妳嗎？」

「當然可以。」

「爲什麼姊姊妳……沒有跟孟語新還有孟語璇一樣，改跟妳繼父相同的姓呢？」說完，他緊接著道：「我只是有點好奇而已，若姊姊不想說，那就算了！」

「沒關係。」她平靜的看了他一眼，「因爲我繼父和我母親結婚半年後，我就搬出家裡，語新和語璇是在小學時正式改姓，那時我已經成年，也離開家裡，所以就沒想過跟著改姓。」

「嗯？我還以爲姊姊妳是跟家人一起住，原來這麼早就搬出家裡了？」余學翰又一陣吃驚，「所以妳現在是一個人住在外面？住哪裡？」

「板橋。」

「眞厲害，一個人住在外頭這麼久……」他說，「姊姊很獨立耶。」

對方語氣裡的欽佩，讓秦海昀一時陷入沉默。

他們並肩望著人群，直到手邊的食物都已吃完，秦海昀再度憶起，之前郭庭要她幫忙拿衣服的地方，似乎就在這附近。

「余同……」停頓一下，她改口：「學翰。」

男孩轉過頭來，她問：「你知道這裡有一家叫『Butterfly』的服飾店嗎？」

「Butterfly？」他仰頭認眞思索一會兒，沒多久啊了一聲，「是專做禮服的嗎？」

「我不清楚，不過應該是。」

她又將地址告訴他，男孩笑了：「沒錯，就是那一家，我家離這裡不遠，所以附近的路我滿熟的，不過我從沒去過那家店，所以一時想不起來。」

「離這裡近嗎？」

「嗯……有點遠，需要走出這條街，然後再繞一圈，走過去大概二十分鐘左右。不過，我們剛剛去買青蛙下蛋的地方，旁邊有一條小路也可以直接過去，只要一半時間就能到，但我不建議走那裡，那條小路很暗，平時很少人走，晚上又常有一些奇怪的人窩在那邊，聽說上次還有人在那裡被搶……」余學翰看她，「姊姊想去那家店嗎？我現在可以帶妳過去。」

「不，沒關係，我只是想先確定那家店的位置，等下次過來，就不用再花時間找。」

「喔喔。」他點點頭，隨即又提議：「不然這樣，我把電話留給姊姊，若妳下次來發現找不到店，可以打給我，我再告訴妳怎麼走。」

「謝謝你。」

互留完電話，他們站起來，準備各自回去。這時，余學翰又問：「對了，剛剛那位姊姊，有給我們餐廳的折價券，對吧？」

經他提醒，秦海昀便將兩張票券拿了出來，對他說：「給你吧。」

「咦？」

「你可以和同學一塊來吃，這兩張券就給你們用。」

「妳不要嗎？」

「我住的地方比較遠，今天也是因爲有公事才會來這裡，平時不常來，這折價券有使用期限，我擔心會過期，你就拿去用，沒關係。」

余學翰一聽，沒有立刻伸手接過，只是動也不動的盯著她手上的折價券。

「可是……」片刻，他慢慢抬眸，注視秦海昀，「妳朋友不是說，要我跟姊姊兩人一起去嗎？」少年認眞的口吻，讓秦海昀忽而有些怔了。那雙清澈的眼睛，焦點凝聚在她臉上，不曾移動一瞬。秦海昀一時無語，幾秒鐘過去，才能出聲：「因爲我想，你會比較喜歡跟同學一塊去吃。」

「不會，跟姊姊去也很好，而且，我們是一起幫忙發傳單的，怎麼可以只有我拿到這種好處？」他眨著明亮大眼，再次歪著頭，「還是姊姊不喜歡跟我一起去？」

她馬上搖頭。

「還好，我以爲妳不想跟我去，幸好不是。」他鬆一口氣，安心的笑容裡帶著些許靦腆，「因爲我還滿喜歡跟姊姊說話的。」

秦海昀的思緒爲他的話而停滯。

那一句輕輕的話，像是一顆石子被拋入一方寧靜池塘，沒有聲音，沒有水花，卻起了漣漪，不著痕跡的撼動多年不曾從她心中離去的沉寂與平靜。

那天晚上，城市的天空沒有星星，她卻從少年眼中看見相似的光芒，那光芒點亮他的笑，也點亮他眸裡的一片夜色。

她忽然發現，自己無法離開那雙眼睛。

12

一段悅耳音樂悠然響起。

躺在被窩裡的男人睡眼惺忪的醒來，眼睛還沒睜開，發現耳邊聽見的第一個聲音已經不是雨聲，隨後又感覺到隔著床簾透進房間的陽光，照在自己身上的溫度，他不禁露出滿足的微笑。

忙了幾個晚上，總算在凌晨兩點把所有的照片都整理完畢。搬家事宜、家裡醫院來回跑，加上一開始的時差問題，都讓他前些日子的體力有些吃不消，但隨著搬家工作大功告成，生理時鐘也總算逐漸調整過來。

此刻的和煦陽光，讓他即便已經醒來，也想在床上多躺一會兒，享受這溫暖的日光浴。

就在意識差點飄回夢裡的剎那，他發現手機好像從剛才就一直在響，這才頂著一團亂的頭髮爬起來，到書桌前邊打呵欠邊接電話：「喂？」他抓抓頭，又有些恍神的點點頭，「是啊，我就是……」下一秒，他瞬間醒神，然後激動的說：「好，好，我知道了，謝謝妳，非常感謝！」

通話一切掉，他馬上撥給另一個人，一接通，他就朝話筒欣喜大叫：「喂，阿聖，我中了！我補習班應徵上了！」

「哇靠，眞的假的？」

「當然是眞的，剛剛補習班打來，通知我禮拜三正式開始上班，太棒了！」

「哈哈哈，恭喜啊，想不到你這傢伙還挺幸運的。」

「我也嚇一跳，原以爲機會渺茫的，難道眞的是因爲我履歷表用手寫的關係？」

「也可能是我舅舅有眼光，一眼就看出你是百年難得一見的傻蛋，不利用一下實在可惜，所以讓你順利過關，準備給你好好『訓練』一下，別高興得太早啊。」吳棠聖嘿嘿奸笑，「總之，恭喜你總算不用再爲省錢只吃泡麵跟冷凍水餃了，之前我說過等你應徵上就請你吃飯，週末再約。」

「OK。」心中的大石放下，讓賀閔傑坐在床上忍不住大大吁口氣。

想到今後無論是從家裡到補習班，或是從補習班到醫院，都不用花太多時間，更不必大費周章分兩段跑，他可以依照課程分配來決定當天要上班前去醫院，還是下班後再去醫院，十分方便，不只省時、省體力、省交通費，照顧母親與上班都能兼顧，對他來說無疑是最好的選擇，因此這次能夠如願以償，他滿懷感激。

腦袋清醒後，他心情愉悅的哼著歌，準備進浴室沖個熱水澡。

雀躍不已的他，只想在今天去醫院時，將喜悅分享給母親。

在倉管部辦公室裡，秦海昀正凝視著電腦，專注打著資料。

當手指敲打鍵盤的速度逐漸變得緩慢，沒有多久，兩隻手就完全停下。

她望向擺在一旁的手機。

結果昨晚在商店街，她答應余學翰，兩人再找個時間一起去牛排館光顧。

只是前些日子被課長視爲眼中釘的她，近日工作量又再度爆增，平常她都加班到快八點才回去，至於假日，劉育森可能隨時會回來，因此當下她無法給男孩一個明確的時間，但對方絲毫不介意，也不著急，反而體貼表示隨時都可以，一切以她方便爲主，就算折價券的期限過了也沒關係。

「妳朋友不是說，要我跟姊姊兩人一起去嗎？」

「因爲我還滿喜歡跟姊姊說話的。」

一夜過去，少年的聲音，依舊在腦海裡盤旋。

她不曉得爲何此刻又忽然想起這些話，但只要腦袋思緒一靜，就會再次看見那雙清澈眼睛。

她吁一口氣，深呼吸，繼續眼前的工作，一杯星巴克咖啡驀然出現在視線裡，憶兒站在她旁邊說：

「姊姊，這杯給妳，焦糖瑪奇朵。」

「謝謝。」秦海昀好奇，「怎麼會有這個？」

「就隔壁財務部的許宗奕呀，到現在還在追黛黛的那個，他幫黛黛買咖啡，也順便幫我們買了。」她笑嘻嘻，接著問：「剛剛好像聽到姊姊嘆氣了，眞稀奇，是不是太累了？妳從上午到現在都沒休息。」

「沒事。」秦海昀搖搖頭，決定暫時停下手邊工作喝點咖啡。

這時憶兒回座位，拿出一樣東西秀給她瞧：「對了，姊姊妳看，妳送我的星砂瓶，我把它掛在鑰匙圈上，不錯吧？」

「嗯，很好看，很適合妳。」上次在精品店買給對方的謝禮，此刻在一串鑰匙中閃著粉色光芒，秦海昀勾勾唇角，視線停留一會兒。

這天，她難得與其他同事一樣準時下班，準備穿上外套時，手機響起簡訊聲。

姊姊，我是學翰。這兩天早晚溫差大，妳要好好保暖，小心別感冒喔。

秦海昀一愣，沒想到余學翰會特地捎來關心。

她拿著手機不動，字裡行間流露出的體貼與溫暖，讓她久久無法移開目光。

她不曉得過了多久，也許是一分鐘，或兩分鐘，直到腦海慢慢浮現出少年穿在身上的藍色薄外套，才終於按下回覆，回信：

謝謝，你也是，外套要穿厚一點，不然很容易著涼。

訊息送出，她穿好外套，拎起包包，推開公司大門的那一刻，手機又響了。

我可以像這樣，偶爾傳簡訊給姊姊，和妳說話嗎？

秦海昀這次沒有立即回覆，一直到搭上捷運依然沒回。

她知道自己越晚回應，少年就會越困惑，甚至有可能不小心誤會。但不知道為什麼，這個簡單的問題，卻讓她湧起一種十分陌生的心情，那種感覺竟有點像招架不住，不知如何是好的失措感……

怔然之際，果然，少年很快就傳來道歉的簡訊，秦海昀胸口隱隱一顫，馬上回應，消除對方的誤會，放下手機後，她發現自己是鬆一口氣的。

十分鐘後，她走出捷運站，步行一段路，然後進入一條小巷子。

今天看到憶兒拿出來的星砂瓶，讓秦海昀想再到那間精品店逛一逛，然而走到門口，卻發現店門關著，門上還貼著「暫停營業三日」的告示。

於是，她從巷子另一邊出來，原本打算直接坐公車回家，卻在等過馬路時不經意抬起頭，視線右移，停駐在連接馬路兩端，三層樓高的灰色天橋上。

秦海昀離開人群，走上那座天橋，橋面寬廣，只有零星幾個人在走，步行到天橋中央，她一往旁邊瞧，眼睛就再也移不開。

火紅夕陽將天空染出一道道漸層色彩，從她頭頂上的橙黃、淺紅、鮮紅，直至眼前盡頭那幾近黑色的暗紅。遠到不見邊際的天空與街道，繁華都市的日落，這一刻的絕美畫面，驅使她走到橋邊護欄，從高處眺望出去，將馬路上的每一個角落，盡收眼底。

從夕陽西下，到天色完全暗下，不到十五分鐘，由遠而近的點點燈火，點亮天橋下的兩端。白天晴朗溫暖，入夜卻變得冷颼颼，如此不穩定的氣候，象徵著春天的腳步正在接近了。

她繼續站在天橋上專注凝望這片夜景，音樂聲突然從口袋響起。

發現余學翰直接打給她，秦海昀有些愣然，響沒多久，她按下通話鍵，把手機移到耳邊。

「喂？學翰？」第二次喚他的名字，感覺卻與昨晚有點不同了。

「姊姊，妳現在方便說話嗎？」在電話裡，他的聲音變得不太一樣，比面對面時還要低沉一些，

「我直接打給妳……妳會不高興嗎？」

「當然不會。」她說，「對不起，剛才沒有馬上回覆你，害你緊張了。」

「沒關係啦！我知道自己這樣很唐突，而且沒禮貌，可是昨天晚上回家後，我想了很久，一直想到剛才，覺得有些話，還是該親口跟姊姊解釋一下比較好。」

「什麼話？」

「就是……昨天我說一起去吃牛排的事，當時姊姊妳已經說平常很少會過來，我卻還希望能跟妳一起去吃，明知道妳工作很忙，時間不太多，我還對妳說無論什麼時候去吃都可以，完全沒考慮到自己這麼講，可能反而讓姊姊覺得有壓力，造成妳更大的困擾……」

少年急於說明的語氣，夾雜著對她的歉意，秦海昀幾乎可以想像，此刻他一臉懊惱的模樣。

「我想跟妳說的是，我不想給姊姊壓力，也不是一定要吃那頓牛排，我本來就不是爲了得到什麼報酬才跟妳一起發傳單，那個時候，我只是單純想幫姊姊的忙，就這樣而已，所以就算吃不到牛排也沒關係，眞的，完全沒關係！」

秦海昀沉默了一陣：「我知道，你不用在意。」她緩緩說，「我沒有不高興，也不覺得困擾，你沒有給我任何壓力。」

「眞的？」

「嗯。」

「呼，太好了。」他現在應該是鬆口氣的笑了，「我還擔心會越描越黑呢！」

不曉得爲什麼，她聽著余學翰說話，彷彿也能看見他現在的表情，是喜是憂，是眉開眼笑還是眉頭深鎖，都可以在他的聲音裡聽得清楚。

「姊姊，妳現在在外面？」少年聽見她身邊的陣陣風聲，以及此起彼落的車鳴聲，「還沒回家嗎？」

「嗯，正要回去了。」

「哇，辛苦了，姊姊記得要多休息，千萬別像我一樣操過頭，結果把自己累垮了。」

「你怎麼了？」

「我籃球練得太猛，前陣子不小心肌肉拉傷，整隻左手臂沒辦法動，而且現在渾身骨頭動不動就在痛。」他笑道，「我在學校是籃球隊的。」

「原來如此，這也難怪，你現在正值發育期，會覺得骨頭痛很正常。昨天有發現你帶著一顆籃球，看得出來你很喜歡運動。」

「我也只對籃球有興趣而已，如果可以，我希望能夠一直打下去，但以我現在的程度，要達到我心中的目標還差太遠了，所以我想再好好努力。」

「你的目標是什麼？」

余學翰靜默一會兒，之後用有點猶豫又有點羞赧的沉沉嗓音回道：「這個……不知道我說出來，姊姊會不會覺得我不自量力？」

「不會，你說。」

「好。」他吸一口氣，停頓幾秒，開口：「等高中畢業……我想進體育大學就讀，希望將來有一天可以打進職籃，成爲一個籃球國手。」他低語，「這是我一直以來的夢想。」

秦海昀不語，始終靜靜聆聽，直到另一端再度開口：「這些話，我除了跟比較好的兩個同學講，沒對其他人說過，雖然後來被他們笑，也被說絕對不可能，但我還是很固執，想要繼續堅持。」他失笑，「姊姊應該也覺得我這個夢想很不切實際，很愚蠢吧？」

「當然不會。」她否認，「這個夢想，很棒。」

「可是這目標不容易實現，難度很高……」

「我相信你可以。」

聞言，余學翰似乎愣了：「眞的？」他訝異的問：「爲什麼……姊姊會這麼認爲？」

秦海昀凝望遠方：「我不知道。」她目光不動，「但就是有種感覺告訴我，你可以。」

手機裡的人靜默了數秒，這時一輛大卡車從天橋下迅速開過，秦海昀隱約聞到冷風裡的一抹沙塵味。

「謝謝妳，姊姊。」余學翰的嗓音比方才更低了些，帶著笑意，「謝謝。」

「不會，不用客氣。」

「那妳呢？」少年反問：「姊姊的夢想，是什麼？」

驀然間，秦海昀眸裡的光消失了。

身後不時有行人走過，她卻依舊呆立不動，面對眼前的璀璨燈火，她的思緒與焦距已不在那裡，就連那些未曾停止的車輛行駛聲，彷彿也傳不進她的耳中。

「啊，對不起，姊姊好不容易下班，我還一直吵妳。」見她沉默不語，余學翰趕緊接話：「抱歉，希望妳不會覺得我很煩，不知道爲什麼，一跟姊姊說話，話匣子就停不下來了……」

「沒關係。」她淡笑，「跟你說話，我也覺得很愉快。」

另一頭再度傳來對方鬆口氣的聲音，秦海昀聽見少年用若有所思的口吻，好奇的問：「姊姊，妳從以前就是這樣嗎？」

「嗯？」

「我的意思是……因爲我忽然覺得，自己好像有點能理解妳爲什麼會被叫『姊姊』了。」

她微微一頓。

「因爲妳很冷靜，感覺很理智、很成熟、很穩重，對誰都很和善，對於剛認識不久的人，特別是像我這種……對妳來說應該是乳臭未乾，麻煩小鬼頭說的話，妳都很認眞的聆聽，不知不覺就想對妳說更多，而且是很放心的告訴妳，因爲不用擔心被嘲笑或是瞧不起。妳連對不熟的人都能這樣，那本來就認識妳的人，感覺一定更深刻吧？若姊姊從以前就是這個樣子，那妳的同學，說不定就是覺得妳值得信賴跟依賴，像很會照顧別人的『姊姊』一樣，所以才會幫妳取這個綽號。但這只是我自己的猜測，因爲姊姊妳給我的感覺就是這樣，所以我才會這麼想的……」

這麼多年以來，透過左鄰右舍、師長同學，或是上司同事，她不是沒聽過別人對於「秦海昀」的想法。但聽見一個十六歲少年用這樣坦率眞摯的口吻，親口對她表達內心的感覺，有那麼一瞬間，心頭的某一角落似乎隱隱被觸動，剛剛在捷運上出現的那份謎樣心情，再度油然而生。

「謝謝。」喉嚨一澀，想不到說什麼的她，不知不覺就吐出這二字。

「不客氣。」少年又笑了，「那，姊姊，晚安嘍！」

「晚安。」拿下手機，她盯著螢幕片刻，最後移動腳步離開天橋，下樓的時候，一群男國中生走上天橋，其中一人因爲和同學玩鬧，不小心擦撞到秦海昀。

跟在國中生腳步後的賀閔傑，低頭講手機之際，發現一個小布偶滾落到腳邊，馬上停下，他抬頭朝那群學生喊：「弟弟，你們有東西掉嘍！」

男孩們回頭，瞧瞧他手心裡的東西，卻紛紛搖頭表示不是他們的，於是賀閔傑回頭張望了一下，看見一名似乎是剛從他身邊下階梯，綁著中馬尾，穿墨綠色外套，就快走到轉彎處的女子。

當賀閔傑還在想這布偶會不會是她的，對方的髮型、外套，以及背在肩上的包包，卻讓他突然覺得有點眼熟，忍不住仔細觀察起她。

待女子轉彎，他看見她的側臉，雖然僅僅是側臉，卻讓他馬上有了印象，是上次來這裡面試的那天，在雨中幫他撿履歷表，特地追來還給他的人。

一想起來，賀閔傑瞧了眼手上的布偶，馬上轉身下樓，朝對方消失的方向快步追去，只是一拐進轉角，卻已不見那女子的蹤影。

前方有兩座候車亭，就是上次遇見她的地方，然而放眼望去，偏偏就是沒看見穿墨綠色外套的人，他一時之間既訝異又困惑，不禁喃喃道：「奇怪，明明看到她轉彎的，怎麼突然間就不見了？」

「什麼東西不見了啦？我跟你講的話，你到底有沒有在聽啊？」手機裡頭的吳棠聖不爽的嚷。

「有有有，我有在聽，只是剛好在找一個之前見過的人，我撿到一樣東西，有可能是她掉的……」他繼續四處張望。

「見過的人？什麼人？女人？」

「嗯。」

「哇靠！賀閔傑，你才回來幾天？馬上就勾搭到女人了，是有這麼飢渴嗎？」

「不是啦，是上次去補習班面試的時候，東西不小心弄掉了，她幫忙撿給我，就在剛才我好像也撿到她的東西……」

「老兄，你在演哪齣？最好有那麼巧，她撿到你的東西，你也撿到她的東西，這種爛梗連偶像劇都不會演了好嗎？而且你去面試是幾天前的事了？怎麼可能連對方的長相都還記得？少給我騙！」

「唉，我沒騙你，那是因為——」

「好好好，不用解釋了，你慢慢找，不打擾你，我也要打給我女友了。若找到那女人，記得通知我一聲啊！」

聽完對方的訕笑，賀閔傑放下手機，圓睜眼咕噥了句：「這傢伙……疑心病什麼時候變得這麼重了？」再次望向候車亭，心想她也許去等公車了，但當他走過去尋找，還是沒能找到她。

從醫院離開後，他又回到天橋這裡，本來打算到對街去買點東西，但發現自己已經站在候車處了，就打消了念頭，決定直接搭車回家。屁股一坐在亭下，他又低下頭，好奇觀察握在手中的東西。

那是不到巴掌大，背後繫有鬆掉的細緞帶，很小的白兔布偶，應該是舊物，因為兔子的臉上有一大片淡淡黃漬，像被放了許多年，雖看得出有洗過，但無法完全乾淨。

賀閔傑深深凝視，直到脣角牽起一抹若有似無的笑，他輕輕撫摸兔子泛黃的臉。以外觀來看，這樣的東西應該隨時會被丟棄，不會讓人想多看一眼，但就因為這樣，反而讓他對那女子湧起一絲絲好奇，如果這東西眞的是她的話。

公車駛來，賀閔傑起身將布偶收進單肩包裡。

儘管再見到她的機會可能不大，而且東西也不一定是她的，但他沒打算扔進垃圾筒，或是將它隨便丟棄，而是直接先帶回家。

結果一星期之後，在公車亭下，他再次見到了那名女子。

13

發現兔子布偶不見，是在秦海昀回家放下包包，注意到背帶上空無一物的時候。

她在包包裡頭四處翻找，再從客廳巡視到玄關，甚至打開家門從走廊找到一樓大門外，就是沒看見布偶的蹤跡。

她不曉得布偶是什麼時候不見的？又是在哪裡不見的？但從精品店那條小巷走出來時，她印象裡還有看到布偶，很有可能是在回來的路上掉的。

她呆站在客廳仔細回想，從天橋下來後，她就到轉角的一間便利商店提領點錢，買點東西後，就直接去搭公車，所以遺失的地點，大概就是在天橋上、便利商店、候車亭，或者公車上……她進房間打開筆電，上網搜尋那一間門市的電話，最後便利商店人員告訴她，沒有看見她說的東西。

遺失的可能範圍太大，找回來的機率太小。意識到這點，秦海昀茫然的坐在書桌前不動，從小跟著她的兔子布偶消失，竟讓她覺得胸口像空了一塊，整個人無所適從。

但這狀態沒有持續太久，她失神一會兒，慢慢接受這個事實，便起身開始做接下來的事，沒有因爲這個意外而打亂到平時的作息。

不管身邊什麼東西離開了，不管難過還是痛苦，之後的日子終究要繼續過下去，這個道理一直以來深深影響她，她甚至習慣這麼活著。

那天晚上在天橋上聊過後，接下來的日子，秦海昀偶爾會收到余學翰的簡訊，但不會頻繁到讓人生厭的地步，他懂得拿捏分寸，不過問太私人的事，只有關心她的字字句句，若得知她在加班，還會送上打氣的話語。

少年的出現，讓秦海昀原本有些單調乏味的日子，多了一些些變化。對方傳簡訊來，她通常也會回覆，從幾次來回互傳，互相關心，到開始聊起彼此生活上的大小事，藉著這樣的往來，她也逐漸知道一些關於他的事。

余學翰是家中長子，有一個小他兩歲，就讀國二的弟弟，父親在郵局上班，母親在中醫診所擔任櫃檯人員，家裡還養了一隻博美犬。比起念書更喜歡運動的余學翰，假日多半與同學出去打球或逛街，因此常被母親叨念，要他別老是在外頭玩，多留在家裡用功讀書，念得他頭痛，即便如此，與家人間的相處仍算融洽。

她發現自己與他交談的過程，沒有年齡的隔閡，可以很輕鬆、很自然，尤其余學翰從不吝嗇與她分享自己的事，常讓秦海昀覺得不像多了個弟弟，反而像多了位朋友。

經過之前在天橋上和他聊天的那晚，秦海昀也變得喜歡站上那裡從高處眺望街道和日落，從此只要是天氣好，沒有加班，她就會獨自到那座天橋欣賞暮色，一直到天色暗下，再到小巷裡的精品店走走，然後坐車回家。

這一日，賀閔傑離開補習班時，已經是晚上九點半。

由於事先得知這天會較晚下班，趕不上探病時間，因此他在上班前就已先去了一趟醫院。

此時他站在天橋下，準備到對面搭公車回家，看到只剩十秒就綠燈了，他暗嘆幸運，因爲這頭到對街的距離十分長，而且等過馬路的最長時間就是六十秒，若倒楣剛碰上紅燈，沒耐性的人，大都寧可爬樓梯從天橋走過去。

信號燈一換，他快步過馬路，站在候車亭下，對著漆黑天空深深吁出一口氣，低頭瀏覽手機一會兒，再次抬頭，卻不經意注意到站在隔壁候車亭，與他距離不到五步的一名年輕女子。

賀閔傑起先不以爲意，直到漸漸覺得好像在哪兒看過對方，又將視線轉了過去。那名女子站得比他稍前一些，在其他等公車的路人之中沒什麼特別之處，但她的身影、髮型、側臉，加上肩上的包包，讓他越看越覺得熟悉，不自覺越看越專注。

一分鐘後，他終於認出來，對方就是之前幫他撿履歷表的女子！

與之前兩次一樣，她綁著不高也不低的俐落中馬尾，背著一樣的黑色肩包，身上穿的已不是上次的墨綠色外套，而是一件米色針織外套，底下搭配黑色牛仔褲，以及一雙灰白相間的帆布鞋。

賀閔傑微微探頭，想再看清楚對方的臉，發現女子始終動也不動的面向馬路，涼風將她原本勾在耳後的頭髮輕輕吹拂至臉上，越仔細的看她，就越能感覺出從她神情中隱隱流露出的沉靜。

發現她就在眼前，賀閔傑趕緊低頭翻找包包，怕在找到東西以前公車就先來了，當從包包中找到布偶，他鬆了一口氣，卻又在拿出布偶的那刻忽然懷疑會不會是自己搞錯了？因爲這名女子給他的感覺實在不像會帶這東西在身上的人。

儘管如此，他還是慢慢走向對方，開口：「小姐，請問一下。」

聽見身旁呼喚，秦海昀轉過頭，與他對上視線。

她看著賀閔傑，有禮的回應：「是？」

「嗯……不好意思，請問妳有沒有掉一樣東西？是一隻很小很小的兔子布偶？」他決定先詢問，「白色的，兔子臉上還有一點點黃黃的，背上有一條藍色緞帶？」

聽完他的敘述，秦海昀先是一怔，賀閔傑在她眸裡看見一絲訝然，立刻露出了微笑，將布偶拿到她面前：「這是妳的，沒錯吧？」

看到他手上的兔子布偶，秦海昀登時啞口，以爲不可能再找回的東西，此刻竟出現在眼前，她當下腦袋空白，說不出話，只能抬頭望著這個男人。

賀閔傑解釋：「大概是上個禮拜，我走那邊的天橋，發現這個掉在地上，當時妳剛好下天橋不久，我就猜東西應該是妳的，可是後來沒追上妳，只好先它把帶走，暫時放在身邊保管了。」

見他指著天橋方向，秦海昀依舊怔怔然，對於他的話似乎覺得不可思議，又難以置信。

這一點賀閔傑看了出來，於是又笑：「我原本也以為很難再見到妳，沒想到運氣挺好的，看到妳也在這裡等公車，可以物歸原主，太好了。」他將布偶拿近她一些，「來。」

直至這時，秦海昀才終於伸手接過布偶，她發現男子的手很大，手指修長好看，觸碰到那雙手時，她甚至可以感覺到來自他掌心的溫度。

發現她雙手握著布偶，動也不動的呆望著，賀閔傑好奇：「這東西，對妳來說很重要吧？」

這一問，讓秦海昀回過神，驚覺自己還沒跟對方道謝，馬上頭一低，頻頻俯下身子：「謝謝您，先生，眞的很謝謝您！」

她有禮過頭的道謝方式讓賀閔傑有些錯愕，連忙道：「沒關係，一點小事，妳不用這麼客氣啦。」然後伸手阻止她再鞠躬，「這沒什麼大不了的，能幫妳找回東西，我也很高興。仔細想想也算是有緣吧，居然可以在這個地方遇見妳三次。」

聞言，秦海昀又怔，不禁仔細凝睇他的臉：「我們……之前還有見過嗎？」

她果然沒有半點印象。賀閔傑心想，不過這也很正常。

「嗯，有。」他點頭，摸摸鼻子，回頭朝候車亭環顧一眼，「妳曾在這裡幫我撿過東西。」

面對秦海昀的木然，他揚起深深笑容，告訴她：「我是『貝先生』。」

男人的提示，仍讓秦海昀感到茫然，她試著努力回想，直到身後傳來公車到站的刹車聲，她要搭的那班車已經來了。

「妳要坐這班嗎？」賀閔傑問，「我是搭另一班，妳趕快上車吧，不然車要開走嘍。」

秦海昀再看他，一時躊躇，她對這男人依舊沒有半點印象，情急下只能頷首致謝：「謝謝，非常謝謝您，貝先生。」

賀閔傑一聽，忍俊不禁，語氣愉悅的回：「不客氣。」在她踏上公車的那刻，他指指她手裡的布偶，和煦一笑：「那隻兔子，很可愛。」

聽見對方說完最後一句話的下一秒，車門就被關閉，秦海昀找到位子坐下前，目光仍停留在窗外，發現那人還對她輕輕揮手，不一會兒，男子身影就被拉離了視線。

在座位上，她牢牢握著布偶，直到現在還是有些恍然。

看見昔日回憶重回身邊的這一刻，有股從心底深處蔓延而上的炙熱，讓她喉嚨乾澀，呼吸有些不穩，心卻是放下來的，彷彿漂浮許久的根終於著地，回到原來的歸屬。

這種心情讓她久久難以回神，對於身邊事物的離去與消逝，她早已習慣釋懷或是看開，認為這一切都是注定，都有它的意義，即便不願意，該走的終究會走，不會因為自己的渴望和期盼而留下或回來。

「我是貝先生。」

她想起剛才那個男人。

持續思考的過程，她的腦海漸漸浮現出一幕畫面，她曾經在剛才的候車亭，幫某個男人撿了樣東西，當時是雨天，那些掉在地上的東西全被雨水沾溼，而她追著對方將東西還他。

在那之後，她沒有在那邊幫別人撿過東西，加上那個人的姓氏很少見，因此經對方這一提醒，她終於有了點印象。原來那個人……就是他嗎？

秦海昀又怔忡幾秒，那麼多天過去，她怎樣也想不到，對方竟然記得她，甚至直接認出她來，撿到布偶之後，不但沒有拿去丟掉，還好好的收在身上，妥善保管至今……

「那隻兔子，很可愛。」

忽然間，她有點後悔方才就那樣匆促的上了車。

一回到家，賀閔傑的手機就響了。

螢幕上的名字，讓他連客廳燈都還沒打開就馬上接起：「喂？」

「閔傑，是我。」賀閔喆語氣溫和，「這幾天都沒有跟你聯絡，過得好嗎？」

「嗯，很好，醫院那邊也沒什麼問題喔。」他一邊脫鞋邊一開啓電源，「大哥你呢？工作結束了嗎？聲音聽起來有點累。」

「是啊，今天在公司待比較晚，現在正要開車回去呢。」他無奈一嘆，仍不忘關心，「你有好好吃飯嗎？住的地方還可以嗎？有碰到什麼問題嗎？若有困難一定要跟哥說，知道嗎？」

賀閔傑笑了：「大哥，你放心，我這邊一切都好，沒什麼問題，我平常雖然幼稚了點，但也不是小孩子了，我會照顧好自己，不會讓自己餓著的。等大哥有空，再來我這裡坐坐吧！」

「好，當然沒問題。」對方欣慰的說，「對了，那你的工作呢？我記得你之前有傳訊息給我，說打算去一家補習班當老師，是嗎？」

「喔，對對對，因爲我想大哥平時忙，就沒爲這件事特地打去吵你，想等你有時間之後再告訴你，畢竟也不是什麼大不了的事……」

「大哥再忙，還是會想關心你的狀況，你再這麼見外，大哥可要生氣了。」賀閔喆輕斥，卻仍舊笑著，「那後來怎麼樣？順利嗎？」

「嗯，我應徵上了，已經開始上班，幸虧有別人幫忙，我才能順利得到這個工作。那間補習班離醫院很近，去看媽很方便，到現在我都還覺得自己運氣很好呢！」他說得愉悅，一屁股坐在沙發上，打開剛買回來的宵夜準備享用。

「那就好，知道你工作順利，大哥就放心了。」賀閔喆又問：「你這樣兩邊跑，很辛苦吧？」

「不會，我本來就是爲了媽才回來的，就算辛苦，我也覺得很值得。不過因爲我每天去，很多醫生護士都已經認識我了。」

賀閔喆輕輕發出感慨的喟嘆，沉默了半晌，低聲應：「若媽醒來，發現一直是你在身邊照顧她，她一定非常高興。」接著，他道：「不過閔傑，明天你就休息，先不用去醫院了。」

「爲什麼？怎麼了嗎？」

「明天表舅他們一家從臺南上來，打算去看看媽，到時我會帶他們去醫院，所以你就休息一天。有任何情況，大哥會再通知你，好嗎？」

「喔……好。」他頓了頓，「我知道了，那我明天就不過去了。」

「抱歉，閔傑。」

「沒關係，大哥，你就別再爲這件事道歉了。」賀閔傑失笑，「我一點都不在意，你放心吧。」

「嗯，那你早點睡，明天他們回去，我再打給你。」

「好，哥你也早點休息，晚安。」切掉通話後，他吁一口氣，把手機放桌上，打開電視，開始吃起宵夜，沒多久，腦海卻響起吳棠聖的聲音。

「所以你還得偷偷摸摸不被他們發現？」

賀閔傑緩慢咀嚼食物，動也不動的直盯電視，看著綜藝節目的主持人與來賓閒話家常。空蕩的室內，只有電視機裡頭傳來的陣陣笑聲，他靜靜看著，直到桌上的宵夜吃完。

他關掉電視，伸個懶腰，整個人靠在椅背上，揉揉眼睛按摩山根，打算閉目養神個一分鐘，再進浴室洗澡。當四周安靜下來，腦中卻又慢慢浮現出一抹身影。

他想起剛才在候車亭的那名女子。

她有一張清秀乾淨的臉蛋，說起話來輕輕淡淡，如同她的神情一樣，好似這世上沒有會讓她驚奇的事物，直到看見她凝視兔子布偶的眼神，雖然反應不大，但她那樣呆住的表情，反而讓他不自覺回想了數次。不過，更令他印象深刻的，是她道謝的方式，他從未見過有人用如此恭敬的態度對待自己，或許那隻兔子布偶對她來說眞的很重要，一想到這裡，賀閔傑就慶幸當初沒有因爲找到失主的機會渺茫，就將布偶丟掉。

「非常謝謝您，貝先生。」

他脣角漾起淺淺的笑。他並不是因爲記性好，所以沒忘記她，而是那一天的種種巧合，使她不小心看錯他的姓氏，讓賀閔傑覺得很有趣，才對她有了印象，不過要不是第二次在天橋看見她，發現對方身上穿的是和第一次相同的外套，以及綁著一模一樣的馬尾髮型，他恐怕也不會認出她來。

也許眞的是有緣，繼這三次，讓賀閔傑心裡莫名萌生了一種預感。

說不定……他還能再見到她一次。

14

剛剛看氣象報告，聽說傍晚氣溫會降五度以上，還有可能會下雨，姊姊外套記得穿厚一點，不然容易感冒，祝妳今天工作順利喔！

收到這封訊息，是在秦海昀吃完早餐，準備出門上班的時候。

穿好鞋子，門一開，明亮陽光打在身上，她瞇起雙眼，眼前晴空萬里，完全不像會變天的樣子。

只是當她佇立在家門口，腦海裡迴蕩著余學翰的叮嚀，腳始終沒再往前踏出一步。她回到屋內，走進房間打開衣櫃，脫下原本穿的針織外套，然後換上擋風性較佳的白色羽絨外套。她站在鏡子前，由下而上拉起拉鍊，再由上往下扣好扣子，將馬尾撥出來。

對於自己眞的因爲少年的話，特地回來換了件厚外套，秦海昀凝睇鏡裡的那張臉，不知爲何，頓時有一種連自己都迷惑、說不出來的陌生。

「因爲我還滿喜歡跟姊姊說話的。」

她離開鏡前，走向書桌，從抽屜裡拿出兩張折價券。

自從余學翰那次特地打來跟她道歉，他就不曾再提一起用餐的事，更沒有開口跟她要這兩張券，折價券上的期限，是到下個月二號，僅剩一個禮拜。

雖然時間不長，但她已逐漸習慣與少年互通訊息的日子，向來寂靜的生活，多了這個男孩的聲音，有人想與她說話，關心著她，並且在許多時候想起她，當她意識到這點，內心似乎也跟著有些轉變，儘管對方只是高中生，還是個孩子，這份情誼卻隨著每日一來一往的文字，一點一滴慢慢萌芽，深植在她心頭，不知不覺融入她的生活，她的生命之中。

她曾以為，像他這樣正值愛玩的年紀，對什麼都覺得新奇有趣的少年，應該過一段時間就不會對她感興趣，會回到自己的世界，回到真正適合他的朋友群裡。然而對方對這段友誼的維護和珍惜，在秦海昀的意料之外，他對她的重視與信任，都在他捎來的字字句句中表露無遺，令她深深感覺到了。

因此這次，她想主動作出回應。

那日上午天氣很好，好到連穿件外套都有點熱的程度，過了四點左右，氣溫急速驟降，五點開始下雨，溫差如此大的氣候，讓公司裡許多只穿單薄外套來的職員們吃不消，個個哀哀叫。

當秦海昀靠近茶水間的窗口，刺入肌膚的溼冷，立即讓她身子微微一顫，若今早穿的是原來的針織外套，肯定是不夠保暖的。

外頭雨勢不大，只是細微的毛毛雨，看起來過不久就會停。

秦海昀端著咖啡杯站在窗前一會兒，最後拿出手機，傳了封簡訊給余學翰，邀請對方下個月二號的晚上，一起到她朋友丈夫開的牛排館吃晚餐，想問他那一天是否有空？送出訊息不到三十秒，對方回覆了，余學翰二話不說立刻答應，沒有絲毫考慮，還告訴她那天無論約幾點都可以。

晚上八點半，加班完的她下班步出公司，站在大門外正要拿出雨傘，口袋卻響起來電鈴聲。她原以爲是余學翰打來的，然而看到來電名字，心裡一陣意外，隨即接起：「喂？育森？」

「妳現在在哪裡？」對方劈頭就問。

「我剛下班，還在公司。」

「海昀，我問妳，妳有沒有三十萬？借我一下，我急用。」

「三十萬？」聽到這個龐大的數目，她傻住，「怎麼了？你在哪裡？」

「妳別管，反正借我三十萬就對了，明天中午前匯到我戶頭，可以吧？」

「育森，我沒有那麼多錢。」

「怎麼可能？妳從以前工作到現在，賺這麼多，這點錢總該有吧？別想騙我！」他口氣急促，「我現在沒空跟妳耗，妳趕快在明天中午前把錢匯過來，聽到沒有？」

「育森，我眞的沒有那麼多錢。」她再回道，「到底怎麼回事？爲什麼突然需要這麼多——」

劉育森氣得大罵一聲「幹」，結果什麼也沒解釋就切掉通話。

秦海昀呆站原地，思緒一時停頓，半晌後才慢慢收回手機，前去坐車。

當公車停在天橋那一站，雨已經停了，她直接到天橋上看夜景。

一下過雨，這裡的視野看起來變得更清澈，整條十字路口也比之前更亮了些，不斷撲吹在秦海昀身上的冷風，卻始終無法讓她腦中的思路保持清晰。

來這邊的路上，她回電給劉育森幾次，卻打不進去，這並不是對方第一次跟她借錢，只是之前沒有像這樣一次借這麼大筆數目，加上他剛才語氣裡的焦急，不免讓她的心懸著，不確定對方發生什麼嚴重的事，此時此刻，她什麼都不能做，也不曉得該怎麼做。

隨著夜越深，溫度也越低，秦海昀走下天橋後，沒有去精品店，而是直接到候車亭等車。以往十點多就上床睡覺的她，自從養成來這裡的習慣，作息也跟著受到影響，有時到了十二點才躺在床上。

雖然都是一個人，但來過這裡，她發現自己的心會比較平靜，看過這般「喧囂」的寧靜之後，反而比完全安靜更能讓她一夜無夢，安然入眠。

「兔子小姐？」

一道在右耳畔響起的嗓音，使發呆的秦海昀，稍稍回了神，一往右看，竟看見意想不到的人。

「嗨。」賀閔傑打招呼，臉上笑容可掬，「又見面了。」

秦海昀愣了，才過三天，她居然又在這裡遇到那個男人，一時之間說不出話，只能訝異看他。

賀閔傑好奇打量她一下：「那個布偶，現在還有帶在身上嗎？」

聽出對方是說那隻兔子，秦海昀搖搖頭：「沒有，因爲擔心再弄丟，所以就留在家裡了。」

「嗯，也是，這樣比較好。」

她凝望身旁至少一百八十公分高的男子，想起上一次也差不多是這個時間，在這個地方遇見他，或許他也經常來這裡。

「請問……貝先生您在這附近上班嗎？」

「是啊，我公司離這裡很近。」賀閔傑點頭，笑了笑：「那個，妳對我不必這麼有禮貌，也不需要特別用敬語，這樣我會很不好意思，輕鬆點，好嗎？」

「好，對不起。」

她這一應，讓賀閔傑又頓了一下，目光也在她臉上多停幾秒，他忽然發現，與這女生聊得越多，心裡對她就越是好奇。

「妳知道嗎？自從上次碰到妳，我就在想，說不定還會再見到妳第四次。」當她投來視線，他莞爾對她說：「我的直覺挺準的，只是沒想到可以這麼快再見到妳。妳也在這附近上班？」

她搖頭：「不是，只是偶爾會來這邊走走。」

「喔？那我們算是有緣嘍？畢竟可以在這麼短的期間內巧遇四次，這種機率，我覺得比中樂透還要難得。」見她靜靜望他不說話，賀閔傑清清喉嚨，稍微收起一點笑，想讓自己顯得正經些，以免讓對方覺得詭異，「呃，抱歉，我不是為了搭訕才會跟妳說這些話，我只是覺得眞的很難得，所以……」

「沒關係。」秦海昀表示自己並沒有誤會，「我也覺得能再見到貝先生，很難得。」

「那就好，我怕妳會以為我是怪人。」他露齒一笑。

從外貌來看，秦海昀猜測他的年紀應該比自己大個一兩歲，只是當他揚起笑臉，尤其雙眼深深瞇起的時候，那張成熟面孔，會流露出一抹像是稚氣未脫的率然，卻又不失穩重。她很少看到成年人擁有這樣的笑容，秦海昀忍不住想，若此刻他是站在陽光下，這樣的笑容，看起來會更加溫暖吧。

上次他幫她撿到重要的東西，還替她保管，結果來不及爲他做什麼，她就先搭車離開，如今兩人再度碰面，她希望可以正式的好好答謝他。

「嗯？好像是我的車先來了。」發現公車即將靠站，賀閔傑往前走一步。

秦海昀先是愣住，下個瞬間，竟做出連自己都驚訝不已的事。

她拉住賀閔傑的外套。

這個舉動讓前方的人有些訝異的回頭，秦海昀馬上收回手：「對不起。」

「沒關係，怎麼了嗎？」

他要坐的公車已經停在身後，所以曾有一秒鐘秦海昀想改變心意，讓對方上車，但賀閔傑臉上沒有一絲焦急與不耐，專注的等她開口，結果最後，她還沒說出半個字，公車就從兩人身邊開走了。

「兔子小姐？」他視線不移，頭還稍稍偏著。

這下子，秦海昀眞的完全說不出話來了，她沒料到對方居然爲了等她，眼睜睜看著公車開走，儘管他沒生氣，秦海昀仍臉色泛白，連忙致歉：「對、對不起，害你沒坐上公車。」

「那沒關係，等下一班就好了。」他神色怡然，毫不在意，「不過妳是不是想跟我說什麼？」

「我……是想問問貝先生，上次你幫我撿到東西，有沒有什麼方法能讓我好好答謝你？」

「妳不是已經跟我道過謝了嗎？」他圓睜眼。

「是，但我覺得，還是該再做點什麼，正式的感謝你會比較好。」

秦海昀這番話，讓賀閔傑當下有些訝然，她眸裡的認眞，更讓他覺得若他開口說要一萬，她就眞的會給他的樣子。

他低頭思考幾秒鐘，再抬眼睇她：「什麼要求都可以？」

「可以，只要是我能辦到的。」

「好，那妳吃甜食嗎？」

秦海昀頓了一下，然後點頭，下一秒，賀閔傑舉起手中的一袋東西，告訴她：「這是我剛才買來準備帶回家吃的，老闆多送我一杯，我原本打算把其中一杯拿去冰，等明天再吃，但怕到時口感就變調了。要我一下吃掉兩杯，恐怕沒辦法。」他莞爾：「妳願意跟我一起吃嗎？」

成群乘客上上下下，公車也一台接一台從眼前開過。

賀閔傑與秦海昀一起坐在候車亭下，手裡各捧著一杯熱騰騰的粉圓豆花。

賀閔傑打開蓋子準備享用，發現秦海昀沒有動作，便說：「吃呀，別客氣，這家豆花非常好吃，嘗嘗看。」

秦海昀低頭將蓋子打開，用湯匙輕輕舀起一塊豆花，嚥了一口，嘴裡的豆花香甜柔軟，入口即化，十分美味，底下甜而不膩的暖熱湯頭，從喉嚨流入胸口，在這樣的寒冷天氣，喝起來特別暖胃。

看到秦海昀眼裡隱約流露出意外，賀閔傑笑開來：「很好吃吧？他的粉圓也很棒，吃起來很Q，很有嚼勁，我吃過這麼多家豆花，就這家最好吃。」

聞言，她也吃了一口粉圓，果真如他所言，非常好吃，搭配豆花和甜湯再適合不過。讓她忍不住發自內心，由衷的說：「眞的……很好吃。」

「沒錯吧？這是一位老先生煮的，他晚上都會開著小卡車在附近擺攤，從那邊過馬路，對面天橋下，再往左邊走幾步路就看得到了。」他邊說邊往天橋指。

秦海昀定睛一看，發現是從精品店的那條小巷出來，再往右邊一點點的方向，雖然她常從那邊經過，卻不曾注意到有賣豆花的攤子。

賀閔傑接著道：「我有天偶然發現這家攤子，結果吃過一次就上癮，現在只要晚上下班，我就會直接繞過去買豆花。那位老爺爺人很好，看我經常光顧，今天就特別多請我一杯。沒想到來這邊上班沒多久，就發現這麼好吃的豆花，真的很幸運。」

秦海昀一聽，視線轉回他身上，問：「貝先生是剛來這邊上班？」

「嗯，差不多快一個月。」他又往剛才的方向指，再拉遠一些，「過馬路後，再直直往前走一段路，有一家美語補習班，我現在就在那邊上班。」

「你是老師？」

「是啊，但我這德性看起來應該不像老師，反而像學生吧？」他呵呵幾聲，繼續一口一口吃豆花，喟嘆道：「嗯，真的超好吃。」

賀閔傑那張吃得津津有味，映滿喜悅的滿足笑臉，讓秦海昀的目光又停駐一會兒，當她繼續低頭吃豆花，身旁男人再次開口：「我可以問兔子小姐一個問題嗎？」

秦海昀很快點頭：「可以。」

「妳是大學生嗎？」

「不是，我已經畢業很久，今年二十七了。」

「咦？」他一驚，連忙掩口，似乎怕豆花從嘴裡飛出來，「抱歉，我搞錯了，因爲在我教課的班上，有一位去年才大學畢業的女學生，外表比妳成熟，所以我一直以爲妳還是大學生，沒想到妳才小我三歲……」他嚥嚥口水，「不好意思。」

「不會，沒關係。」秦海昀發現他的年齡果然與她猜的差不多，「貝先生上班時間都到這個時候嗎？」

「不一定，我的學生主要是大學生、一般公司職員，或是公務員，平日跟假日的排課時間不同，平日的話，大都是到晚上九點半，至於假日，最晚到傍晚六點左右。」語落，他也好奇：「那兔子小姐在哪兒上班呢？」

「我在一間印刷文具公司上班，離這邊有點遠。」

「妳多久會來這裡一次？」

「我沒算過……但最近比較常來。」她說。

他們閒聊著，一直到兩人杯子裡的粉圓豆花越來越少，不過老闆給的分量實在太多，當賀閔傑已經吃到見底，秦海昀還有三分之一，賀閔傑道：「吃多少算多少，吃不完就算嘍，別硬撐。」他原以爲說完，秦海昀就會放下湯匙，但她只說了句：「沒關係，我可以。」就繼續吃著，咀嚼跟吞嚥的速度卻變慢了些，應該是吃不下了，但她依舊沒停，什麼也沒說，就這樣一口、一口，慢慢把豆花跟粉圓全部吃完，一點也不剩。

這樣的她，讓賀閔傑不禁沉默一陣。

從她吃完豆花，蓋上蓋子，收進袋子裡，再仔細將袋子綁好，主動拿到候車亭外的垃圾桶丟掉，明明都是再正常不過的動作，但不知道爲什麼，她的行爲就是會讓賀閔傑有一種過於乾淨俐落的感覺，彷彿絕不會有差錯出現在她身上的嚴謹，無論是言行，還是面對一些事物的反應，似乎與一般人有點不太一樣，但究竟是哪裡不一樣？怎麼詮釋那種感覺？就算此刻仔細凝視她的臉，他也說不上來。

「這樣就可以了嗎？」

她忽然開口，讓賀閔傑霎時回神：「咦？什麼？」

她站在眼前注視自己，問：「只是幫忙吃豆花……這樣就可以了嗎？」

他點點頭：「嗯，這樣就行了，謝謝妳。」

語畢，秦海昀沒再多語，雖然她仍不覺得自己有幫上什麼，還讓他對她說謝謝，但看到對方的笑，多少還是覺得心安了些。

這時賀閔傑也站起來伸伸懶腰，吁一口氣：「抱歉，結果拖了這麼長時間，害妳得晚回家。」

「不會，沒關係，該道歉的是我才對。」

賀閔傑莞爾：「我倒是挺高興的，果然兩個人一起吃的感覺不一樣，總覺得東西特別好吃。如果妳喜歡這家豆花，下次再來買，我也推薦他的紅豆湯圓，也很好吃，妳可以嘗嘗看。」這時他發現一台公車正要靠站：「兔子小姐，妳是搭幾號車？」聽她回覆的車號，他吁一口氣，「果然沒錯，妳的車已經來了。」然後，他回頭看她，「如果妳想先等我上車再搭車走的話，那就不必嘍，我的車還滿好等的。」

賀閔傑這番話，讓秦海昀的心隱隱震了一下，有些愕然的抬頭看他。

而在公車即將停下的那刻，他又想到什麼，連忙從包包裡拿出一支筆跟一枝袖珍便條本，咬著筆蓋，低頭迅速在便條本上寫下東西，再撕下便條紙塞到她手中，告訴她：「那家賣豆花的攤子很小，妳第一次去可能會不太好找，如果妳下次來沒看到，可以直接打給我，我再告訴妳。」公車門一開，他輕輕推她的肩，「上車吧！」

秦海昀握著那張紙條，一時忘了回話，只能匆匆點頭，當她踏上公車階梯，卻又聽見賀閔傑出聲叫她，他對她微笑：「如果吃不下就不要勉強自己，就算沒吃完，也沒有關係喔。」

車門一關閉，秦海昀發現他和上次一樣，隔著窗對她揮揮手。

公車離開後，賀閔傑慢慢停止揮動那雙道別的手，等到公車影子遠去，他才漸漸意識到自己剛才的行爲，原本放下的手懸在半空，整個人呆站原地，動也不動。

「我剛剛……在幹麼？」他喃喃自語，怔怔然一會兒，然後摀住口，排山倒海的羞恥感瞬間朝他襲來，他恨不得馬上挖個地洞鑽下去，要不是身旁還有人，他恐怕眞的會抱頭蹲下，不讓任何人看到他。

「哇靠，賀閔傑，你眞的有病！」想起方才將紙條硬塞給她，還對她說「可以直接打給我」這種話，一股熱浪就湧上他整張臉，他忍不住用力緊閉眼睛，咬牙低聲暗罵：「你是在演哪齣？居然問都沒問就做這種事，搞不好人家根本沒打算要再來買，你是在那邊耍什麼帥？哇，眞的糗斃了，好丟臉！」

腦袋發漲的他，一心只想著絕對不能把這件事告訴吳棠聖，若讓他知道，鐵定天天被嘲笑，一直笑到他老死爲止。

「唉，眞是。」他搔搔頭，多希望明早醒來就能忘記自己剛剛做的蠢事，但是另一方面又有點希望，若她哪天眞的再來，並且眞的到他說的地方買豆花，可以告訴他一聲，讓他知道。

如果哪一天，還有機會再跟她一起吃豆花，那也不錯。

他是眞的這麼想的。

秦海昀回到家已經十一點。

她洗完澡進房間，將賀閔傑給她的便條紙放在桌上，由於他直接把紙塞給她，而她又握在手中一段時間，因此已經變得皺巴巴的，她坐在書桌前，將紙張攤開，沿著邊緣往中心仔細壓平。紙條上寫著一串數字，是他的手機號碼，字跡漂亮俐落。

「如果妳想先等我上車再搭車走的話，那就不必嘍，我的車還滿好等的。」

那個時候，她眞的有點嚇一跳。她不曉得對方是怎麼看出她的心思，她只曉得，這男人有一顆很敏銳細膩的心，觀察出她自以爲掩飾得很好的舉動。

「如果吃不下就不要勉強自己，就算沒吃完，也沒有關係喔。」

在夜燈下，她默默凝視那串號碼。

這般體貼叮嚀，乍聽之下普通，沒什麼特別深意，卻在秦海昀心裡掀起波浪，讓她無法回神。

因爲那句話聽在她耳裡，竟有點像是寬容。

15

「姊姊，我們先走嘍，拜拜。」六點一到，黛黛她們紛紛拎起包包，下班回家。

「好，再見。」秦海昀抬頭，下一秒注意力又回到螢幕上。

門一關，整間辦公室就變得一片安靜，只剩下她敲打鍵盤的聲音，時間一分一秒過去，直到桌上手機響起簡訊聲，她的思緒才再次自眼前事物抽離。

姊姊今天還有加班嗎？如果有，記得要吃晚飯，才有體力喔。

余學翰這封簡訊，讓她發現已經快八點，一意識到這時間，肚子空空的感覺才跟著出現。

她端著早已喝光，僅剩茶包在裡頭的馬克杯走進茶水間加點熱水，再吃幾塊餅乾，就回座位繼續做事，一直到九點才關掉電腦，離開公司。由於有點晚了，因此她沒打算到天橋那邊，而是直接回家，卻在坐捷運途中接到讓她意外的電話。

「喂？郭庭。」她問道，「怎麼了？妳忙完了嗎？」

接起電話沒多久，捷運一靠站，秦海昀立刻奔出車廂，跑上階梯，離開捷運站，再趕緊叫了一輛計程車。

十分鐘後車子停在醫院門口，秦海昀往急診室奔去，她快步走過長廊，頻頻環顧四周，一找到病床區，很快就發現其中一張病床，有兩個她再熟悉不過的身影。

病床上那額頭被白紗布包繞一圈，臉頰還有傷口的男人，正是劉育森，而郭庭就站在他身邊。

秦海昀正要過去，只是下一個畫面，卻瞬間讓她忘記前進。

面對看似不省人事的劉育森，郭庭的目光，自始至終都停留在他臉上，不曾離開過。她靜靜的看他，再伸出手來撫他的髮，最後慢慢俯下身，輕輕捧住他的臉，閉上眼睛，與他額貼著額。

那一刻，郭庭美麗的長髮如瀑布般傾洩而下，遮住了兩人的臉，她維持這個動作一段時間，一動也不動。

這一幕，完全映進秦海昀的眼底。

她沒有開口呼喚郭庭，也沒有再繼續前進，反而調頭往回走，無聲走出急診室。

當陣陣涼風朝她撲來，沒有吹回她的思緒，她步伐緩慢，杵立在急診室外頭，直到聽見手機隱約又響起，才回過神來。

「妳到了沒？」郭庭在另一頭淡淡的問。

「……我剛到，現在在門口，正要進去了。」一放下手機，秦海昀在原地緩緩吸一口氣，接著轉身回到急診室。

郭庭告訴她，半個小時前劉育森被送到急診室時，就已經陷入昏迷，但沒有生命危險。渾身都是酒氣的他，被人打到頭破血流，傷痕累累，據說他原本和朋友在小吃攤吃宵夜，結果與隔壁桌的客人起了口角，遭到對方毒打，打到上救護車，而那個時候，郭庭剛好打給他，才得知劉育森發生意外。

爲何郭庭會突然打給劉育森？這個問題秦海昀當下沒有問，等到醫生確定劉育森沒什麼大礙，也不會有什麼後遺症，郭庭便拎起包包準備回去，秦海昀出去送她，並陪她走一段路。

「工作還順利嗎？」秦海昀問。

「老樣子，快結束了，打算等等去買杯咖啡，再拚一下。」她撥撥頭髮，氣定神閒，口氣卻沒有往常的輕鬆，似乎還是有些倦了。她姿態優雅的雙手抱胸，直望前方街頭慢慢的走，「我問妳，妳知道劉育森前陣子有打給我嗎？」

秦海昀看她，沒有回應，郭庭接著說：「他開口跟我借五十萬，而且死不說理由，但其實就算不說，看他那副德性我也大概知道是什麼原因，見我沒打算理他，他就招了，果然就是賭博賭輸了錢，欠下一屁股債。」她脣角微揚，「八成是從妳那兒拿不到錢，走投無路了才找我，不然以他自尊心高，又死愛面子的毛病來看，他最不可能找的人就是我，所以若不是眞的被逼到絕路，他是絕不會這麼做的，結果我還是沒理他，只告訴他『你跪下求我，我就借』，就啪的把電話給掛了，徹底把他最引以為傲的尊嚴，狠狠踩到腳底下，呵呵。」

說完，她們都沉默，當樹葉被風吹到郭庭腳邊，她又伸手撥了下頭髮。

「好啦，送到這裡就行了，我還要回去忙，沒空繼續管那傢伙的事。」她停下來，對秦海昀懶懶的說：「對了，還有，我剛才已經打電話通知他媽了，明早他老爸跟老哥應該就會到醫院把他抓回去好好修理一頓，既然他那麼想丟臉，我就讓他丟臉丟到家，所以妳暫時不必管他了，免得之後還得被他媽罵，怪妳沒顧好她兒子。」語落，郭庭又瞧瞧她，莞爾：「不過這麼久了，我看他媽應該早以為他換新女友了吧？而且這小子多花，他家人也不是不知道，搞不好早就看過他帶不少女人回去了。」她拍拍秦海昀的肩，「我走啦，拜。」

郭庭招了輛計程車，秦海昀目送她離開，然後回到急診室。劉育森依舊躺在床上還沒清醒，臉上的潮紅，看得出應該喝了不少酒。

她坐在他身旁，凝視他的臉，聽著醫護人員來來去去的匆促腳步聲，一直到十一點多才離去。

隔日在公司，午休時間，她打了通電話給劉育森，發現劉育森的電話已經打不進去，撥給醫院，院方告訴她今早劉育森已經出院，秦海昀想，可能他的家人真的來接他回去了。

那天是三十一號，要去幫郭庭拿衣服的日子，秦海昀原本要準時下班，課長卻在下午又臨時交待一些事務給她，不得已，她只好繼續留下加班，在限定時間內完成工作。

她匆忙離開公司去搭車，從捷運站出來，抵達之前來過的那處鬧區，剩十五分鐘就十點，就快到郭庭跟店家約的時間，她曾聽余學翰說過，從這裡走到那間服飾店需要二十分鐘，但也有條小路走十分鐘就可以到，直接走小路的話，應該來得及。

秦海昀憑少年所說的方向，走到賣青蛙下蛋的店，果然在旁邊發現一條巷子，於是繞了進去，走沒多久，卻發現這條暗巷裡竟然還有兩條路，一道寬路，一道窄路，不知哪一條才是通往服飾店的方向。

她站在原地，頓時拿不定主意，猶豫到最後，她拿出手機撥出一通電話，對方很快就接起了。

「喂?學翰，我是姊姊。」秦海昀開口，繼續觀察眼前兩條路，「不好意思，有一件事想請問你，上次跟你見面時，你跟我說有一條巷子可以比較快到『Butterfly』那間服飾店，但巷子裡面有兩條路，你知道是走哪一條嗎？」

「喔，我知道啊，一進去往左邊，走左邊，比較窄的那條。」說完，少年語帶訝異：「姊姊妳現在就在巷子裡嗎？」

「嗯，因為怕趕不上關店時間，所以我想從這裡走走看，謝謝你，學翰，謝謝。」通完電話，秦海昀背好包包，往左邊的路前進。

這條巷子視線十分昏暗，而且很安靜，路燈遠遠只有一盞，秦海昀才走不到幾分鐘，就漸漸感覺到有些不對勁了。

她發現這條巷子沒有半個像她一樣的路人，卻不斷看見成群的年輕男子靠在牆邊，或坐或站在抽菸閒聊，她一經過，那些男人的目光就紛紛落向她，眼睛緊盯著她不放，等她走得越遠，四周越安靜，整條路面也變得更黯淡，幾乎讓她快看不清前方的路，這個時候，秦海昀又察覺到一件事。

由於身邊一片寂靜，因此她可以清楚的聽到，似乎有個人正尾隨在她身後不遠，那人跟著她的步伐走，甚至隨著她的步調改變速度，很明顯是刻意跟著她的。

秦海昀一意識到這點，腦海裡兀的響起余學翰的聲音。

「但我不建議走那裡，那條小路很暗，平時很少人走，而且晚上又常有一些奇怪的人窩在那邊，聽說上次還有人在那裡被搶……」

一股寒意瞬間從腳底湧上頭頂。

她一心只想趕時間，完全忘記這個叮嚀，沒深思危險與否，這時心臟跳動的頻率，隨著她加速的步伐越跳越快。

秦海昀呼吸急促聽見後方腳步聲不斷逼近，從心底湧上的恐懼，讓她一時無法冷靜思考，只能憑著本能開始用跑的，不斷跑著，但就是遲遲無法離開這條暗巷。

她跑得越快，後面的人也追得越快，這段明明只有十分鐘的路程，秦海昀卻怎樣都看不見盡頭，她找不到出口，覺得自己彷彿只是在原地打轉。

就在她陷入一陣混亂，忽然一雙手從旁邊冒出抓住她，秦海昀當場驚呼一聲，下一秒整個人就被用力往前拉，爲她已無法再增快的腳力注入新的力量。

她看不清對方是誰，來不及叫喊及掙脫，只能在微弱路燈下看見對方的身影，那人毫無猶豫的抓住她的手，拔腿朝前奔去，直到一道強烈光芒刺來，秦海昀難受的閉上眼睛，短短幾秒鐘，人像被帶到另一個世界。

「姊姊。」

一聲呼喚，將秦海昀喚回神，臉色發白的她，發現眼前不再昏暗，反而充滿明亮的光，周圍皆是人群，喧嘩聲和音樂聲不絕於耳，她已經離開了那條暗巷。

「姊姊，妳還好嗎？」

她木然望著眼前的少年。

一身便服的余學翰，握著秦海昀的手，因奮力奔跑而喘息著：「妳沒事吧？」

同樣喘吁吁的秦海昀，怔怔然瞠視他許久，才能發出聲音：「學翰你……爲什麼會在這邊？」

「我原本在家裡，後來接到妳的電話，妳說妳在巷子裡的時候，我嚇一大跳，因爲這條暗巷很危險，所以剛剛掛掉電話後一直很不放心，就馬上跑來了。」他大大鬆一口氣，「不過眞的好險，我剛一進去，就發現有個男人在妳後面，所以馬上就抓著妳跑了，幸好成功擺脫他，太好了！」

見他放心的樣子，秦海昀這才注意到，他的額頭以及灰色運動短袖T恤上，有些許汗水與汗漬，他連外套都來不及穿就直接從家裡奔來，只因爲擔心她遭遇危險。

「謝謝你……學翰。」她注視他的衣服，聲音虛弱，「很抱歉，害你特地跑來，眞的很對不起。」

「沒關係啦，這沒什麼，我頂多回去被罵一下，再洗一次澡就好啦，姊姊妳沒事比較重要。」他毫不在意的拉拉上衣，關心的問：「妳的臉色好蒼白，不要緊吧？」

「嗯，我沒事。」儘管如此，她仍感到胸口的心跳沒有減速，喉嚨也乾澀無比，聲音不由自主的發顫，思緒還混亂的她，只能不斷的繼續道歉，「對不起，給你添麻煩了，對不起……」

「姊姊不用道歉，妳沒有給我添麻煩，是我自己要來的，而且我很慶幸可以幫上妳的忙，當妳打電話給我的時候，我很高興，眞的很高興。」余學翰說，露出一抹燦爛微笑：「謝謝妳，需要我。」

秦海昀愣愣看他。

少年臉上的笑容，還有他說的話，都讓她原本混亂不已的腦海瞬間一片空白，呼吸跟著停滯，連在耳邊咚咚作響的心跳聲也驀的消失，聽不見了。

她微微張口，想要說些什麼，喉嚨卻哽住，少年的臉漸漸變得模糊，她似乎看見那雙明亮眸裡一閃即逝的訝異光芒。

一滴眼淚滑下秦海昀的臉，兩滴、三滴、四滴，止不住的溫熱，毫無預警一顆顆滾落而下，直到布滿臉頰。她低垂著頭，就這樣在人來人往的熱鬧街頭，無聲的哭了。

她淚流滿面，顫抖的微微抽噎，卻始終不曾發出半點聲音，冷靜理智全離她而去，一時之間，她找不回來，施不出一絲喝止自己的力氣與力量。

她知道，也許是因爲剛才太過害怕，太過恐懼，才會在得知安全，一放下心之後，就不小心失去控制，緊繃已久的心情也跟著宣洩而出，只是在她眼淚一落下，哭到不能自已的那瞬間，湧現在她腦海裡的，卻是另一個畫面。

昨夜郭庭在急診室，將頭輕貼在劉育森額上的那一幕，直至此刻，仍深深烙印在秦海昀的心頭，到現在她站在這裡，在少年面前哭泣，整顆心，整個腦袋裡的畫面，都還停在那兩個人身上，無法離開。

從十六歲到二十七歲，與他們在一起的這十一年，每個階段，每段過往，都在秦海昀腦中如跑馬燈一幕幕閃過，回憶如潮水般匯集成一片巨浪重重朝她撲打而來，這一次她再也站不住，狠狠跌跤，徹底失足。

看見那樣的郭庭，秦海昀無法抑止來自胸口的強烈酸楚。她沒有憤怒，沒有後悔，沒有同情，甚至不覺得自己是悲傷的，她不再感到緊張或是害怕，但不知爲何，淚水就是止不住。

她不覺得郭庭「背叛」了她，也不覺得自己因爲他們受到傷害。她弄不清自己究竟是爲了誰哭，只感覺到自己就快在這片像海一樣深、一樣重的不知名情緒中滅頂，完全被淹沒。

「妳有什麼心願嗎？」

「姊姊的夢想，是什麼？」

好多人的聲音，好多人的面孔，都在她聽見自己喘息的嗚咽聲時漸漸浮現。

「有時候，我眞的覺得姊姊妳好奇怪。一般人哪有可能會這樣？看起來根本就像在自虐，一點也不正常！」

「說也奇怪，不知道爲什麼，自從有了孩子之後，我就覺得自己的人生好像變得不一樣，感覺更有意義，更踏實了，難怪有人說，孩子會讓女人的生命更加圓滿，原來就是這種感覺。」

「妳崩潰的模樣，我滿想看看的。」

「妳根本就沒血沒淚。」

「妳眞的認爲語璇跟妳一樣，會是好的？」

曾幾何時，她完全忘了要怎麼哭。

該怎麼做，才表示她在乎？該怎麼在乎，才會是他們眼中的「在乎」？什麼時候該笑？什麼時候該憤怒？什麼時後該難過？又要怎麼笑，怎麼憤怒，怎麼難過，才是身爲一個人，一個女人，一個女兒，一個情人，一個姊姊，「應該」會有的反應？怎麼做才是對？怎麼做才是正常？她已經完全無法分辨。

從小，身邊的大人就告訴她哪一條路是對，哪一條路是錯，所以對的路，她走；錯的路，她避。她不能回頭看，不能繞道而行，不能退後，不能懷疑。

因爲是女兒，所以要聽話，不能反抗，更不能失敗，讓父母蒙羞。

因爲是情人，所以要包容，不能懷疑，更不能無理取鬧，讓對方有壓力，否則若對方離開，或做出對不起自己的事，一定也是她的問題。

因爲是姊姊，所以要堅強，不能任性，更不能脆弱，想哭的時候不能哭，想怒的時候不能怒，不能有多餘的情緒，任何事都要做到對，做到最好，這樣才能算是一個眞正的姊姊，足以成爲弟弟妹妹榜樣的「姊姊」。

走了這麼久、這麼遠，走到現在，那些人的聲音，卻告訴她沒有一樣做對，甚至讓她發現原來從一開始就是錯的，她頭也不回的往前走，卻在那些人臉上洋溢的幸福笑容中，以及少年的那句問話裡，發現自己一直以來走的路，根本沒有終點。

她沒有夢想。

普通人會有的喜怒哀樂，在她身上完全沒有，她不曉得開心到掉淚，喜極而泣是什麼感覺？不曉得氣到暴跳如雷，咬牙切齒是什麼感覺？不曉得爲一件喜愛的事物廢寢忘食，熱血沸騰是什麼感覺？

從小她就被教導不可以有這些情緒，不可以對讀書以外的事有好奇心，只要「不該」是她的，連偷偷想都不被允許，她不能有自己的想法，甚至是自己的意志，所以即便劉育森「背叛」了她，她也只能用平靜的態度去面對，就像全世界的男人本來就會這麼做，是正常的，更是無法避免的，所以她沒有崩潰，沒有怨言，如同從前的秦母。

在她封閉的童年世界，母親就是她的指標，她曾經以爲全世界的女人都和母親一樣，只要學母親這麼做，跟著母親的步伐，就是選擇最正確的道路。

她一直跟著母親的腳步走，就算離開了家，離開了母親，對方給她的一切依舊深深影響著她，她懂得解開複雜的數學難題，卻不懂怎麼解開對人生的疑問，前者有正確答案，後者卻沒有，等到她終於對母親給她的路有了懷疑，卻是在發現自己什麼也沒有的時候。

她沒有夢想，沒有熱情，沒有愛好、沒有渴望，徹徹底底的一無所有。她也沒有失去，因爲從一開始她就不曾擁有過。

那些有夢想的人，有目標的人，對某件事抱有熱愛的人，他們爲它奮不顧身，打破桎梏，爲理想樂此不疲的身影，笑容裡洋溢的燦爛光芒，都讓她移不開目光，所以她無法不被郭庭吸引，無法不被劉育森吸引，甚至是被余學翰這樣的少年吸引。

一直以來她都是這麼活著，也曾一度以爲自己眞的就如劉育森說的，根本就沒血沒淚，直到在這次的驚險之中，她才發現自己原來還會害怕、恐懼，像這樣在他人面前痛哭失聲。

可是除此之外，她還有什麼呢？

是不是繼續被蒙騙，繼續被蒙蔽，什麼都不要發現，對她而言才是「幸福」？

是不是只要不去聽，不去看，她就可以繼續走下去……

秦海昀的淚，如雨般一顆顆落在地面上。

路人不斷從她身邊走過，無止盡的喧嘩聲以及馬路上的車鳴聲，讓她逐漸聽不清胸口的劇烈心跳，只聽得見自己虛弱顫抖的啜泣聲，然而來自她右手心的力量和溫暖，卻沒有離去。

面對泣不成聲的秦海昀，余學翰沒有出聲，只是靜靜站在她面前，動也不動的聽著對方哭泣。

但他握住她的那雙手，從頭到尾都沒有鬆開過。

16

「幹麼？怎麼會突然跑來？今天不是假日吧？」

僅穿一件紅色細肩帶上衣和一條休閒長褲的郭庭，看到秦海昀出現在門口，納悶的微微擰眉。

秦海昀提起手中的袋子，緩緩說道：「我昨天去幫妳拿衣服了，因爲不曉得妳什麼時候有空，所以今天幫妳拿過來。」她再遞了一杯東西給她，「這是咖啡。」

「喔，謝啦，差點就忘了！」郭庭的語調立刻變得輕快，「告訴妳，妳來得正是時候，我剛才把一篇稿子搞定了，過幾天就可以出國逍遙一下，玩個幾天再回來。進來吧！」

她走進郭庭買的單人套房，客廳那套精緻昂貴的沙發上，滿是散亂的衣服，秦海昀一放下包包，就幫她把那些衣服一件件放進洗衣籃，再收拾電腦桌周圍吃完的零食包裝袋和空杯子。

郭庭悠閒的喝她買來的咖啡，將原本綁起來的長捲髮放下，甩甩頭，再伸手從前額往後撥，舉手投足無不流露出嫵媚性感，此刻她因心情好而難得露出明豔笑容，讓秦海昀深信，在這個世上不會有男人不爲她怦然心動，不爲她深深著迷。

除了那個人，不會有男人不愛這樣的她。唯獨那個人，無法愛這樣的她。

「郭庭。」

「啊？」

「妳之前那位總編……就是那個男人，她的妻子不是說要告妳？」秦海昀問：「現在怎麼樣了？」

橫躺在沙發上的郭庭，托著臉頰凝視她一會兒：「眞難得，妳居然會主動關心這種事。」嘆一口氣，她慵懶的回：「還能怎麼樣？看我沒上八卦雜誌就知道沒事啦，還不就被她老公給擋下了，眞是沒用的女人。反正我早就沒跟那爛人聯絡，他是死是活都跟我無關，我才不想繼續爲他浪費時間，鬧了這麼多年，也夠了。」快速喝完咖啡，她打了個呵欠，又從桌上的菸盒裡抽出一根菸，「妳是等等就回去，還是要在這裡過夜？」

「等等就回去了。」

「嗯哼。」她點菸，吸了一口又吐出，冉冉白煙繚繞在她們之間，郭庭不帶情緒的又問：「對了，劉育森那笨蛋，已經被抓回去了吧？」

「應該是，我打給他，但打不通。」

「他有跟妳提過借錢的事吧？是跟妳借多少？」

「三十萬。」

郭庭嗤笑一聲：「果然，這王八蛋看到我就獅子大開口，沒一句話能信的。」她的眼神往電視機的方向飄，淡淡的說：「妳沒借他也好，那筆錢就叫他家裡的人還吧！我看他等哪天被斷手斷腳才會清醒，呵。」

秦海昀默默看著她吞雲吐霧，從以前到現在，郭庭一直都是用這樣的表情說劉育森的事，淡漠中帶著一絲不屑與訕笑，彷彿不在乎，神情卻若有所思，一雙美麗眼睛不是望向前方，就是落在她永遠看不清的位置。

十一年了。

不知不覺，她們就這樣站在同個地方，整整十一年了。

「妳什麼時候走？明天還要上班吧？妳這乖寶寶不是十點多就上床睡覺了？」郭庭站起來伸個懶腰，又撥了下頭髮，「妳還想待一下的話就繼續待，我要去掛衣服，順便沖個澡，妳走的時候直接把門關上，不用鎖沒關係。」

她走到袋子前拿出裡頭的禮服，前後檢查了一番。

秦海昀深深凝視她的身影半晌，最後開口：「郭庭。」

「幹麼？」

「妳愛育森嗎？」

郭庭拿著衣服的手登時僵在半空中。

看到她杵著不動的背影，秦海昀知道這句話一問，等於是親手將兩人多年來的情誼徹底斬斷。

在說出口的同時，這段友情也就結束了。

從前她不開口、不面對，就是知道這麼做，她和郭庭才能走到現在，只要不說，就可以繼續維持關係，這一直是她和郭庭不可言說的默契，從十六歲就已經存在的默契。

然而當年的秦海昀絕對想不到，這句話，有一天會是由她來開口。

明知話一出口，她就會永遠失去郭庭，但她終究還是說了。

「在妳心裡，其實還是很關心他的，要不然妳不會在拒絕借錢給他之後，又再打一次電話給他，因為妳還是會在意他的安危，擔心他的處境。」秦海昀用平靜、不帶起伏的語氣問：「若育森當時不是因為受傷被送上救護車，妳打給他，就是想知道他的狀況，甚至若他再跟妳開口，妳就會把五十萬給他，對嗎？」

郭庭回頭。她面無表情的盯著秦海昀，像在看一個陌生人，眸光冰冷。

「妳會介紹育森給我，也是為了想將他繼續留在身邊。」秦海昀繼續說：「因為妳知道，不管發生什麼事，我都不會主動跟育森提分手，也知道我會一直接納他、等他，不管他不見多久，跑了多遠，最後還是會回來我這裡，不會在離妳太遠讓妳找不到的地方。」

郭庭面色不變，看她的雙眼卻微微瞇起，冷然中帶點觀察的意味，彷彿在懷疑此刻站在眼前的這個人是誰。

因為這些年來，她所了解認識的秦海昀，是不可能會說出這些話的人，那個秦海昀一直都是個膽小鬼，一個任人擺布、沒有聲音、沒有靈魂的可笑傀儡。

此刻，在秦海昀眼裡，郭庭依舊是全世界最幸福，卻也是最不幸的女人。她可以得到所有人的愛，卻唯獨得不到劉育森的愛，而郭庭最想要、最渴求的人，偏偏就只有劉育森，那是她再聰明、再美麗、再努力，也永遠無法得到的東西。

郭庭知道劉育森這輩子都不會愛她，劉育森越想從她身邊逃開，她就越想抓住他，而秦海昀就是能讓她抓住對方的那個人。

她是否因為心灰，想要放棄一切，所以之前才會說想出國離開這裡，永遠不回來的話，秦海昀不清楚，直到看見郭庭和劉育森在急診室的那一幕，她便知道，自己再也無法繼續裝傻到下一個十一年。

「郭庭。」她一字一句，清晰的問：「其實妳是恨我的，對不對？」

「秦海昀。」郭庭冷冷吐出她的名字，表示這是第一次，也是最後一次的警告。

「不管是為了什麼理由，只要能夠讓育森想到妳，心裡有妳，甚至需要妳，就算不是因為愛……妳也還是會緊緊抓住，不會放手，不是嗎？」

郭庭沒再回應。

她一手放在腰際上，垂首闔眼，嘴脣微抿，沉默站在原地，久久不動。

等到郭庭終於慢慢睜開雙眼，她說：「秦海昀。」然後抬起頭，用不帶一絲情感和情緒的漠然表情睇著她，「從明天起，我們不用再見面了。」

郭庭拿著禮服直接轉身進到臥室，留她一人在客廳。

秦海昀沒有馬上離開，在原地站了一會兒。

那是她最後一次與郭庭交談。

秦海昀坐車回到板橋，沒有直接回家，而是又到了那座天橋上，站在同樣的位置，安靜沉溺在這幕夜景之中。

從郭庭家離開後，秦海昀沒有掉下一滴淚，但眼眶始終微微發熱。

這天的淚，之前就已經流乾了，那一次的痛哭，就是因為知道這一天將與郭庭別離。郭庭了解她，而她也了解郭庭，所以明白郭庭說到做到，她的「不再見面」，就是眞的永遠不會再見。

無論郭庭對她眞正的想法是什麼，也無論郭庭究竟有沒有視她爲朋友，秦海昀還是很慶幸能夠遇見她，十六歲的郭庭，第一次主動和她說話，拿她手寫的小說給她看，兩人一起度過的青春歲月，都是秦海昀乏善可陳，索然無味的灰白人生中，唯一帶有色彩，讓她覺得美好的珍貴回憶。

如果什麼也不說，她們或許就能一輩子走下去，但最後她還是背叛了郭庭，她無法再繼續維持郭庭想要的那個樣子。

像郭庭這樣的人，在她往後的人生裡，不會再有第二個了。

三十分鐘過去，秦海昀走下天橋，正要走進巷子裡，卻在巷口停下腳步，往左邊的街頭一望。

她往之前沒踏過的方向，一步一步緩慢的走，仔細留意經過的每條巷子，最後，她在其中一條空間較寬闊的暗巷裡，發現用一台藍色小卡車搭建起來的小攤販，一位老先生拿著杓子小心翼翼舀起鍋子裡的豆花到透明塑膠杯裡，再加了粉圓進去，蓋好蓋子，放進袋子裡頭，交給站在攤子前的一名男子。

秦海昀動也不動的注視那個男人。

那個人道謝，與老先生揮手道別，接著轉身走出巷子，看到秦海昀的那刻，馬上停下腳步，露出像是喜悅的微笑：「妳好，兔子小姐。」他走到她面前，「妳也是來買豆花粉圓的？」

秦海昀微微張口，卻說不出話，一到攤子前，老先生就用帶著笑意，中氣十足的聲音問：「小姐，要吃什麼？」

「一杯……豆花粉圓，謝謝。」秦海昀說完，賀閔傑忽而站她在身邊，跟老闆說：「老闆，這位小姐的豆花請不要幫她裝太滿，她吃不完，八分就好，謝謝！」

「好。」

秦海昀有些怔然的看著賀閔傑，老闆很快就盛好一杯，她正要拿錢包，賀閔傑卻已將錢遞了出去：「老闆，這一杯我幫她付。」

秦海昀聽見，趕緊道：「不用了，貝先生，我自己付就行了。」

「沒有關係啦，難得嘛！」

「但上次你已經請過……」

「上次是老闆多請，這一次是我請，不一樣。」賀閔傑笑容可掬，「因爲看到兔子小姐，我很高興，所以無論如何都想表示一下。」他從老闆手中接過豆花，再交給她，「來。」

賀閔傑的熱情，讓秦海昀頓時難以拒絕。

他們離開巷子，沒有到候車亭，而是就近坐在天橋階梯旁邊的石椅上，望著前方等著過馬路的人群，並肩吃豆花。

「這樣的分量可以嗎？若還是吃不下，別勉強喔。」賀閔傑說。

「不會，這樣可以，謝謝你。」她馬上回應道，低頭用湯匙輕舀起一塊豆花含進嘴裡，柔軟溫熱的口感，滿足她的味蕾，也讓她原本寒冷空蕩的心回暖一些。

遇到賀閔傑前，她原本打算到精品店去，卻在進入巷子時，想起上次他請她吃的豆花，那股香香甜甜，足以療癒人心的滋味盤據她的心，於是，她決定繞過去看看，尋找那一間小攤子。沒想到，她不但找到了那好味道，也找到了他。

這樣的巧合，似乎多得有點不可思議了。

不知道他看到她的時候，心裡是不是也有這樣的想法？

「兔子小姐，妳知道嗎？」吸吸鼻子，賀閔傑開口：「我原本以爲，自己有可能惹妳不高興，或是讓妳覺得不舒服了。上次莫名其妙把手機號碼塞給妳，完全沒去想妳會不會眞的來這裡，後來我仔細回想當時的舉動，簡直就跟怪叔叔沒兩樣……」他歉然的對她苦笑，「希望沒有給妳造成困擾，對不起。」

「不會。」她搖搖頭，「我不覺得困擾。」

「那就好。」賀閔傑吁了口氣，突然，又十分認眞的建議：「不過，妳覺得我們要不要一起去買張樂透？可以和同一個人不斷巧遇的機率，照理說應該不大吧？去試個手氣說不定眞的會中獎，妳覺得呢？」

聞言，秦海昀呆了幾秒，沒有回答，抿著脣淡淡的笑了。

「兔子小姐今天發生什麼事了嗎？」

「咦？」

「因爲跟上次比起來，妳看起來好像比較沒精神，有點心事重重的樣子。」

「……」秦海昀低下頭。

「若妳不介意，想不想說出來？把鬱悶吐出來的話，心情可能會好一點。」吞下一口豆花，他莞爾一笑，「我覺得這招很有效。」

對方的話，引起秦海昀胸口一陣輕顫，她沉默無語，過了十秒才動起湯匙，卻沒有舀起東西吃，而是用十分緩慢的速度輕輕攪拌杯裡的粉圓和豆花。

「我今天……」良久，她開口，卻聽見自己的聲音是沙啞的，「和一個朋友……絕交了。」

這句話讓賀閔傑更加專注的望著她，秦海昀依舊面色平靜的凝視杯子，沒多久低頭啜了口甜湯。

看著她淡然的態度，賀閔傑一時有點難將她的話與表情搭在一起。

「是怎麼樣的朋友？」他問。

秦海昀吞嚥，沉思半晌：「我最好的朋友。」

「妳們認識多久了？」

「十一年，我們是高中同學。」

「哇。」他發出沉沉的嘆息，遠望馬路，若有所思的喃喃道：「十一年……眞的很久。我也有一個非常好的朋友，是個警察，我們從大學就認識，到現在也差不多十一年了。要是哪天突然發生什麼事，害我們兩個也絕交的話……」停頓五秒，他苦笑：「天，好難想像，鐵定很痛苦，難怪妳會這麼失落。」

賀閔傑脣角流露出的苦澀微笑，讓秦海昀的目光不禁停留在他臉上一會兒，這時他也轉頭，剛好與她互視。

「眞的沒有轉圜的餘地？」

她搖頭。

「可是，說不定妳朋友也不是眞的希望走到這一步，畢竟妳們相處了這麼多年……」

她再搖頭：「我了解她。」

語畢，賀閔傑明白的點了點頭，不再多語，兩人之間一片寂靜。

這一刻，秦海昀莫名覺得有些不適應，隱隱覺得坐立難安，她有點不解，自己現在是否正在對一個人「傾吐心事」？

像是沒說什麼，又像是什麼都說了，她不知不覺被他的話牽引，當這個男人表現出願意聽她說話的樣子，專注面對她的時候，連開口說話的沉穩語氣都深深感染她，像在告訴她：可以放心的說，沒關係。

一直以來，她只知道怎麼做個傾聽者，不懂傾吐。而現在，換某個人這樣專注傾聽她的話，她不由得湧起一股生疏感，些許的不知所措，像赤腳懸在半空，觸不到地面的不安。

「兔子小姐。」

對方的輕喚，將秦海昀的思緒拉回，賀閔傑對她說：「妳願意跟我當朋友嗎？」

「咦？」

「如果妳在今天失去了一個朋友，那妳願不願意也在今天擁有一個新的朋友？」他眸光柔和，「我知道自己不能和妳認識十一年的朋友相比，我也沒辦法替代她在妳心中的地位，但也許在未來的十一年裡，我們會一直是很好的朋友。」

賀閔傑的話，讓秦海昀怔愣，絲毫想不到他會這麼對她提議。

見她遲遲沒答話，賀閔傑接著道：「不過……如果兔子小姐不願意的話也沒關係，我知道這時候對妳提出這種要求，可能也沒辦法安慰到妳……我沒有別的意思，只是覺得這樣或許能讓妳的心情稍微好一點，但如果讓妳感到不愉快，我很抱歉。」

聞言，秦海昀登時一陣倉皇，幾乎沒有思考半秒的接話：「不會，貝先生。」

賀閔傑眨眨眼：「所以兔子小姐願意？」

她點點頭。

他深深的笑了，將湯匙放進杯子裡，對她伸出右手：「妳好，新朋友。」

那雙大手，讓秦海昀的思緒停頓了一秒，才慢慢伸手，與他相握。

吃完豆花，兩人結伴去等公車，在候車亭下，賀閔傑問：「兔子小姐每次來這附近都去哪裡逛呢？」

「我逛的地方不多，都只是固定到一間精品店看看而已。」

「精品店？賣什麼精品？」

「很多，有老唱片、首飾，還有明信片跟其他小物品，雖然店不大，商品也是懷舊風格，但每樣東西都很精緻、很漂亮。」

賀閔傑眼睛一亮：「喔？太好了，我很喜歡懷舊風的東西，妳下次可以帶我去看看嗎？」

「當然可以。」

他一臉喜色，瞳孔閃著期待的光芒，就像明天要去郊遊遠足的小學生。

秦海昀不禁也問：「那貝先生平時會去哪裡逛呢？」

「我跑的地方其實也不多，可是因爲我很喜歡拍照，沒有上班的時候，就會拿相機出去，到處走走拍拍，其他時間就是到醫院。」

「醫院？」

「嗯，就是靠近這裡的那間，我母親生病，需要長時間住院，所以我每天都會去看她，當初選擇在這邊上班，就是爲了能就近照顧她。」

秦海昀專心聆聽，沒有多久，她看到他的公車已經先來，於是在對方拿出悠遊卡的時候，她把握時機對他說：「貝先生，今天謝謝你。」

「謝我什麼？」他不太明白。

「謝謝你今天請我吃豆花，下次，請務必讓我回請你，好嗎？」

賀閔傑默默看她，然後允諾：「好，只要妳不再對我這麼客氣的話。」

她一凜。

「妳不需要對我那麼有禮，也不需要再對我說那麼多次『請』，妳可以隨心所欲，自在一點。」他頭一偏：「我們已經是朋友了，不是嗎？」

「……」

「雖然這麼講很老套俗氣，不過我想我們會碰到這麼多次，除了有緣分，說不定還有其他原因。」

他認眞的說：「所以我決定，明天一定要去買張樂透，我有預感，下一個頭獎得主應該就是我了！」

見他一臉嚴肅的說完這段話，原先怔怔然的秦海昀，不禁揚起嘴角，笑了起來。

「兔子小姐，妳要多笑。」賀閔傑凝視她，眞摯的說：「妳適合笑，若是開懷大笑的樣子，一定更好看。」

秦海昀感覺到自己的心湖揚起了漣漪。

公車停在賀閔傑面前，他向她揮手道別，然後上車。車子逐漸遠離視線，一直到完全消失，秦海昀才收回心神。

和賀閔傑相處的這一晚，她原本渾沌沉重的思緒，似乎變得清晰輕盈了些，雖然她知道，也許明早醒來，還是會繼續爲郭庭低落一陣子，然而心裡空缺的那一塊，卻隱隱有一股力量，正在一點一滴的湧進。

「我知道自己不能和妳認識十一年的朋友相比，我也沒辦法替代她在妳心中的地位，但也許在未來的十一年裡，我們會一直是很好的朋友。」

秦海昀想起賀閔傑的話，也想起他朝她伸出的那雙手。

發現眼眶裡湧起一抹溼熱，她輕輕閉上眼睛。只是這一次，不是因爲郭庭。

17

與郭庭見完面的隔天，就是秦海昀先前與余學翰約吃飯的日子。

星期五，余學翰五點多放學，沒加班的秦海昀一下班就趕去坐車，等她抵達鬧區，穿制服背書包的余學翰，已經坐在兩人曾一起喝東西聊天的地方等她，聽見她叫他，他立刻收起手機，站了起來。

她輕喘：「抱歉，等很久了吧？」

「不會啊，姊姊妳不用急，慢慢來沒關係。」他毫不在意。

到了牛排館，秦海昀的昔日同事高興的前來招呼他們，點完餐，余學翰說：「我好久沒吃牛排了。」

「我也是。」秦海昀微笑，「不好意思，原本想假日再請你來吃的。」

「沒關係，反正我偶爾也是跟同學到外頭吃的。」

閒聊的過程，前菜和主菜一一送來，吃到一半，秦海昀漸漸注意到，余學翰變得安靜了些，她看著他一口一口嚼著牛排，神情卻若有所思，儘管盯著牛排，焦點卻不像在那上面。

「學翰，你怎麼了？」她開口，「覺得不好吃嗎？」

「沒有，不是不好吃，我覺得很好吃，只是……」他趕緊搖頭，對上她的視線，吶吶的回：「我只是在想，姊姊妳現在……有沒有好一點了？」

秦海昀很快便想起前晚的事。當時突然在他面前那樣失態大哭，必定讓他覺得慌張。

「嗯，我沒事了，謝謝。」她過意不去，「對不起，嚇到你了吧？」

「不會，我還好，雖然有點驚訝，但姊姊後來回家……我挺擔心的，不知道妳心情怎麼樣？有沒有好一點？原本昨天想傳訊息給妳，但怕妳會不高興或生氣，所以就不敢打擾妳……」

「你放心，那個時候我只是嚇到了，因爲擔心自己會出什麼事，之後看到學翰你來救我，覺得放心了才會那樣。」她再度道歉：「對不起，讓你擔心了。」

余學翰凝視她一會兒，發現對方平靜的面容沒有一絲異樣，完全回到他所熟悉的樣子。

「那就好。」他露出放心的笑，低頭用叉子輕戳著肉塊，「其實我一開始也是想，姊姊妳可能是嚇到了，畢竟當時那種狀況眞的非常恐怖，但是……」

當他停下說了一半的話，秦海昀好奇：「但是什麼？」

他抿抿脣，低垂的眼眸流露出猶疑，不曉得該不該說的樣子，但最後還是囁嚅道：「那個時候，總覺得姊姊看起來並不像是嚇到，反而比較像是因爲傷心……才會那樣哭的。」

秦海昀無語。

余學翰抬頭，露出小小的酒窩：「不過，知道姊姊沒事就好了，其實我本來還在想，要是妳的心情還沒平復，吃牛排的事就延後好了。」

「可是之前就已經跟你約好了，若因爲這樣爽約，我會過意不去。」

「哈哈，沒關係啦！反正我時間多，隨時都可以跟姊姊吃，OK的！」

秦海昀不自覺跟著微笑，等到兩人都吃得差不多，她看余學翰已經放下刀叉，正在喝飲料，嘴角卻有一小塊的黑胡椒醬，於是指指自己的脣角，提醒他：「學翰，嘴角沾到醬了。」

「嗯？喔。」他眨眨眼，索性用舌頭舔了一下，「弄掉了嗎？」

「還有一點。」

「是喔？在哪邊呀？」

他放下杯子要伸手擦，秦海昀已經先向前傾，用餐巾紙在少年嘴邊輕輕一抹，說道：「這邊，已經擦掉了。」

此舉讓余學翰傻了一下，點點頭：「唔，謝謝。」接著稍稍壓低了頭，也壓低視線。他臉紅了。但秦海昀沒多想，也沒察覺到是自己的行爲所致，只是關心：「你怎麼了？」

「沒、沒事。」他搖頭，聲音乾啞，「吃飽了，我們走吧！」

兩人前去櫃檯結帳，秦海昀原本打算請余學翰，卻被他強烈拒絕，那副堅持的模樣，惹得秦海昀的朋友噗嗤一聲：「妳這個弟弟眞可愛，好貼心。」

「呃，那個，我不是她弟弟耶。」余學翰摸摸頭，有些不好意思。

「嗯？那你是……」

「是我朋友。」秦海昀接話。

「哇，妳有這麼年輕的朋友啊？」對方呵呵道：「謝謝你們今天來光臨，姊姊，下次要再來喔！」

「好。」

兩人走出店裡時約八點多，不算太晚，因此他們沒有馬上道別各自回家，而是繼續在鬧區走走，一邊散步一邊消化晚餐。

「學翰，有吃飽嗎？」

「有，吃得超飽，活力都回來了！」他一臉滿足，然後好奇的問：「下次還能跟姊姊一起吃飯嗎？」

「當然，只要你不嫌棄。」她微笑，「可是還是跟同學一起吃會比較開心吧？」

「不會啊，跟誰吃都很好。」他眨眨眼，隨即摸摸鼻子，有點靦腆的小聲咕噥：「不過……老實說，跟姊姊妳在一起的時候，我覺得特別開心。」

看到他又伸手摸了下鼻頭，秦海昀發現，這似乎是他覺得害羞、不好意思的時候會有的舉動。

「謝謝。」她問：「你現在白天上課，下課還要練球，很辛苦吧？」

「籃球是還好，畢竟自己喜歡嘛，可是上課就比較討厭了，唉，讓我想起段考又快到了，好煩喔！」他滿臉懊惱。

「那你跟語新一樣，他也是不太喜歡念書。」

「也是啦，不過，他可以叫孟語璇幫他啊，孟語璇的功課非常好耶，全校前幾名的，要是我的話，早就請她救我了！」

「但他們的感情似乎不太好，聽說常常吵架。」

「是喔？」他摸摸頭，「嗯？姊姊是聽說的，妳不常跟他們聯絡嗎？」

「嗯，從我大學搬出去，到出社會後，因爲忙碌比較少回家，能見到他們的時間就變得不多了。」

「這樣……感覺不是很寂寞嗎？他們應該很想妳吧？」

秦海昀沉默，站在圓環廣場旁看見有人拿著泡泡網，輕輕揮出一顆又一顆大小不一的美麗泡泡，那些泡泡隨風四處飛揚，最後慢慢往天空飄去。

她凝望那些泡泡，低喃：「我虧欠他們太多。」

自他們出生，十一歲的秦海昀就幫忙母親照料他們，爲弟弟妹妹包尿布，餵牛奶，每天放學回家的第一件事，就是看看他們、抱抱他們，然後才去寫功課跟讀書。小時候的語璇語新愛黏著她，秦海昀幫母親跑腿買東西的時候，他們會跟；父親對母親發脾氣，以及後來兩人離婚，母親情緒不穩定的那段時間，秦海昀會帶他們到家附近的公園玩。弟妹們盡情的玩遊樂設施，秦海昀就坐在旁邊的椅子上，一邊留意他們的安全，一邊讀書。

她想爲他們扮演好「姊姊」的角色，努力盡到「姊姊」的責任，可是最後，她爲了自由，爲了劉育森，選擇離開他們。等到他們逐漸長大，明白一些事，必然會對她感到不諒解，覺得她拋棄了他們，而母親，說不定也是這麼告訴他們的。

「其實我認爲，雖然姊姊不常跟他們見面，但孟語新跟孟語璇應該不會討厭妳的啦，因爲再怎麼樣，妳都是他們的姊姊，像我跟我弟也會吵架，鬧不開心，也曾吵到打起來過，但不會就此討厭他。我覺得家人……就是這樣。」發現秦海昀投來的目光，余學翰摸摸頭，靦腆的說：「而且老實說，我還挺羨慕孟語新的，可能因爲我是長男吧，所以覺得他能有像妳這樣的姊姊，很好。」

秦海昀定定的看他，沉默一陣後，微笑：「謝謝。」

兩人站在圓環廣場一段時間，最後轉而往別條路走，此時在廣場附近的騎樓下，有幾個女高中生正在看攤架上的手機殼，沒多久，其中一位對身旁的同學問：「欸，語璇，妳看，這眞的很漂亮吧？就買這個好不好？」

「喔，好。」孟語璇點點頭，下一秒，又不自覺將視線移回廣場，動也不動的看著秦海昀與余學翰兩人走在一塊，逐漸遠去的身影。

18

「哇！」突然從門外竄入的身影，嚇得孟語新差點從床上跌下，他驚慌失措把手上的東西塞進枕頭下，「喂，妳這傢伙，進來前都不會先敲門嗎？」

「你進我房間的時候也從沒敲過門，害怕有人闖進來，就自己把門鎖好。」孟語璇一臉冷淡，走到他面前，「你怎麼會有那個？」

「哪個？」

「你剛才藏起來的是智慧型手機吧？我看到了，是爸媽買給你的嗎？」

「哪有啦?妳看錯了!」

「沒關係，你不說，我自己去問爸媽。」

她一轉身，孟語新就焦急的跳起來抓住她：「喂，不可以，被爸媽知道我就死定了。幫我跟爸媽保密，拜託拜託啦!」

「所以眞的不是他們買的?那是誰給你的?」

他咬咬脣，掙扎一會兒，低頭囁嚅道：「是姊姊啦，過年她回來的時候，我有去找過她，偷偷跟她說我想要一支智慧型手機，她就買給我了。」

孟語璇聞言微愕，慢慢擰起眉頭。

「妳不要跟爸媽說喔，妳也知道老媽發飆起來很恐怖，要是她知道了，到時不只我慘，姊姊也會很慘，所以妳千萬千萬不能說，知道嗎?」

「我才懶得理你，你自己再不小心點，早晚都會被發現!」孟語璇掙脫他的手，眉頭擰得更深，「我不是來問你這個的，我問你，我們學校籃球隊的隊員中，有一個是你們班的，沒錯吧?」

「哪個啊?光我們班就有三個是籃球隊的耶。」

「就是個子比較高一點，頭髮很短，笑起來臉上有酒窩的那個。」

「喔，妳是說余學翰?對啊，他是我們班的，怎麼了?」

她停頓幾秒：「他跟大姊認識嗎?」

「啊?怎麼可能?他又不知道我有姊姊，而且我也沒跟他講過這種事。」他不解：「妳問這個幹麼？」

孟語璇沉默，丟下一句：「沒事。」掉頭就走。

孟語新緊張的再次提醒：「欸，孟語璇，手機的事一定要幫我保密喔，不然以後我就眞的不理妳了！」

「誰希罕你理呀？」她瞪他一眼，隨即頭也不回的關上門。她回到房間，坐到書桌前打開桌燈，翻開參考書，盯著書本片刻，腦海裡想的卻還是今晚在街上撞見的那一幕。

當時在圓環廣場，她最先看見的是秦海昀，接著訝異的發現和她站在一起的男生，穿的竟是他們學校的制服，因而注意起那男生的長相。

她上學期曾和同學一起去看學校的校際盃比賽，記得一年級中，有一個男生籃球打得不錯，而且笑起來的時候，臉上有小小的酒窩，這個特徵讓孟語璇對他有點印象，後來得知他似乎與孟語新同班，因爲教室距離遠的關係，她平時看見余學翰的機會不多，所以發現他時，她沒有馬上認出，只覺得眼熟，過了一會兒後才想起來。

他和秦海昀說說笑笑的樣子，就像已經認識了一段時間，依照孟語新的說法，似乎也不是因爲他才讓兩人有交集，那究竟是什麼原因讓他們彼此認識？

孟語璇深思，卻始終想不出一個合理答案，就在這時，她又想起孟語新的新手機，她不知道他竟然有私底下跑去找秦海昀說想要手機，而她還眞的買給了他。

她記得除夕那天晚上，秦母說以爲秦海昀只回來一天，所以沒有告訴她隔天全家就要去臺中遊玩的事，而秦海昀當時也表示確實只待一天，然而隔天早上，當秦海昀提著行李袋準備出門，孟語璇從手機裡抬頭，稍微望了眼她的背影，同時注意到她的行李袋有些鼓鼓的，看起來有點重量。

若她只打算回來一天，衣服就不需要多帶，照理來說，行李袋應該更扁更輕些才是，但那時所看到的，像是準備了四到五天的分量，完全不像只回來一天的樣子……

「語璇，再見。」

她讀著英文，思緒卻停留在別處，想起秦海昀當時站在這裡送她紅包，還關心她的課業狀況。半晌，她深呼吸，再吐口氣，從筆袋中拿出原子筆跟螢光筆，準備開始用功，不再去想這件事。

關於姊姊，她從很久前便沒再關心，也早就與她無關了。

星期六早早起床的秦海昀，吃完早餐後就開始洗衣服，並把屋子清掃了一遍。

家事做完，她背起肩包離開家裡，開始每逢假日必有的行程，去書店看點書，再看場二輪電影，以此度過這一天，等到從電影院出來，已經下午五點多，她坐車到天橋去，前往上次賣豆花粉圓的小巷子，卻沒看到那台藍色小卡車，接著就到天橋上，吹著風，遙望遠方的日落天色。

這一次，她沒有和賀閔傑巧遇。

不知道從什麼時候開始，只要來這兒，她就莫名會想起他，想著今天有沒有可能會再見到他，從她一下公車，到前往豆花攤的途中，她不自覺的留意起四周的人，在這條路上，說不定一個轉眸，她就能在這些人群中發現他的身影。

他今天也有上班嗎？還是和之前一樣，到晚上九點多才下班？

秦海昀思考這些問題，眼睛也跟著落至橋下，她沒意識到自己是不是在找他，視線卻不由自主移動起來，穿梭在人行道的每個路人中，然而最終，沒有半個身影留住她的目光。

她想起他之前說想去精品店的期待神情，兩人能一起成行的時間還不得而知，即使店就在附近，她也答應會帶他去……想到最後，她拿出手機。

之前賀閔傑把手機號碼給她時，當晚她就輸入到記憶卡中，看著螢幕裡的「貝先生」三字，她決定傳一封簡單的訊息給他，請他下次想去逛精品店的時候跟她聯絡，若時間眞的配合不上，她再告訴他店的位置。

傳出去後，她又望著前方風景一會兒，準備下橋離開，口袋裡的鈴聲響了，賀閔傑直接打過來，電話一接通，他便喚：「嗨，兔子小姐。」

秦海昀微啓著脣，不小心結巴：「貝、貝先生，你好。」

「聽到『貝先生你好』，那就眞的是兔子小姐沒錯了。」他笑笑，「這是我第一次收到妳的簡訊耶，謝謝妳沒有把那張便利貼丟掉。」

「……」

「妳現在在外面？」

「對，我在……天橋這裡，過來走一走，剛好就想到貝先生上次說的事。」

「妳在天橋？」他意外，聲音裡的笑意更濃，「那妳能等我一下嗎？我剛從醫院出來，現在就過去見妳，大概十到十五分鐘就會到，可以嗎？」

秦海昀呆了一下，胸口輕顫，很快就答應了。

她站在精品店方向的天橋階梯下，也就是上次和賀閔傑一起吃豆花的位置，專注凝望眼前那條長而寬闊的斑馬線，注意一群又一群從對街迎面而來的人。

時間一分一秒過去，在秦海昀始終沒移動的視線中，終於，出現一個熟悉身影，正快步從人群裡走過來。

走到斑馬線中央的賀閔傑，發現秦海昀就站在對面，立刻露出笑容，就與此刻灑落在他身上的餘暉一樣和煦溫暖，他拉好單肩包，加快腳步越過馬路，停在她的面前，那張笑臉登時變得無比清晰。

「久等了，不好意思還讓妳等。」他喘道：「妳吃過晚餐了嗎？」

她搖頭。

「我也還沒，妳說的那家店開到幾點？」

「晚上十點半。」

「太好了，那還早，要不要先一起去吃個晚飯，再去逛那家店？」

秦海昀點點頭。

他們往豆花攤位的方向再走一段路，看到許多賣簡餐的店家以及小吃攤販，賀閔傑問：「妳有特別想吃什麼嗎？」

「沒有，都可以。」

「那去那間怎麼樣？那家店的肉羹湯跟炒飯，還有特製小菜都很好吃，我很推薦。」

「好。」她沒有意見。

走進這間賣許多道地美食的店家，裡頭坐滿了人，此時剛好有一桌客人離去，賀閔傑一喜，馬上帶秦海昀過去。兩人各點一份炒飯跟肉羹湯，再加兩盤小菜。

「妳有來過這裡嗎？」

「沒有。」

「我平常晚上下班的時候，除了買豆花粉圓，偶爾也會來這邊買宵夜。」他吞下炒飯時，臉上還笑瞇瞇的，「因爲在國外完全吃不到這些美食，所以回臺灣之後，我就決定一定要把這幾年的份，好好吃回來。」

「貝先生之前不在臺灣？」

「嗯，我在大學二年級的時候就去洛杉磯念書了，然後待在那邊工作，到今年才搬回來。臺灣最讓我難忘的，除了家人跟朋友，就是美食了，我很喜歡吃東西，特愛像這種道地小吃，下班後如果感到疲累，只要來這裡吃一頓飯，回家洗個澡，精神就全回來了。」

此刻他一臉滿足，喜逐顏開的模樣，讓秦海昀的目光不禁停駐。眼前的他，是個對什麼事，哪怕只是微不足道的小事，都能夠覺得幸福的人，也容易因爲身邊的事物而有所觸動和感動。

「你今天也有教課？」

「嗯，但比較早下班，後來我去醫院，打算看完我媽後直接回家，結果就收到妳的簡訊，沒想到妳會在這裡。」當秦海昀要開口，對方已接著說：「妳沒打擾我，也沒給我帶來困擾，所以不必道歉或是覺得不好意思，嗯？」看見她發怔的臉，賀閔傑深深一笑。

吃完晚餐，他們就去精品店，賀閔傑一踏進這間小小的店，就圓睜著眼四處張望，幾乎將桌上和架子上的東西都看過，似乎十分喜歡，當他發現擺最裡頭的某樣物品，馬上上前仔細的看，那正是秦海昀第一天來這裡時發現的金色神燈壺。

「天，居然會有這個！」他驚豔的喊，當下興奮得像個小孩，對身旁的秦海昀說：「我最喜歡的卡通就是阿拉丁了，我好愛那個藍色精靈，小時候看錄影帶，我每天都不停的看，結果把帶子看到壞掉。」他小心翼翼的拿起燈壺，又轉頭對櫃檯的女老闆說：「老闆，請問一下，這個多少錢？」

「不好意思，這個是裝飾品，也是我們店裡唯一的非賣品。」

「老闆娘，別這樣嘛，請妳賣給我吧，拜託拜託！」

「嗯……」女老闆想了想，「這個神燈壺是我丈夫從英國帶回來的，當初他花臺幣九十萬買了下來。」

賀閔傑一聽，整個人瞬間定格，接著默默將神燈壺放回去，與女老闆笑呵呵的對望，再也不提買的事。

「那位小姐也很喜歡這個神燈壺喔，她是我店裡的常客，每次來都會看呢。」

賀閔傑回望秦海昀：「眞的？妳也喜歡？」

她點點頭。

兩人繼續在店裡邊參觀邊和老闆娘聊天，離開精品店後，到了賣豆花的巷子，小卡車已經停在那裡，幾個客人正在排隊，他們買了兩杯豆花，一起坐在天橋下享用。

「妳每次來都會到那間店去嗎？」

「嗯。」

「那妳平常假日都在做什麼？」

「有時候在家裡，出去的話，就是去逛逛書店，或是看電影。」

「妳的興趣跟我挺像的，看來我們還有很多話題可以聊。」他把吃完的杯子收進袋子裡，「謝謝妳請我吃豆花。」

「不客氣，應該的。」秦海昀也把杯子收好扔垃圾桶。

起身要去坐車時，賀閔傑拿出一樣東西：「對了，兔子小姐，送妳一張，是我剛才在精品店裡買的，我覺得妳笑起來的樣子有點像她。」

他買了一組明信片，圖案都是文藝復興時期畫家的作品，他給她的那一張，是達文西畫的半側臉少女圖。

秦海昀看著少女臉上的恬靜微笑，最後微微俯身點頭，對他說：「謝謝你，貝先生。」當她抬頭，對上賀閔傑那雙靜靜凝望她的眼睛，不禁一頓。

「妳知道嗎？」賀閔傑脣角牽起，卻是有些落寞的口吻：「每次看到妳跟我說謝謝，我都會有一種難過的感覺，妳明明是在道謝，可是爲什麼看起來像做錯了事，在跟對方道歉一樣呢？」

秦海昀愕然。

「如果有一天，可以看到兔子小姐用更自在、更輕鬆的態度面對我，我會很高興，而不是怕對方會生氣、不高興，怕造成對方困擾，所以小心翼翼，心裡有想說的話都不敢說，只以別人的心情爲重。」他眸裡含笑，「希望有一天，可以看到兔子小姐耍耍任性，或是鬧彆扭的樣子。」

賀閔傑的話，讓秦海昀有一段時間都無法回神。

從小到大，沒有人和她說過這樣的話。

一直以來，她只知道自己「不可以」做什麼，而沒想過「可以」做什麼，因此當她聽到賀閔傑說她可以任性、鬧彆扭，一時之間只覺得恍恍然，腦袋空白。

那樣陌生、無所適從，甚至是一點點惶恐的感覺，自她心底油然而生，久久揮之不去。

19

一日深夜，秦海昀加班回到家，接到余學翰的電話。

他告訴她，這個月的二十五號是他們學校的校慶，除了有園遊會，還有籃球比賽，問她有沒有空？如果可以，他想邀請她去玩。

她看了下日期，那天正好是禮拜六，聽到他滿是期待的語氣，再想到那天沒有特別行程，於是沒考慮多久便答應過去。

余學翰高興不已，開始介紹：「園遊會上午十點開始，會賣很多東西，那個時候我可以帶姊姊逛逛，參觀學校，然後籃球賽下午開始，大概四點多就結束了。還有，姊姊平常工作忙，很少能回家看孟語新跟孟語璇不是嗎？這次來，說不定妳就能見到他們了！」

聽到余學翰這番話，她便知道對方可能也是爲此才邀請她的，不禁因他的貼心而感到心暖：「謝謝你，學翰。」

「嘿嘿，不會啦！其實我也是想讓姊姊看我比賽，才會邀請妳來的。」他笑得靦腆，「因爲我覺得，如果妳來看我比賽的話，我應該會打得更起勁，也有把握可以贏球。」

她輕哂：「好，我知道了，我會去幫你加油的。」通完電話，她在日曆上頭記了下來，寫完之後，有一通簡訊來，看完簡訊，秦海昀拿著手機，莫名陷入一股深深思緒裡。

「希望有一天，可以看到兔子小姐耍耍任性，或是鬧彆扭的樣子。」

腦海浮出賀閔傑的這句話，她慢慢放下手機，繼續坐在書桌前，久久不動。

隔天晚上九點多，她下班回家，拿出鑰匙開門，卻在下一秒愣在原地。門沒有鎖，但她確信白天有鎖好門再出門，開門一看，一雙眼熟的運動鞋擺在玄關。

她怔一會兒，放輕腳步走進去，面對空無一人的客廳，她先是猶疑，最後開口喚：「育森？」接著從房間傳來的一陣巨大甩門聲，把她嚇一跳。

劉育森醉醺醺的走出來，看到她吃驚的臉，冷冽一笑：「原來妳也會驚訝？怎麼？我不在幾天，妳就當我不存在了？」

他拿著酒罐，身軀搖搖晃晃的走近她：「我不在，妳過得很爽？看到我被逼到絕路，都不關妳的事，就算哪天我在外頭被別人打死，妳也無所謂，是嗎？」

秦海昀因他的逼近而退後，直到碰到沙發才停下，她艱澀開口：「我之前有打給你，但你手機一直打不進去。」

「所以呢？妳就不用管我了？我看哪天我變成屍體，妳也還是不爲所動吧？」他眼睛布滿血絲，濃濃怒意使他咬牙切齒：「妳跟郭庭兩個都把我當笨蛋，瞧不起我，我低聲下氣求妳們，妳們還把我往地上踩，很厲害嘛！妳們都覺得自己很了不起是不是？我告訴妳，既然妳們見死不救，也別妄想我會放過妳們，尤其是郭庭，我絕對會讓她吃不完兜著走，她敢這樣整我，我一定讓她付出代價！」

「不是，育森，其實郭庭她——」

「妳閉嘴，誰准妳講話的?!」他大吼，氣到渾身發抖，雙頰漲紅，「我告訴妳，要毀掉郭庭輕而易舉，等我把她私底下那些骯髒不倫的醜事爆給媒體，我看她以後怎麼混？怎麼繼續囂張？到那個時候，就換她跪下來求我！」

秦海昀正要開口，口袋裡的手機卻響了，還來不及反應，劉育森就直接伸手搶奪，看到螢幕上的名字，他雙眼微瞇：「『學翰』是誰？」

她心一寒，拿回來之前，劉育森已慢慢的念出簡訊內容：「『今天也有加班吧？辛苦了，妳要早點休息，晚安。』」他盯著手機，緩緩一笑：「怪不得，我就想爲什麼妳可以這麼冷血，知道我出事，還能對我不聞不問，原來是因爲早就勾搭上別的男人了。」

秦海昀想要解釋，劉育森卻已經直接回撥，朝對方破口大罵：「操你媽的王八蛋，你是老幾？我警告你，秦海昀是我馬子，你要是敢再打給她，我會直接把你給宰了，聽清楚了沒有？幹！」

「育森，把電話給我。」秦海昀焦急的要拿回，卻被一把推開，氣昏頭的劉育森勒住她脖子，將秦海昀整個人壓制在地，他嗤笑：「我還以爲妳多偉大、多高尚，果然人不可貌相啊，妳早就背著我跟其他男人亂搞了吧？怎麼？因爲我不在太久，妳就覺得寂寞了？他媽的！妳跟郭庭那婊子一樣犯賤！妳一定希望我去死，這樣就可以繼續跟那男人逍遙了吧？我告訴妳，妳別做夢，妳這輩子都別想逃出我手掌心！」

秦海昀努力想掙脫，卻快要呼吸不過來，看著眼前完全失去理智的劉育森，她無計可施，想開口卻發不出聲音，看到手機掉落在一旁，她使勁伸手要去拿，拿到的那刻，馬上朝劉育森額頭上用力一砸，趁他痛得鬆開手。

秦海昀倉皇爬起來往門口奔，衝出家門時，耳邊還聽得見劉育森在屋內吼：「秦海昀，妳有種就不要回來！不然下次妳絕對會死在我手裡，走著瞧好了！」

她一直跑，不停的跑，最後用口袋裡僅剩的一些零錢搭上公車逃離這裡，放有錢包的包包留在家裡，只有用來攻擊劉育森的手機仍被她緊緊握在手中。

緊張跟恐慌擾亂她的思緒，她無法思考，剛被劉育森用力勒住的地方像火燒似的又熱又痛，讓她連吞嚥都覺得困難，只能不斷藉著調整呼吸讓心情平復，然而她的心臟始終劇烈的跳個不停，連身體也跟著顫抖不止。

她發現車上有幾個人好奇納悶的看著自己，沒多久，她從窗戶反射的影像看到自己的左臉頰受傷，一條細細傷口滲出了一些血，應該是跟劉育森搶手機時不小心被他的指甲劃傷的。她用外套的領口輕輕拭去那些血，闔上眼睛，繼續深深呼吸。

她在天橋的那站下車，最後站在天橋上，聽著車鳴聲，吹著涼風，希望藉著這片熟悉的景色，讓她能夠回到原來的平靜。

「妳有種就不要回來！不然下次妳絕對會死在我手裡，走著瞧好了！」

她不自覺發出一聲低喘，有種想咳嗽卻咳不出來的感覺，彷彿什麼哽在喉嚨，橋下車流不曾間斷，而她仍清楚聽見自己紊亂不穩的呼吸聲。這一刻，她忽然不曉得下一步該怎麼走，接下來要怎麼做？

佇立許久，風將她的頭髮吹到臉上，秦海昀伸手撥到耳後的同時，一倒清澈乾淨的嗓音飄進她耳裡。

「兔子小姐？」

秦海昀一顫，抬頭往右邊看，發現賀閔傑就站在橋上，一臉意外的望著她，還沒來得及反應，對方就已走近，她卻下意識的迅速退後一步，這舉動讓賀閔傑也跟著停下，隨即發現她臉上的傷，還有頸部明顯的紅印。

他不發一語，直視她的眼，小心詢問：「兔子小姐，妳怎麼了？」

「沒有，我沒事，我只是……嚇一跳。」面對自己的失禮，秦海昀的思路頓時打了結，無法做出適當反應，就算想掩飾臉上的傷也來不及，「對不起，貝先生。」

賀閔傑猶豫一陣，還是慢慢走近她，雖然她沒再退後，卻沒正視他，像在躲避他的視線，他低頭仔細端詳她一會兒，忍不住說：「發生什麼事了嗎？」

她抓住領子遮住頸部，用像往常一樣的自然表情和語氣回：「沒什麼，只是剛剛……不小心跟別人發生爭執，我沒事，貝先生，你不用擔心。」

「是誰傷了妳？」

秦海昀正要再開口，下一秒口袋響起的鈴聲，卻讓她整個人一震，臉色發白，當她拿出手機看，賀閔傑問：「是傷妳的人嗎？」

「沒有，不是，是我朋友。」她搖搖頭，這才猛然想起還沒打給某人報平安，於是趕緊接起，聽到另一頭驚慌失措的聲音，秦海昀歉然：「喂？學翰，對不起，剛才把你嚇壞了吧？嗯，我沒事，你不要緊張，我現在很安全，你不用擔心。」

賀閔傑沉默的站在她身旁，聽她不斷安撫對方，他注意到，雖然現在的她看似冷靜，拿著手機的手卻始終在顫抖。

「嗯，我真的沒事了，抱歉，沒有馬上打給你。」秦海昀垂著頭，溫婉的說：「剛才的事，你不用放在心上，只是誤會而已，沒有——」說到一半，從背後傳來的一股暖意，讓她的身子倏地一僵！

賀閔傑從身後將她擁住，並且在她另一邊耳畔低聲輕語：「沒事，妳繼續說。」

秦海昀一陣呆愣，頓時動也不動，直到聽見余學翰再喚：「姊姊，妳怎麼了？」她才乍然醒神，「沒……沒有，沒什麼事。」

在賀閔傑的懷抱裡，她發顫的身子不知不覺變得不再緊繃。

他擁她的力道，以及他懷裡的溫度，讓秦海昀彷彿再也沒受到一絲冷風的吹襲，只深刻感覺到背後傳遞到全身的溫暖。

漸漸的，她不再顫抖，呼吸和心跳也逐漸平穩，紛亂懸宕的心，最後降落在一個安全、安靜，沒有恐懼的地方……

「那妳早點休息，記得要小心一點喔。」余學翰說。

「嗯，我知道，謝謝，明天我再跟你聯絡。」

「好，姊姊晚安。」

「晚安。」當秦海昀拿下手機，原本擁住她的那雙手，也同時緩緩鬆開來。

賀閔傑稍稍後退，歉然道：「對不起，兔子小姐，因爲我感覺妳好像還是很慌張，所以……」

「沒關係，謝謝你。」她嚥嚥口水，潤潤乾澀的喉嚨，「貝先生剛剛才下班？」

「是啊，正要過馬路，紅燈就亮了，不想等這麼久，所以乾脆走天橋，沒想到會看到妳在這裡。」

他莞爾一笑，凝睇她的臉，「妳……現在要做什麼？要坐車回家了嗎？」

這一問，使秦海昀再度陷入沉思，現在這種情況要是回去，劉育森肯定不會放過她，可是一時之間又想不到還能請誰幫忙，事到如今，也不可能再到郭庭那裡了。

猶豫許久，不得已，秦海昀只能對眼前的賀閔傑提出請求：「貝先生，對不起，我想拜託你一件事。」她澀然開口，「你可不可以……借我兩千塊？」

「怎麼了？」

「我臨時從家裡出來，忘了帶錢包，所以想跟你借一點，先在附近旅社待一晚，等明天回去，我會馬上還你，絕不會拖，我保證！」

聞言，賀閔傑沉默一會兒，問：「妳現在不能回去，是嗎？」

她沒有回答。

賀閔傑想了想，又瞧一眼她臉頰的傷，最後說：「我有一個想法，不知道兔子小姐覺得怎麼樣，若妳願意，我想這樣或許會比較好……妳要不要到我家來？」見秦海昀愣住，他立刻解釋：「因爲我覺得妳的傷口應該快點處理，否則細菌感染就不好了，而且讓妳去住旅社，我眞的不放心，所以才這麼建議，但如果妳不願意，我就借錢給妳，沒關係。」

秦海昀一陣茫然，久久不語。

三十分鐘後，她跟賀閔傑來到一棟住宅大樓，附近很寧靜，一上六樓，他就帶她進到自己家中。

「妳隨便坐，別客氣。」賀閔傑脫下外套跟肩包離開客廳，秦海昀環顧這間屋子，空間不大，家具擺設簡單，來這裡的途中，他告訴她這間屋子是他大學朋友幫他找的，目前只有他一個人住。

她靜靜坐在沙發上，直到聽見賀閔傑走出來的腳步聲，他一手端著水，一手拿著藥水、棉花棒及OK繃，他坐過去把水遞給她，再打開藥水沾幾滴到棉花棒上。

秦海昀連忙說：「貝先生，我自己來就行了。」

「沒關係，我來幫妳會比較方便，別動喔。」他移動身子面對她，用棉花棒小心觸碰那道傷口，一股冰涼及刺痛感迅速襲上秦海昀的感官，塗完藥後，又溫柔的呼一口氣，讓她不自覺一陣輕顫。

貼好OK蹦，他拿出剛才在附近巷口買的兩袋滷味以及兩雙竹筷，又從廚房拿個小瓷碗給她，挾了些菜跟肉到她碗裡：「這家滷味很香，味道也很棒，嘗嘗看。」

面對眼前熱騰騰的食物，秦海昀不禁望了賀閔傑一眼，見他已經開始享用，於是也慢慢拿起筷子，低頭吃了起來。他們沒有立刻交談，只是看著電視節目一口一口的默默咀嚼，因爲這樣，讓秦海昀也不自覺繼續思考起一些事。

雖然劉育森嘴上說要威脅郭庭，但在秦海昀其實並不擔心郭庭，因爲就算他眞的做出那些事，對郭庭也沒有半點影響，她的個性不會去在意這些，更不可能將這些問題放在眼裡。別人眼中的那些失去，對她而言，從來就不是「失去」，在這世上，沒有人可以將她逼到絕境。

「妳是跟家人一起住嗎？」當賀閔傑開口，秦海昀頓了一下，對上他的視線，搖搖頭。

「妳也是一個人住？」

她又停頓，吶吶道：「算是跟我男友同居。」

賀閔傑仔細看她：「所以妳會受傷是他的關係？他常這樣對妳嗎？」

「沒有，今天是因爲有點爭執，才會不小心這樣，平常他很少在家。」

「但他現在還在那兒吧？這樣的話，明天妳回去不會有問題嗎？早上上班來得及嗎？」

「……我有想過這點，所以我明天會先請半天假，下午再去上班，在那之前，我會先回家看看狀況，我想應該不會有事的，謝謝你，貝先生。」

聞言，賀閔傑再度思索半晌，最後提議：「兔子小姐，這樣吧，明天上午我陪妳回去。」看到她微訝的神情，他補充：「我只是想知道妳男友在不在家？妳回家後是不是安全的？確定妳沒事，我就會離開，不會跟妳男友正面接觸，不會造成妳的困擾，妳覺得怎麼樣？」

「不用了，貝先生，你不需要這樣，你明天也要上班——」

「我明天上午沒課，所以沒關係，到妳家看過後，我就會去醫院，再直接到補習班。」他微笑，「我只是不希望再看到朋友受傷而已。」

他的話讓秦海昀啞口，吐不出半個字，看著他吃滷味的側臉，她忍不住問：「貝先生的母親還在住院嗎？」

「對，之前動完手術後就陷入昏迷，到現在還沒醒，雖然醫生說她的狀況不太樂觀，但我始終認爲她隨時會醒來，所以每天都會去。」

「你母親……是生什麼病呢？」

「心臟病，從幾年前開始就經常進出醫院，我在國外的時候，基於某些因素，不方便直接跟家裡聯絡，我媽的事，我都是透過我大哥知道，直到這次她昏迷之後，爲了能好好照顧她，我才決定回臺灣。」

「你有哥哥？」

「嗯，我有三個哥哥，一個姊姊，我是老么，跟我大哥就差整整十五歲了。」他一手比三，一手比一，「我們家是個大家庭，成員非常多，我爸就有三個兄弟姊妹，加上我爺爺奶奶，三代同堂，非常熱鬧，不過那是在我還小的時候。後來我爺爺奶奶還有我爸去世，而我兩個哥哥跟姊姊也都搬出去，只剩下我大哥還有我媽，以及叔叔嬸嬸們還住在那個家，不過人還是不少。」他也好奇：「妳有兄弟姊妹嗎？」

「有一對雙胞胎弟妹，今年十六歲，是高中生。」秦海昀問：「你在國外獨自生活這麼多年，很辛苦吧？」

「還好，習慣了，只是出國這麼久，唯一的缺點就是料理我學得不夠多，只會煮些義大利麵或是三明治之類的，最強的也只有咖哩，國外的料理我一向不太喜歡，可是幸好我有一個非常好的優點，就是同一種東西我可以吃很久，吃個好幾年都不是問題。回臺灣之後，我很少再自己煮，尤其忙的時候，幾乎都吃外食，如果可以，我也不想再回顧我的手藝了。」

聽完他的話，再看他一臉餘悸猶存的模樣，秦海昀不禁露出今晚的第一個笑容。

吃完滷味，他看看時間，告訴她：「今天晚上兔子小姐就睡我房間吧，我睡沙發就好了。」

「不用了，貝先生，請讓我睡沙發。我……打算明早回去再洗澡，不能這樣子占用你的床，要是衣服上有什麼味道沾到床上，我覺得不好。」

「我不在意啊，而且我也沒聞到妳身上有什麼味道。」

「我還是覺得這樣不好，你就答應我吧，你肯讓我留宿一晚我就很感激了，眞的。」

這一次，秦海昀難得表現出比以往強烈的堅持，執意睡沙發，賀閔傑最後不得不同意，只是他讓步的條件是要把枕頭留給她，原本他連被子都想給她，卻被拒絕了。擔心她睡到半夜會冷，他特地拿兩件厚外套給她蓋。

準備回房時，仍猶豫的叮嚀：「如果有事可以直接來敲門，千萬別客氣，冷的話也一定要說，知道嗎？」

「好，謝謝，晚安，貝先生。」

他看了她一會兒，微笑：「晚安。」

賀閔傑回房後，秦海昀關上客廳的燈，躺臥在沙發上，蓋起外套。

她沒有馬上睡著，而是在黑暗中靜靜聽著手錶秒針的跳動聲。裹在她身上的外套，不時飄來洗衣精的清香，還有一抹屬於賀閔傑的獨特味道。這樣的味道，使她漸漸回想起賀閔傑在天橋擁抱她的時候，他手臂的力道還有懷中的溫暖……秦海昀不自禁的慢慢舉起手，摟住自己另一邊肩頭……

有多久不曾被這樣緊緊擁抱過了？曾幾何時，她已完全忘記被擁抱的感覺。因爲在乎，因爲渴求，因爲需要，彷彿要被揉進對方身體裡似的，那樣充滿霸占、貪欲與自私的擁抱。

她的心很空蕩，重溫這份溫暖的此刻，浮現在她腦海裡的是與劉育森的昔日過往，與他走過的這些年頭都在提醒她，也許自己一直都站在原點不動，而對方早已走到她看不見的地方，消失在步調和方向都與她不同的遠處。

是不是因爲這樣，在被另一個人的溫度包圍的瞬間，她才突然嗅到一股「寂寞」？是不是因爲「懷念」，在她面對余學翰的貼心與關懷的時候，偶爾想到的，是十六歲時的劉育森？想起他也曾是那樣單純，是「改變」她世界的人。

有些事，她以爲只要不說、不去想，就不會有什麼改變，但現在她終於明白，原來不變的人，一直就只有她。從頭到尾，她都是一個人在走。

隔日清晨，窗外天光已微微照亮客廳，還不到七點，秦海昀和賀閔傑就醒來了。

他們七點多走出屋子，一起吃早餐，再到秦海昀的家。她輕輕開啓家裡的門，沒看到劉育森的鞋子，客廳、房間都沒見他人影，但一些櫃子卻被徹底翻過一遍，連她錢包裡的現金也被搜刮一空。

確定劉育森不在，秦海昀回到門口，對站在隔壁的賀閔傑說：「貝先生，沒事了，請進來坐一下吧。」

「妳男友不在？」見她搖頭，賀閔傑便進屋，客廳一角的凌亂，讓他一時無語，看到秦海昀將地上東西收到紙箱裡，他開口：「我幫妳。」

「沒關係，這收一下很快就好，貝先生你請坐，我去泡杯咖啡給你。」

「不用了，我不渴。這東西應該有點重，我來吧。」他一把將箱子抬起，「要收到哪兒？」

「先放到房間好了，謝謝。」她帶著他去，在他放東西的同時，秦海昀也迅速整理被翻過的書桌。

賀閔傑不經意注意到書桌旁的櫃子，好奇問：「兔子小姐，妳經常逛誠品，表示妳喜歡看書，對吧？」

「嗯，是。」

「那……這應該是書櫃吧？」他伸手一指，「爲什麼上頭一本書也沒有呢？」

聞言，秦海昀頓了頓，沉默一會兒才回：「因爲我沒有買書的習慣。」

「妳不喜歡買書？」

「不是，因爲很久以前……我母親就禁止我買書回家，所以不知不覺就不會買了。」

「很久以前？還是學生的時候？」見她點頭，他又瞧瞧那空空的櫃子，「妳母親挺嚴厲的呢，可是如果有喜歡或想收藏的書怎麼辦？妳已經獨立這麼久，也沒和母親住，應該不會有人限制妳才對，不是嗎？」他偏頭，「還是妳母親經常來這裡？」

「沒有，她沒有來過。」她淡淡應答：「她不曉得我住在這裡，也很久沒再限制我了。」正確來說，是秦母從沒想知道她住哪裡，她在哪裡做了什麼，母親都不曾在乎過。

「但這些年來，妳還是習慣這樣？再怎麼想要，都不去擁有？」他問：「即使妳早就已經離開妳母親？」

她停頓幾秒鐘：「嗯。」書桌整理好，她再把摔在地上檯燈的撿起來。

賀閔傑凝視她：「若妳男友回來，有沒有可能再傷害妳？妳有想過接下來要怎麼做嗎？」

聽出他話語中的擔心，秦海昀點頭：「昨天晚上，我已經仔細想過了，我會找機會跟他好好談，但他應該不會接受，所以晚一點，我會先請人來把家裡的鎖換掉，等下班回家，再把他的東西整理起來，看要不要寄回他家裡去。」她雙眸低垂，緩緩說：「這是現在我想得到的……對兩人最好的方法。」

「你們在一起很久了吧？」

「嗯，從高中開始。」

「妳還愛他嗎？」

秦海昀怔怔然了一陣，良久，她坦白：「……我不知道。」

她已分不清如今在心底的那一絲絲情感，是「愛」、是「需要」，還是「習慣」？但無論是哪一個，都到了盡頭，她的前方已經沒有路，無法繼續前進，也無法後退，只能靠自己徒手挖出另一條路。

就算她還不曉得自己到底要去哪裡。

「謝謝你陪我回來，貝先生，也謝謝你肯留我寄宿一晚。」她誠懇道謝，「真的……很謝謝你。」

賀閔傑低頭思索一段時間，最後他喚：「兔子小姐。」他看著他，「下一次……我們找個時間一起去逛誠品，好嗎？」賀閔傑走到發怔的她眼前，眸裡含笑，「我剛剛在想，如果妳願意，只要兩人都有空，每個禮拜六下午，我們就約在天橋那邊見面，看是要去看書、看電影，或是其他娛樂活動都可以，兩個人一起的話，或許比較不會無聊，妳覺得怎麼樣？」

秦海昀啞口，完全沒想到他會說出這樣的話：「爲什麼，貝先生……」

「妳知道我爲什麼喜歡阿拉丁嗎？」這一問又使她一呆，賀閔傑接下去：「在我小的時候，我就很羨慕阿拉丁有這麼一個可靠、強壯，像朋友一樣，可以幫他實現任何願望的神燈精靈。雖然我沒精靈那麼厲害會施魔法，但至少我覺得自己可以爲妳做些什麼，而且也想這麼做。我希望妳能開心，可以美夢成眞，心裡有想要的，或是喜歡的東西，都能勇於爭取，而且都能夠擁有。」他深深的笑，「今後，若有什麼需要幫忙的地方，請別客氣，我是兔子小姐的朋友，必要時，也可以當妳的神燈精靈。」

他的話，讓秦海昀久久無法回應，無法將目光從他笑容中移開。

從未有人親口對她說過：我想爲妳做些什麼。

就算這些話陌生到讓她有點懷疑對方不是對她說的，但看到自己在他眼眸倒映出來的影子，她喉嚨一哽，始終無法開口。

因爲那是第一次，她感受到被某個人「珍視」的感覺。

「怎樣？」當晚接到秦海昀的電話時，劉育森冷冷的問。

「你有空嗎？我有話想跟你說。」

「什麼話？有屁快放，我現在沒空鳥妳，我還有重要的——」

「育森，我們分手吧。」

手機另一頭瞬間寂靜，他回問：「妳說什麼？」

「今天，我已經把你的東西都整理好了，我知道你沒空回來，所以想問問你現在住在哪裡？我寄過去，或是寄回你家也可以。」

他呆了幾秒鐘，一時難以相信她說出的話，原本冷傲的語氣變得錯愕：「妳吃錯藥嗎？說什麼瘋話？我有說可以分手嗎？誰准妳整理我的東西的？等我回去再說，我現在不想聽妳胡言亂語！」

「育森，我不會等你回來，我已經把家裡的鎖換掉了，以後我不會再跟你見面了，讓我們好聚好散，好嗎？」

劉育森又陷入呆滯，接著痛罵：「好聚好散個屁！我就知道，妳果然有男人了對不對？難怪這麼迫不及待要分手，媽的，妳這賤女人——」

「昨天傳簡訊給我的人，只是我的一個朋友。」她以平靜的語調不急不徐的說：「如果你不愛我了，我們就不要繼續過這樣的日子，這樣對你跟我都好，這是我最後的請求，育森，請你答應我。」

「海昀，等一下，妳先別這樣好不好？」她的認真讓他終於急了起來，「我知道我昨天那樣對妳是我不對，我錯了，但我還是很愛妳的，要不然我怎麼會那麼生氣？妳別丟下我好不好？妳不在我還能去哪裡？我不會再這樣了，真的，不會再犯了！」

「還有人在等你，育森。」她輕語，「她一直在等你，等你很多年，在你跟我在一起之前，她就在等你了。」

「我們在一起之前？妳到底在說什麼？誰等我了？」見她沒有回話，不耐的劉育森忽而停頓片刻，最後說：「妳該不會是指……郭庭吧？」

她不語。

「喂，拜託，我跟郭庭……」他語塞，又氣又好笑，口氣卻更加急促：「妳怎麼會懷疑我跟她去了？我跟她不可能的好嗎？那女人愛挑撥離間妳又不是不知道，她一定跟妳亂說什麼了，對不對？」

「育森，我知道你不愛她。」秦海昀回：「我只是想讓你知道，郭庭其實很在乎你，你可以討厭她，但至少別繼續誤解她，不管你們之間有沒有什麼，那都不是我決定離開你的理由，並不是郭庭害我們結束的，希望你能明白。」

「海昀，我跟郭庭眞的沒有什麼，我們見面再說好不好？」

「我不會再接你電話了，育森，我不在你身邊，你要好好照顧自己。你的東西，明天我會寄到你家去。」

切掉通話後，秦海昀坐在床邊不動，聽到劉育森回撥，她不再接起，而是到廚房拿杯子喝水，喝到胃發漲，幾乎無法再喝，但她依舊覺得喉嚨乾澀無比，像多年不見雨水的旱地，喝得再多，也止不住乾渴。

「我希望妳能開心，可以美夢成眞。」

莫名微喘的她，倚牆癱坐在地，渾身無力，只能額頭靠膝，伸手抱住自己。

她不曉得自己的開心是什麼？會在哪裡？像她這樣的女人還能不能擁有夢？

或許過完這天，她的人生也不會因此有多大變化。

或許失去郭庭和劉育森這兩個重心，她只會變成一個比從前更糟糕、更無趣的女人，但即使如此，這樣的她，居然對往後的日子開始有一些些期待，只因爲在這個世上，還有人是眞心期盼她能開心，有夢想的。

明白了這點，或許接下來的路不再是什麼都看不見，什麼都沒有的。

至少在她身邊，還有這樣的一個人……

20

「語璇，妳快看這個。」

一名女學生走到孟語璇的座位旁，拿了一張廣告單給她：「妳知道補教界那個很有名的孫老師吧？他前陣子剛出新的教材，連我上次跟妳說的那幾位補教名師也是，都同時出版耶。」

「眞的嗎？」孟語璇馬上接過看了一下，「是整套的呢。」

「對呀，我超想買的，可是妳看，就算整套買，加上DVD，優惠價也要三千多塊，超貴的，我媽一定不會買給我。」女同學沮喪。

孟語璇心裡也很動搖，這些老師在補教界相當有口碑，不但教得好，抓題精準，參考書也寫得非常好，十分暢銷，她早就聽過這些老師的大名，因此這次得知他們要一起出新的參考書，無論如何她都想擁有，但是三千多確實太貴了，就算是對課業很有幫助，爸媽點頭的機率應該也不高。

當天晚上，孟語璇拿著廣告單，看著在廚房洗碗的母親，抿抿脣，猶豫地走進去，秦母問：「怎麼了？」

「媽，有一件事……我想拜託妳跟爸。」她囁嚅道，「補教界有幾位很有名的老師，這陣子合出了套書，他們的參考書非常好，很多人都很推薦，雖然我有其他的……但我還是很想要。」

秦母將手擦乾，接過她手上的廣告單半晌，說：「嗯，那就買吧。」

孟語璇一愣，詫異的睜大眼睛：「眞的嗎？我可以買？」

「可以啊，妳不是說這參考書很好嗎？」

孟語璇不敢置信，當下喜逐顏開：「媽，謝謝妳！」接著道：「可是……全套的話，總共要三千五百多。」

「那不要緊，交給我跟妳爸就好，妳只要好好讀書就行了。」秦母對她溫婉一笑，「錢的事，語璇妳不需要擔心。」

回房間後，孟語璇開心不已，原以爲會遭到拒絕，沒想到母親竟一口就答應。高興之餘卻也有些納悶，以往需要花大錢的時候，生性節儉的母親總會斟酌許久再決定，可是有時候，又會出人意料的沒半點考慮就同意，大方到讓人嚇一跳，就她觀察，母親也不像是依心情決定是否同意的。

無論如何，母親答應了，雀躍無比的孟語璇，馬上傳訊息給同學報告這個好消息。

星期六下午五點半，秦海昀走到天橋，過馬路到一半，就已看見站在對街的某個身影。

在那邊等候的賀閔傑揮揮手，對跑到面前的她笑笑道：「不用這麼急啦，妳沒有遲到，我也剛從醫院過來沒多久。」語落，他望望四周，「我們先去填飽肚子，再決定去哪裡吧。」當秦海昀突然叫住轉身的他，賀閔傑回頭，「怎麼了？」

「我有東西想要給貝先生。」

「什麼東西？」

秦海昀沒有立刻應聲，而是等到兩人走進便利商店，她才從袋子裡拿出一盒盒的便當放在桌上，看得賀閔傑一陣怔愣，待她將筷子移到他面前，他終於忍不住問：「兔子小姐，這些是……」

「之前我聽貝先生你說，你現在都是吃外食，平時忙著教課，還要去醫院照顧你母親，你這樣兩邊跑很辛苦，一直吃外食，久了對身體也不好，所以我才想煮一些健康的東西給你吃，讓你補充體力，營養也比較均衡。」她輕語：「這是我的謝禮……謝謝貝先生之前幫了我這麼多忙，希望你會喜歡。」

熱騰騰的便當裡有豐富的青菜魚肉蛋，還有一盒白飯，最後一盒則是切好的蘋果跟奇異果，賀閔傑動也不動的呆呆瞠視，久久回不了神。

他露出了笑，卻又頓了一會兒，到他拿起筷子，將便當裡的青菜放進嘴裡，秦海昀始終注視著他。

他邊吃邊點頭，對上她的眼睛：「很好吃，兔子小姐的手藝非常好。」

秦海昀鬆了一口氣，但看到他忽而低頭抿唇，沉默的模樣，不禁問：「是不是別的菜不合你胃口？」

「不是，這裡每一道我都很喜歡，只是我忽然覺得有點感動。」他輕哂，壓低的語氣裡有點沙啞：「這是第一次有人親手做便當給我吃。」

聞言，秦海昀繼續靜靜看著他吃，沒多久，賀閔傑眨眨眼：「妳怎麼不吃？」

「不用了，這是我為貝先生準備的。」

「那怎麼行？怎麼能我吃了，妳卻餓肚子？」他馬上跑去跟櫃檯要一副筷子跟湯匙，再買兩瓶綠茶回來，「吃吧，飯本來就是要一起吃才會特別好吃，不是嗎？」

因為賀閔傑的堅持，秦海昀最後便也跟著他一塊吃，過程中，賀閔傑不忘關心：「妳跟妳男友已經談過了嗎？」見她點頭，他又問：「談得順利嗎？」

她搖搖頭：「雖然他還會打來，但我沒有接，我已經跟他說清楚了，希望可以好好的結束。」

賀閔傑凝視她：「從高中到現在，你們在一起至少也有十年了吧？這麼久的感情，還是會讓妳覺得捨不得吧？」

她靜默一會兒，看著湯匙裡的炒蛋，輕語：「之前的我，也許是害怕會跟他分手的，過去很多年，我的世界裡幾乎只有他一個，不常和別人接觸，因為太習慣有他在身邊，所以也曾想過要是沒有他，我可能什麼都做不了，也不知道能做什麼。」

「妳的其他朋友呢？妳應該還是有屬於自己的朋友圈吧？」當她又搖頭，賀閔傑有些吃驚，「從國小、國中到大學，一兩個較好的同學，沒有嗎？」

「小時候，我母親管得比較嚴，除了在學校，我沒有時間可以和同學增進感情，雖然互動上沒什麼問題，但因爲相處機會不多，她們想約我的時候也約不出去，漸漸的就不會找我參與任何活動，畢業後自然沒再聯絡。雖然大學時我搬出家裡，但因爲要負擔一些開銷，所以上課以外的時間都在忙打工，依然沒能和同學有太多互動。」她緩緩道，「我唯一比較好的女生朋友是我的高中同學，但最後我們也分開了。」

「就是妳之前說跟妳絕交的那位朋友？」

「嗯。」

賀閔傑默默看著她嚥下炒蛋，沒多久，開啓另一個話題：「那在妳的學生時期，有沒有什麼特別讓妳難忘的事？」她眸一抬，他脣角就揚起，「雖然兔子小姐的過去聽起來有點寂寞，但還是有讓妳感到開心的回憶吧？比如說……像是跟同學一起參加學校的活動，同學幫妳慶生，或是參加社團之類的，既然妳說和同學互動沒什麼問題，那應該多多少少會有吧？」

秦海昀先是呆了好一陣子，想到最後，她才回：「我母親從不讓我參加學校的活動，連社團也是，我沒有出去和同學慶祝過生日，只要一放學，或是假日，我就只能待在家裡。」看到賀閔傑不敢相信的表情，她接著說：「不過……」

「不過？」

「說到生日，我確實有一個難忘的回憶。」她娓娓道來：「國三的時候，我和幾個常在一起念書的同學走得近，上課分組也是一起的，她們知道我家裡管教嚴，不能出去，也不能請她們來家裡玩，所以就想在我生日那天，在學校給我一個驚喜。她們的想法是要找到一百個人，請那些人對我說生日快樂，然後錄下來，製作成小短片送我當禮物。我會知道這件事，是因爲她們在學校廁所討論的時候，我就在其中一間，才會剛好聽到的。」

「哇，好感動，那些同學太有心了！」賀閔傑驚歎，「結果呢？她們眞的有做嗎？」

「沒有，生日那天，她們送我的是一個大蛋糕還有卡片，吃完營養午餐之後，她們就和全班同學還有老師，一起幫我慶祝。」說到這裡，她眼眸一深，「當我知道她們想這麼做的時候，我很感動，心裡也對這個驚喜十分期待，雖然最後和我想的不一樣，可是她們能有這份心，曾想爲我這麼做，還是讓我覺得很高興，很滿足了。」

她臉上的溫柔表情，使賀閔傑的視線暫時停留在那兒，直到秦海昀也對上他的眼睛，她才訝異自己居然不知不覺就說了這麼多，喉嚨頓時一陣乾澀，伸手開綠茶的手有些不穩：「抱歉，貝先生，我的事情沒什麼，你聽了應該只會覺得無聊，我還跟你說這麼多。」

「不會啊，我還挺喜歡聽妳說自己的事的，能多了解妳一點，我覺得很好。」他望著她，「至少看起來妳已經沒那麼壓抑，也願意對我多說一點心裡話了，我很高興喔。」

聽到那句像是放心的言語，秦海昀的思緒彷彿也跟著停滯，賀閔傑繼續用餐，一臉輕鬆愉悅的姿態，和她原以爲對方會對她這個人感到怪異的反應完全不同，似乎不管她是多無趣、多乏味的人，他都願意張開雙手，完全接受她一樣。

那一天，吃飽後的他們一起去逛誠品，雖然秦海昀仍沒買書，但到兩人準備各自回家時，賀閔傑忽然從包包裡拿出一本書送給她，是某位國際攝影大師的風景作品集。

睡前，秦海昀在床上從第一頁開始慢慢的翻，仔細看遍來自世界各地的每一幕絕美景色，直至最後一頁，都無法從書中抽離，深陷莫名的濃濃思緒之中。

那是她書櫃裡的第一本書。

21

週六，秦海昀第二次到弟妹們的學校，應余學翰的邀請，她來這裡參加他們的校慶，因此沒和賀閔傑見面。

一踏進充滿活力的校園，遠遠就看到許多搭建在操場外圍的小攤子。熱鬧的園遊會，響亮的音樂，滿滿的學生，空氣裡的沸騰一點一滴感染秦海昀的心，一種熟悉感讓她的目光不自禁落向從眼前走過的每一個學生，不曉得會不會在他們之中，發現語新還有語璇。

她沒告訴弟弟妹妹自己來了，說了，他們可能也不想跟她見面，即使如此，她還是希望可以見到他們，若能看到他們充滿朝氣的模樣，這一天也值得了。

「姊姊！」一身藍色運動服的余學翰出現，他快步奔到她面前，帶著酒窩的笑容在陽光下顯得耀眼：「歡迎妳來！」

「謝謝，你今天不跟同學一起真的可以嗎？」

「哈哈，沒關係啦，姊姊妳特地來，當然是招待妳比較重要！」他摸摸鼻子，「不過……我剛剛問了其他同學，孟語新今天好像沒有來學校，孟語璇我就不清楚了，目前爲止我還沒看到她，不曉得她有沒有來……」

聞言，秦海昀先是不語，脣角微揚：「沒關係。」

「那我們先去逛園遊會吧？姊姊妳肚子餓不餓？我們有賣很多東西喔，有熱狗、甜不辣，還有炒麵，等塡飽肚子再帶妳參觀校園，好不好？」

「好。」

於是，他們先去賣熱食的攤子吃點東西，解決了午餐，余學翰帶秦海昀逛校園一圈，經過他班上時，他說：「我跟孟語新就在這一班喔。」

秦海昀的視線立刻望向教室裡頭，沒有半個學生在，兩人進去後，余學翰便告訴她自己跟孟語新的座位位置，孟語新的課桌很有他的風格，抽屜相當凌亂。

她環顧教室一圈，像在回味著什麼，專注的神情，使坐在課桌上的余學翰好奇開口：「姊姊以前也是讀這裡嗎？」

「不是，我高中讀的是女校。」

「是喔？感覺姊姊當時的功課應該很好，經常考前三名的那種。」

她莞爾一笑：「差不多。」

「眞的？那不就跟孟語璇一樣？好厲害！」余學翰睜大眼睛，「那妳畢業後還有回以前的學校看過嗎？」

「沒有，不過來到這裡我也覺得很懷念，因爲和我從前的教室沒什麼太大的不同。」她望向黑板上的文字。

余學翰靜靜凝睇她一會兒，最後說：「不知道姊姊高一時是什麼樣子耶？」當她目光投來，他反而有點不好意思，「我的意思是，當年妳跟我一樣是高一生的時候，都在做些什麼？十六歲的時候，大概又是什麼樣子？我有點好奇啦。」

秦海昀先是一陣靜默，回應：「我十六歲的時候幾乎每天都在念書，沒有什麼特別好玩的事。以前我很少拍照，高中的畢業紀念冊在搬家時不小心遺失，所以我現在已經沒有半張以前的照片了。」

「哇，那不是很可惜？」他眨眨眼，感到扼腕，「我想看看姊姊十六歲時的樣子呢。」

離開教室後，他們繼續邊聊天邊走過穿堂，雖然也有很多學生以外的校外人士來參加這次校慶，但當余學翰跟秦海昀走在一起，碰到認識他的同學，其中幾個忍不住對秦海昀投以好奇目光，畢竟她很明顯就是一個成年人，因此她想，也許那些學生說不定會以爲她是余學翰的姊姊，而事實上，確實有人這麼誤會。

在另一間一年級教室裡，一群女學生正在聊天，其中一位從窗外望出去，發現他們走在花圃外圍的身影，立刻好奇問其他三名同學：「欸，妳們看，那個人好像是余學翰，他跟一個女生走在一起耶！」

「妳說七班的余學翰？我們學校籃球隊的？」

「喔，我知道他，他跟誰在一起？」一夥人湊上前看，開始討論起來，「那女生不像我們學校的學生耶，好像是成年人，嚇我一跳，還以爲他有女友了。」

「會不會是他的姊姊？」

「不曉得，有可能喔，啊，搞不好余學翰眞的跑去交一個年紀比他大的女朋友，說不定對方是大學生喔！」

「太扯了吧？余學翰有那麼厲害嗎？」最先發現的女生哈哈笑，隨即問身旁始終一語不發的人：「語璇，妳覺得呢？妳弟不就是跟余學翰同班的嗎？他跟余學翰好不好？知道這件事嗎？」

面對同學的打趣提問，孟語璇說不出話，震驚的直盯那兩人的身影，他們說說笑笑的模樣，看似感情眞的很好，上次在外面撞見他們在一起，這次又再看到他們，而且地點還是在學校，一臉木然的她，當下什麼反應都做不出來。

「對了，下午體育館不是有籃球賽嗎？妳們要不要去看？」

「好哇，余學翰也有比吧？」

「那就一起去嘍，語璇OK嗎？」

終於回神的孟語璇，鈍鈍點頭：「嗯……好。」當她再望向窗外，那兩個人已經消失在視線裡。

下午二時，許多學生聚集在體育館準備觀賞球賽，在和隊員會合的前一刻，余學翰問秦海昀：「姊姊等一下會坐在哪裡？」

「怎麼了？」

「沒有啦，只是想確認一下。」他摸摸頭，小聲：「我希望姊姊能夠看到最後。」

「當然。」她溫柔的說，「加油，你們一定會贏的。」

「好。」他笑得燦爛。

兩人分開後，秦海昀就到體育館二樓隨處找個空位坐下，過了十分鐘，裁判哨子一響，兩方隊員進入球場，她很快就看見身著黑色五號球衣的余學翰。哨子再度響起，比賽正式開始，在一片加油聲中，沒有多久，余學翰就從某個藍衣球員手中抄到球，迅速衝向另一頭籃框下，爲他歡呼的聲音，在秦海昀這一區特別響亮。余學翰的身手俐落，動作敏捷，而且投籃命中的機率特別高，比賽開始二十分鐘，他就已經氣喘吁吁，汗流浹背。

秦海昀深深凝視少年在球場上奔馳的身影，漸漸的，不知是被熱烈的現場氣氛，或是周遭女孩們的熱情助陣所感染，只要看到余學翰拿到球，她的心就驀的一縮，尤其當他全力朝籃下奔去，心情也跟著緊張，甚至呼吸停滯，直到球順利入籃，她緊繃的神經才能鬆緩下來。

不知不覺，她沉浸在這樣的氛圍裡，那是她第一次有這樣的感覺，跟著現場快速的節奏，爲余學翰的表現而緊繃忐忑，像是與全場那些年輕稚嫩的面孔一起熱血沸騰，時而狂喜，時而亢奮，置身在這樣充滿青春氣息的浪潮，內心深處的某樣東西也在這些聲音中跟著甦醒，甚至有那麼一瞬間，過去那段單調乏味的青春，隨著此情此景，而慢慢開始出現了一些顏色，宛若現在的她也能藉著這一刻，得到過去未曾擁有過的某種釋放與補償……

這場球賽中，除了秦海昀專心注意著余學翰，還有一個人的焦點也始終在他的身上。

孟語璇與同學坐在另一處，儘管所有人爲這場賽事沸騰不已，她的心思卻完全不在上面，從上午看見余學翰和秦海昀在一起，她就一直想著這件事，因此從余學翰一上場，她的目光就跟著他走，一邊注視對方，一邊思考他和秦海昀到底是什麼關係？

上一次她沒有深究，但今天再看見這幕，加上聽到同學的話，她發現自己越來越在意，已經到了無法繼續忽視的地步，複雜心情，隨著余學翰在場上出色的表現，越發濃烈。

上半場結束，隊員下場休息，余學翰不時張望二樓的觀眾席，當他發現秦海昀，立刻燦爛一笑，對她比出勝利手勢，秦海昀淡淡微笑，也對他輕輕揮手，余學翰這個舉動，自然落入依舊在注意他的孟語璇眼中，因此當她也朝他看的方向望去，最後發現秦海昀就在那裡時，她完全呆住，驚愣不已，又瞄瞄身旁的同學們，發現她們沒有看見那一幕，心才稍微放鬆一些。

兩個小時後比賽結束，余學翰他們不負眾望贏了球賽，晚上要出去吃飯慶祝，因此秦海昀回去時，還穿著黑色球衣的余學翰跑去送她。

「我就知道姊姊是幸運星，妳來看比賽，我們這隊果然就贏了。」他說，前額和髮上還有汗珠。

「那是你們自己的努力，學翰你也很棒，打得眞的很好。」

「也是因爲妳在我才特別拚啊，姊姊都特地來幫我加油了，要是還輸掉，那不是太丟臉？」他笑得醜態。

他們站在校門口聊天的身影，碰巧被孟語璇的同學發現，她快快回到穿堂跟她們爆料：「喂，我跟妳們說，我剛剛從廁所出來，發現余學翰又跟早上那個女生在一起了，現在就在校門口喔！」

孟語璇心一驚，整張臉瞬間變得僵硬，聽同學開始熱烈討論：「眞的假的？難道余學翰眞的跟年紀比他大的女生在交往嗎？」

「他們看起來感情眞的很好，我剛剛注意了下，他們好像要一起離開學校的樣子。」

「那個女人到底是誰呀？」

聽到這裡，孟語璇的臉色微微發白，當同學打算先回教室一趟，她開口：「那個……妳們先去吧，我離開一下。」

「嗯？語璇妳要去哪兒？」

「我突然……也想去一下廁所，馬上就回來，妳們先到教室吧！」說完她離開穿堂，往校門跑去，沒在門口看見人，卻在操場旁的鐵絲網中看見他們走在學校外圍的畫面。

她呆了片刻，繼續往他們的方向奔，就要追上時，她放聲喊：「大姊！」

聽到孟語璇的聲音，秦海昀和余學翰都停下回頭，一發現她喘吁吁的站在後方不遠，有些驚訝。

秦海昀看著妹妹：「語璇？」

孟語璇喘口氣，慢慢調整呼吸，半晌，悶聲問：「你們爲什麼會在一起？」

聞言，秦海昀回：「學翰邀我來參加你們學校的校慶，對不起，姊姊沒通知妳，我以爲妳今天沒來學校。」

聽到她直接叫對方「學翰」，孟語璇不禁鎖眉觀察兩人，終於問：「你們……是什麼關係？」

余學翰回：「我跟姊姊是朋友。」

「朋友？」孟語璇語調一揚，顯然對這答案難以置信。

秦海昀接著道：「語璇，是眞的，我跟學翰是偶然認識的。」

孟語璇望著姊姊的臉，不知爲何，一股憤怒沒來由的湧上心頭，儘管當時她也不曉得爲什麼，但就是覺得很生氣，非常生氣，臉色也越來越鐵青。

她握緊了拳頭，對余學翰冷冷嗤笑：「你說是朋友？你知不知道我姊多大？你們的年紀相差多少？居然說是朋友。」語落，她瞪視他們，咬牙：「噁心！」

「喂！孟語璇，妳說什麼？」余學翰被她的話激怒，正要過去卻被秦海昀拉住。

「學翰，別這樣。」她再用平靜的口吻對妹妹解釋：「語璇，學翰對我來說，是像弟弟一樣的朋友，希望妳可以理解，不要誤會。」

孟語璇語塞，余學翰發怒的樣子，令她有些震懾住，雖然沒再那樣尖銳，卻也沒打算示弱，於是又朝他們喊：「既然這樣，你們就不要一起在我們學校到處亂晃，引起別人誤會，造成我的困擾！」

當她跑回學校，余學翰先是木然的杵在原地，隨後擔心問：「姊姊，妳還好嗎？」

「我沒事。學翰，對不起，語璇的話你不要介意，別放在心上。」

「不會啦，這又不是姊姊妳的錯，如果我沒找妳來，就不會害妳們鬧不愉快了。」他面色複雜，

「但我沒想到孟語璇居然會這個樣子……」

「我相信她不是故意的，我代她向你道歉，你不需要自責。」她對他說：「學翰也回去吧，不用送我了，我自己走到站牌那裡就好，你快回隊友那邊去吧。」

「好……那我先走了，姊姊回去路上要小心，再見！」

「再見。」秦海昀目送他離去，在原地停留一會兒，忖度著該不該打給語璇，再跟她解釋一次，然而想起妹妹方才面對她時，那雙充滿憤怒與鄙夷的眼睛，她不動許久，最後選擇作罷，將原本要拿出來的手機收回口袋，獨自前往公車站。

星期一在教室，孟語璇在座位上，動也不動的托腮發呆。

上週對姊姊還有余學翰說出那些話之後，她的心就一直無法平靜下來，不只書讀不下去，半夜也失眠，對那天的事始終耿耿於懷。

她知道自己那天說的話其實很過分，也很幼稚，但她就是無法按捺心中強烈的情緒，而在她說出那種話，發現姊姊依舊是沉穩淡然的模樣，沒有絲毫的憤怒，更沒有罵她，只說余學翰對她而言是像弟弟一樣的朋友，不曉得為什麼，現在只要回想起這句話，就有一種像是悲憤的感覺湧上她的心，使她的思緒紛亂，亂得她煩，經過一天的沉澱，腦袋好不容易才安靜了些。

到了午休前的空檔，她和同學吃完飯正在聊天，忽然有人叫她，告知外頭有人找她。當孟語璇回頭，看到余學翰就站在教室外朝她望來時，整個人瞬間傻住！

她的好友們吃驚不已，好奇追問：「語璇，余學翰爲什麼會突然跑來找妳？」

她說不出話，只能趕緊在更多人注意到前離開教室。

他們站在穿堂一角，兩人面對面，余學翰先開口：「抱歉，我原本想跟孟語新要妳的電話，但還是覺得跟妳當面談會比較好。」

「你要談什麼？」她不自在的將視線往旁別開，手握著另一邊手肘。

「我不能跟妳姊姊當朋友嗎？」他認眞的問，「就因爲她比我大，而且大十一歲，所以妳覺得我們不能是朋友，不然會很奇怪，而且很噁心，是嗎？」

她輕咬下脣，明知這點是自己不對，當下卻無法開口道歉，只是保持沉默。

「如果妳對我什麼不滿意，我可以接受，也能理解，但是對姊姊，我就不太能明白妳爲什麼用這種態度對待她，她不是妳的姊姊嗎？她曾告訴我，平常很少有機會能見到妳跟孟語新，所以這次校慶我才會請她來，心想說不定能讓她跟你們碰面，我相信姊姊她之所以願意來，主要不是因爲我，是因爲你們才來的！」

孟語璇不發一語，心卻隱隱一顫。

「妳可以不跟我道歉，但我希望妳能跟姊姊道歉，因爲妳那時的話眞的很傷人，而且姊姊後來還替妳道歉，希望我別生妳的氣。」他沉沉道：「不過我還是很在意，所以決定當面跟妳說。」

聽完他的話，孟語璇拳頭握緊，原先消失的那股悲憤與焦躁再度湧上，她壓抑著，輕笑：「你對我大姊還眞好，開口閉口叫我跟她道歉，莫名其妙就跑來教訓我。」她瞥他一眼，「你就這麼喜歡我姊嗎？」

余學翰先是愣了一陣，眉頭擰起。

「就算我對我大姊不禮貌，那也是我們的事，跟你有什麼關係呀？你以爲你跟我大姊很好，就可以代替她教訓我嗎？她都沒氣，你氣什麼？你以爲你是誰？」她冷聲道：「對別人說教前，先把你自己的事管好再說吧！」

語畢，他們動也不動的互望彼此。

余學翰緩緩吸一口氣，臉上雖不見慍色，但他抿緊了脣，看得出很努力的將某種情緒嚥下。

「孟語璇。」良久，他用比方才更沉的語氣開口，「我知道我沒妳那麼優秀，腦筋也沒妳好，在妳眼裡，我可能是個不會讀書，只會打籃球的笨蛋，如果妳瞧不起我，不屑聽我說話，那我無話可說。」

她怔住。

「雖然之前沒跟妳接觸過，也沒和妳說過話，但我還算滿欣賞妳的，因爲我一直以爲妳是個聰明理智，也很有想法的女生，可是聽完妳現在說的話，我想是我誤會了。」余學翰面無表情，「算我看錯妳了。」

余學翰離開後，孟語璇仍傻在原地一會兒，她再次咬緊下脣，握緊的拳頭也在發顫，直到嗅到一股酸楚。

在胸口翻騰的情緒，讓她忍不住喘口氣，喉嚨跟著一哽……

當晚，孟語璇在房裡，依舊在深思余學翰的話。

她沒想到余學翰會覺得自己瞧不起他，會認為她是用這種眼光看他，當下她雖然驚訝，卻無法反駁。

「算我看錯妳了。」

她盯著書桌，不時因爲這句話而覺得內心抽痛。

「她曾告訴我，平常很少有機會能見到妳跟孟語新，所以這次校慶我才會請她來，心想說不定能讓她跟你們碰面，我相信姊姊她之所以願意來，主要不是因爲我，是因爲你們才來的！」

「她不是妳的姊姊嗎？」

許久，她從書桌最底層的抽屜拿出一個盒子。

盒裡放著一疊疊卡片，都是秦海昀寄給她的，從對方搬出家裡，每年聖誕節，以及她與孟語新的生日，秦海昀都會寫卡片給他們，到現在都不曾間斷。

有很長一段時間，她都認爲秦海昀是對這個家厭倦，不想再照顧她和語新，才會不惜一切的離開，爲了過自己想要的日子而捨棄家人。

一直以來，母親都是這麼告訴他們，也常在他們面前表示對姊姊的失望，當秦海昀回家的次數日益減少，她漸漸開始相信母親的話，以爲姊姊的心眞的不在他們身上，隨著日子一久，到她懂事，有了想法，對秦海昀的感覺除了冷淡疏遠，內心深處隱隱生出不諒解和怒意，就算對方示好，她也只能冷漠以對，就像母親對待姊姊的方式一樣。

其實孟語璇一直都感覺得到，母親不喜歡姊姊，即使全家人在一起，她也幾乎把姊姊當空氣，不曾對姊姊笑，也從不對別人談起她，就像家裡根本沒這個人。關於姊姊的事，孟語璇甚至得從鄰居口中的敘述，才能知道一些。而她也深信，那是因爲姊姊眞的讓母親太過失望，太過生氣的關係。就算對方從不忘記每年寄卡片給她，孟語璇也不會再看第二遍，直接收到角落去。

待她冷靜下來，慢慢分析出那個時候自己爲何會對秦海昀的回答以及余學翰那麼生氣，或許，不是怕同學知道她是她的姊姊，而是因爲比起她跟孟語新，秦海昀似乎更在乎余學翰，那麼她跟孟語新又算什麼？

釐清心情後，她深吐一口氣，離開房間，不經意瞥見秦海昀的房門，她杵立幾秒，最後上前走進房間。

房裡空蕩蕩的，沒什麼東西，除非母親要她把一些東西閒置在這裡，不然她從未想要進來。

孟語璇盯著書桌，發現即便是小時候的事，她對姊姊從前坐在這裡讀書的身影還有些記憶，只要進她的房間，她永遠都坐在那個位子。那道背影，也是她對姊姊最深的印象。

來到書櫃前，她看到裡頭有很多秦海昀的高中課本和資料夾，於是抽出一本看，每一頁都寫了滿滿的筆記，重點處用螢光筆劃得乾淨整齊，其用功的程度，讓孟語璇當下不禁看得發怔。資料夾裡頭則是放著秦海昀從前的各科考卷與獎狀，分數都在九十分以上，獎狀上的獎項也都是學業前三名。

她在秦海昀的房間待了一會兒，離開後，不知為何覺得腦袋沉甸甸的，到了一樓，母親忽然喚她一聲，將四張藍色大鈔給她。

「這是給妳買參考書的錢，剩下的，就給妳當零用錢。」秦母說。

孟語璇一聽，當下欣喜的睜大眼睛：「媽，謝謝妳！」

「要謝去謝妳爸爸，是他給妳的錢，妳要好好加油，別讓爸爸失望唷。」

「嗯！」她馬上對坐在沙發上的父親感激道：「爸爸，謝謝你！」

孟書煒從報紙中抬頭，對女兒微微一笑，沒多久就收起報紙，出門去買菸。

之後孟語璇與母親坐在客廳摺著晾好的衣服，心有所思的她對母親開口：「媽。」

「嗯？」

「大姊她……以前課業成績一直都很好對吧？我曾聽隔壁阿姨說過，大姊以前還有拿過幾次模範生獎，對不對？」

秦母瞄她一眼，繼續摺衣：「怎麼突然問這個？」

「沒有啦，只是突然想到，既然大姊以前這麼優秀，那麼媽當時對她應該也很驕傲吧？」

「有什麼好驕傲的？」秦母脣角微揚，「那是她的本分，不優秀的話，怎麼能做你們的姊姊？當你們的榜樣呢？」

孟語璇停頓片刻，再問：「不過那個時候，媽還是有讚美過大姊或是給過肯定吧？畢竟能一直保持在前三名，還拿過模範生獎，眞的很不容易……」

「讚美？爲什麼要讚美？那本來就是她該做到的啊。」秦母像聽到什麼奇怪的話，又笑了一下。

「可是嚴格來講，大姊以前其實比我還優秀，但媽就經常讚美我，而且對我很滿意，不是嗎？」

「那是因爲她是長女，是姊姊，身爲長女就是要這樣，有什麼好肯定的呢？要是連這點都做不到，她怎麼有資格當你們的姊姊？要弟弟妹妹將來怎麼向她學習？」將衣服摺好，秦母對女兒深深一笑，「妳大姊能夠做到這些，本來就是『應該』的。」

孟語璇呆住。

「不過，就算以前再怎麼優秀也沒用，我對妳大姊早就沒有任何期望，但是有一些責任她還是應該要盡的。語璇，妳跟妳大姊不一樣，妳比她更有上進心，所以媽媽相信妳絕對可以做得比她更好。」秦母溫柔拍拍她的肩，將摺好的衣服收到房間去。

母親的話，讓孟語璇愣愣坐在客廳好一段時間，直到一陣清脆鈴聲響起，發現母親放在桌上的手機沒帶走，有訊息傳來，而她看到來訊名字，訝異了一下。

是秦海昀傳來的。

若是平常她不會有興趣，但這一次，她莫名想知道姊姊會傳什麼給母親，畢竟母親平時根本不會和姊姊聯絡。

強烈的好奇心，讓她決定偷看母親的簡訊，裡頭只有短短的三個字：

已匯入。

孟語璇一時不解這是什麼意思，於是又看看其他簡訊，結果發現秦海昀傳簡訊給母親的次數不少，但奇怪的是，她傳來的內容都一模一樣，只有「已匯入」這三個字。孟語璇覺得更疑惑，再到寄件備份瀏覽，發現母親也有傳給姊姊，內容卻全是阿拉伯數字，從三千、五千，最大到一萬，比對時間前後，母親只要給對方一個數字，秦海昀隔天就會傳「已匯入」過來。

孟語璇怔怔然，很快推論出一個結果，那些數字……難道指的是金額？

她沒去問母親，雖然覺得有哪裡不對勁，但也沒繼續放在心上，直到週六上午，孟語璇聽到母親出門前跟父親說要去郵局，再到超市買點東西，秦母回家後，就要孟語璇幫她把東西拿到二樓房間。

發現母親交給她的袋子裡裝的是郵局存摺，孟語璇又不自禁想起簡訊的事，到了二樓，她便偷翻母親的存摺，稍微看過一遍，注意到有一個帳號經常匯錢給母親，而且持續很長一段時間，除了每個月五號都有一萬八千固定匯進來，其他日期就是三千到五千左右，一個月約二到三次，與她上次在簡訊裡看到的數字不謀而合。

這個發現，讓孟語璇憶起一件事，之前她對秦母說想要三千五百塊的參考書，母親慷慨同意，把錢交給她的前一天，存摺明細上剛好顯示有一筆錢匯進來，而且金額就與參考書的錢差不多，是四千元。

這徒然竄出的想法，讓孟語璇的思緒登時停頓，但她不敢肯定，心想也許是自己搞錯了，況且母親當時明明說那些錢是父親給的。想到這裡，她打開父母房裡的櫃子抽屜，順利找到孟書煒的存摺，證實匯錢給母親的那個帳號並不是父親的。

她太想要弄清楚這件事，因此一下樓，她就進到廚房，用倉皇的語氣對秦母說：「媽，可不可以借我一下手機？」

「怎麼啦？」

「我剛剛發現我的手機有點問題，沒辦法打，可是我剛好急著要找同學，有重要的事要告訴她，能不能先借我打一下，馬上就好了！」

「嗯，好啊，拿去吧。」秦母不疑有他，直接把手機交給她。

孟語璇鬆口氣：「謝謝媽，我打完後馬上就拿下來還妳！」離開廚房，她的心仍急速跳動，她回房間點開寄件備份，再打開她剛剛用手機拍下來的存摺內容，一一比對那些明細和簡訊日期，確定秦海昀傳訊息給母親的當天，都有一筆錢入帳，金額就和秦母前一日給她的數字一樣，在孟語璇說想買參考書的那天，秦母就傳了四千的訊息給秦海昀，秦海昀回傳後的隔天，就是秦母把錢交給她的那一天……

到了這一刻，孟語璇終於明白，母親爲什麼會如此大方讓她買這麼貴的參考書。

參考書的錢很有可能就是秦海昀給的，但母親爲什麼要騙她是父親給的？當時她跟孟書煒道謝，他什麼也沒說，只是笑了一下，就馬上把視線轉回報紙裡。

他什麼也沒說……

一陣冷意掃過她的心，「父親說不定也知情」的這個念頭，讓她沒由來的雙手發顫。

「妳大姊能夠做到這些，本來就是應該的。」

「就算以前再怎麼優秀也沒用，我對妳大姊早就沒有任何期望，但是有一些責任，她還是應該要盡的。」

母親說的責任，指的就是這個嗎？

聽到秦母說那些話，孟語璇心裡其實是很震驚的。那些放在她身上就會被讚揚的一切，到了秦海昀身上，居然變成理所當然，只因爲她是長女，是她跟孟語新的姊姊，所以不管做得再好、再出色，對母親來說，卻只是再正常不過的事。

正因爲她走的是與姊姊當年相同的路，所以她很明白這條路有多難走，需要多少努力，多少時間，才能一直維持這樣的程度，爲了走到這一步，她不敢鬆懈一秒，因爲咬牙熬過，現在的她才能得到這麼多人的讚賞與掌聲。

她不敢想像，若自己努力了這麼久，卻完全被忽視，得不到任何的肯定，她會變成什麼樣子？還有沒有辦法繼續堅持下去？只因爲她「幸運」的不是長女，所以才能得到母親的寬容？若她像秦海昀一樣，不小心「走錯」了一步，是不是也會從此被母親冷落？

茫然的孟語璇像木頭般坐在椅子上，望向桌上的智慧型手機。

說不定她的這支手機，其實也是用姊姊的錢買來的。不只手機，甚至是大年初一，他們去臺中玩的交通費，或是其他開銷，也通通都是由秦海昀買單，只要家裡有任何人需要，母親就會用這種方式向她要錢，而秦海昀從來都不會拒絕。

「錢的事，語璇妳不需要擔心。」

想起母親那時的溫婉微笑，她再也無法思考。

吃晚餐時，一家人聚在餐桌前，爸媽與弟弟說說笑笑，孟語璇始終不發一語，一副有心事的模樣，引起孟書煒的注意：「語璇，怎麼啦？看起來無精打采的，讀書讀累了嗎？」

「沒有。」她搖頭。

「晚點媽媽幫妳弄點甜的吃，妳有沒有想吃什麼？」

孟語璇抬頭，看著對她溫婉微笑的母親，還有面露關心的父親，就和平常一模一樣，但在這一刻，她卻突然覺得母親的笑已不似以往溫柔，父親的臉，也不再像從前那樣慈祥。

她凝視父母許久，低語：「沒有。」

「若有什麼需要，記得跟爸爸媽媽說，知道嗎？」秦母說。

「好。」她低聲應道，低頭將碗拿近，吞下一口飯，明明沒有味道，她卻嚥到一股酸楚。

想哭的感覺讓她的視線漸漸變得模糊。

22

踏進病房，賀閔傑做的第一件事，就是看母親的臉。

那是像往常一樣的日子，當他幫母親全身清潔完，最後坐在病床旁，發現外頭下雨了。陰陰的天色，讓沒有開燈的病房顯得昏暗，聽著淅淅瀝瀝的雨聲，他漸漸覺得有些睏，打算小寐片刻再到補習班上班。

他趴在母親身旁，睡到一半隱約聽見什麼聲音，清醒一看，母親仍闔著眼，但她旁邊的心電圖卻顯示出不對勁，螢幕上原本規律穩定的波動，正在逐漸減弱。

這一幕讓賀閔傑的呼吸驟然停止。

他馬上叫了醫生，並不斷呼喚床上的母親，那張毫無血色，完全慘白的臉，讓賀閔傑連喊她的聲音都在發顫，待醫生護士趕來，賀母很快就被推進手術室。

賀閔傑坐在長廊上，渾身發冷，雙手顫抖。

這輩子，他從沒有這麼害怕過。

「……別丟下我。」賀閔傑雙手撐著額，聲音虛弱低啞，近乎哽咽：「媽，妳不能拋下我。」

賀閔喆迅速趕到，發現坐在手術室外的弟弟，立刻跑上前：「閔傑！」對方一站起來，他就拉住弟弟的手臂，凝睇他蒼白的臉：「你還好吧？」

「嗯，我沒事。」見到大哥，讓賀閔傑的心安定許多，「媽她……現在還在急救。」

「我知道。」賀閔喆拍拍他的肩，要他再坐下，溫柔說：「媽不會有事的，你放心。」

賀閔傑點點頭，深吸一口氣，眼眶發熱。

突發的狀況，使他此刻絲毫不敢離開母親身邊一秒，深怕連對母親說「我回來了」的機會都沒有，就永遠失去她了。

原已經沒有呼吸心跳的賀母，一個小時後，順利搶救回來，確定母親脫離險境，狀況穩定下來，賀閔傑懸著的心才終於放下，癱坐在病房外的椅子上，好一段時間都無法動彈。

見弟弟這樣，賀閔喆坐到他身旁，搭著他的肩輕拍兩下：「沒事了，閔傑。」他低問：「嚇壞了吧？」

賀閔傑扯扯嘴角，當含在眼眶的淚不小心掉了出來，他馬上擦掉，抿唇微笑：「沒事。」

「幸好你就在媽身旁。」賀閔喆沉嘆，看看手錶對他說：「下午我會再來醫院一趟，你就放心去上班，不用擔心媽的狀況，如果有什麼事，哥一定會馬上通知你，嗯？」

「好。」

離開醫院前，賀閔傑又進病房看看母親，確定母親的心臟仍在持續跳動，她仍然在呼吸，凝望她片刻後才離去。

那一天，只要上課一有空檔，他都會注意手機是否有來電，心神不寧的他，總算順利上完那天的課。離開補習班，他沒有直接回家，而是坐在天橋下，望著一個個從眼前走過的人們，覺得莫名疲憊。

緊繃一整天的心，在確定賀閔喆沒有打來，總算得以鬆懈，放心之後，一股強烈無力和虛脫感襲上，讓他覺得身子沉重，像被綁上千斤石，腦海裡的昏沉，讓他連思考都覺得吃力。

他沉默放空，面對一波波從對街走來的人群，置身在這樣的喧囂中，他漸漸想起某個人的聲音，一個總是靜如止水，乾淨清淡的聲音。

意識到這點，他的焦點才開始停在那些人的臉上。

後來他到精品店、賣豆花的攤子、天橋上、候車亭，都沒有發現她的身影，於是知道這一晚，她可能沒有來。

他盯著手機，猶豫一會兒，最後決定撥出去，對方很快就接起了。

「貝先生？」

聽見她的第一個字不是「喂？」，而是叫他的名字，賀閔傑輕輕的笑了，他問：「兔子小姐，現在在忙嗎？」

「沒有，我已經忙完，正準備回家了。」

「妳還在公司？加班？」他有些意外。

「對，今天的業務比較多。」秦海昀好奇：「找我有什麼事嗎？」

「喔，沒有，只是我突然想到……這幾天都沒見到妳，不曉得妳過得好不好？」

「我很好，貝先生呢？」

「嗯……我也很好。」

兩人忽而陷入沉默，坐在辦公桌前的秦海昀，聽見另一頭傳來公車開門的氣鳴聲，再看看手錶，已經十點了。

「你還在天橋那邊等車嗎？」

「是啊，想說趁等車的空檔打給妳，因爲我在猜妳現在會不會在這裡……」語落，他又笑：「沒關係，那妳回家小心點，工作累了一天，早點休息。」

秦海昀靜默。

「貝先生。」半晌，她開口：「要我現在過去找你嗎？」

「不不不，不用了，我的車快到了，妳不用特地過來，我只是想知道妳最近過得怎麼樣而已，聽到妳的聲音就沒事了，現在很晚了，直接回家吧！」

「可是……你眞的沒事嗎？」

「沒事呀，爲什麼這麼問？」

「因爲你的聲音好像和平常不一樣。」她回：「感覺沒什麼精神。」

賀閔傑怔了怔，沒有馬上回應，隨即輕哂：「眞的嗎？應該是上了一晚上的課，聲音變得有點奇怪吧？」

儘管對方在笑，但那回答前的短暫沉默，秦海昀還是注意到了，她沒追問，只是告訴他：「如果……貝先生有什麼話想說，可以告訴我，有需要我幫忙的地方，我也會盡力。」

她誠懇的語氣，隨著言語匯成一股暖流，撫過賀閔傑的胸口。

當他發現自己此刻還不想說「謝謝妳，我知道，晚安」，就結束這通電話，不知不覺，手機就貼得更近了些。

「其實……」輕吐口氣，他淡淡的說，「我媽今天……差一點就走了。」

秦海昀愕然。

「不過沒事了，經過急救，現在狀況已經穩定了。當時我在醫院，確定沒事之後，我才敢去上班，可能是太過緊張吧，居然到現在都還覺得手腳發軟，全身無力，眞是沒用。」他無奈的笑。

「不會，貝先生會覺得害怕是很正常的。」她立刻說，「不過你母親沒事，眞的太好了。」

賀閔傑閉上眼睛，好不容易抑止住的那份心情，隨著傾吐，讓他的眼眶再度熱了。

「是啊。」他吁口氣，沉沉應：「離開臺灣的這十年裡，我都沒有再見過我媽，也沒有和她說過話，要是什麼都還沒告訴她，她就這麼走了，我恐怕會痛苦一輩子。」

整整十年的時間？秦海昀意想不到：「你們以前的關係，很不好嗎？」

「嗯……說來話長，我跟我媽的關係比較複雜一點。從前發生過很多事，讓我們沒辦法像普通母子那樣單純的相處。但只要這次她平安醒來，一切就會好轉了，因爲她給了我機會，到那時候我會努力修補跟她的關係，畢竟這些年，我已經盼望回她身邊盼得太久，所以不管發生什麼事，我都不會再因爲任何人跟任何事離開她的身邊。」

秦海昀久久不語，不自覺聽到入神。

「我知道妳和妳母親的關係也有點複雜，所以我覺得自己可以理解妳的心情，但我記得妳說過，妳還有一對雙胞胎弟妹對吧？希望妳也別像我一樣，連跟手足之間都必須變得疏離。」

賀閔傑的話，讓她不禁回想起這些天來，一直掛在她心頭上的事。

隨著他的坦然，她感覺到自己內心的某一扇門也被打了開來：「我……」

「嗯？」

「其實上個禮拜，我剛好和我妹妹吵架了。」她說著，「我和我媽的關係，連帶影響她這些年來對我的感覺，我虧欠她很多，也知道她對我一直很不諒解，這次又剛好碰上一些誤會，反而讓她更討厭我，可能以後也不會再理我了吧。」

「怎麼會？」他微訝，「那妳要怎麼做？」

「我原本不知道該怎麼做，也曾想過什麼也不做，因爲我一直習慣逃避，總覺得事到如今，說什麼也沒有用。」坦白的這一刻，她覺得喉嚨乾澀，卻無法停止：「可是聽完你的話，我也開始想和我妹妹談一談，也許她還是不會接受，不會相信我，但若能解開誤會，我想試試看。」

賀閔傑笑了：「加油。」

「嗯，謝謝。」

「跟兔子小姐這樣互吐心事，感覺挺不錯的，我現在眞的覺得心裡舒坦多了。」他吐一口氣，清亮的語氣裡，有著心滿意足，「幸好有打給妳。」

當下，秦海昀差點回「我也是」這三字，話卻驀的哽在喉頭，沒有說出口。

「那這個星期六有空嗎？」他問，「老地方？老時間？」

「好。」

「那到時見，也祝妳能和妳妹妹順利和好，希望那個時候，可以聽到妳的好消息。」

放下手機後，秦海昀將電腦關機，離開公司，在捷運上對著窗外陷入沉思。

接到賀閔傑的電話，聽到他的聲音時，她的腦海就馬上浮現他的臉，一察覺他的不對勁，她甚至瞬間忘記加班的疲憊，想見他的心情，也隨著與他的一言一語，莫名湧上心頭。

那個時候，如果他眞的同意她過去，無論再晚、再累，她覺得自己一定會二話不說直奔天橋，只是忽然間，她分不清是因爲擔心他，還是因爲其實是她自己想要見到他的緣故。

或者，兩者都有。

她閉上眼睛，然後想起了妹妹。

很多事情，她卻有辦法應付和解決，可是在面對家人時，她向來只敢遠觀，不敢跨出一步，但無論走了多久，走得多遠，她最割捨不了的牽掛，永遠都在她的弟弟妹妹身上。

很早以前，她就不敢再期盼什麼，只是如果可以，她很希望還能夠再緊緊擁抱他們一次，就和他們出生的那時起，每天都將他們擁在懷裡的那時候一樣。哪怕只有一次，她也覺得很滿足。

在房裡念書的時候，孟語璇的手機響了。

正在準備下週段考的她，不經意瞄了一下，視線就此停住，一時之間除了驚訝，還有點不敢置信。

看到秦海昀的來電，她握著筆沒有動作，只是凝視手機，靜靜讓它響了一分鐘，直到音樂結束，再一分鐘，聲音又響起，她終於伸手拿起手機。在簡訊裡，秦海昀說想見她一面，和她談一談。這段文字又讓孟語璇呆了一陣，沒有想到對方會主動提出這要求。

但她沒有回訊，也沒有回電，良久，又繼續埋頭念書，只是這封簡訊，從那時起就一直盤旋在她心裡，久久不去。

她不知道秦海昀想和她談什麼，是爲了她們的事？還是爲了余學翰的事？不管是什麼，她都沒有想再見到秦海昀的念頭，只要想到她，孟語璇好不容易平息下來的心情，又會再度掀起波瀾。現在的她只想專心致志，什麼都不去管、不在乎，裝作什麼都不知道，唯有如此，她才能不被影響動搖，繼續心無旁騖的往前走。

幾天過去，面對孟語璇的不接電話，遲遲不回應，秦海昀知道，也許妹妹到現在都還在生她的氣。無計可施之下，週六上午，她打電話到家裡，接電話的是孟書煒，聽到秦海昀要找妹妹，他笑著說：「語璇和同學去學校念書了，說要待一整天，她說語新實在太吵，到學校去會比較安靜，妳可以撥她手機看看。」

「我知道了，謝謝你，叔叔。」

「不客氣。對了，海昀啊……」孟書煒的聲音登時壓低了些，「前陣子妳媽媽有跟妳要過一筆錢，是四千塊，那其實是給語璇買參考書的錢，可是妳媽媽告訴語璇那筆錢是我付的。如果哪一天語璇跟妳說這件事，我怕妳會覺得奇怪，所以……」

「沒關係，我明白，我知道媽這麼做有她的想法，所以叔叔你不用在意，只要是爲語璇跟語新好，就不需要在乎是以誰的名義了。」

「可是，連語璇語新每年的學費都是妳給的，妳自己也要生活，需要錢，這樣對妳來說負擔實在太大了，有時候叔叔都不知道該怎麼面對妳才好……」

「叔叔，你別在意，這本來就是我的責任。就依媽說的做吧，如果語璇知道是我幫她付參考書的錢，心裡應該也會覺得不舒服，所以這一點，叔叔就不用操心了。」她溫和的說：「那我再跟語璇聯絡，若媽問起，就請先別告訴她我有打來找語璇，好嗎？」

孟書煒答應後，秦海昀放下手機，得知孟語璇不在家，想了想，決定親自到學校去找妹妹，並且傳一封訊息給她。

語璇，今天可以給我一點時間嗎？不會耽誤妳太久。三點的時候，我會到妳學校門口等妳，我們見個面，好嗎？

下午一點，孟語璇看到簡訊。

她沒料到秦海昀居然會來找她，即使沉澱許多天，她依舊沒有跟對方說話的心理準備，更何況是直接和她見面。

她起身到走廊去裝開水喝，順便喘口氣，卻不自覺對杯子裡的水發起呆。

她無法處理內心對秦海昀的複雜感情，明明是恨她的，卻又無法不在意那些加諸在她身上的不公平。她知道母親雙重標準，知道母親對姊姊其實很殘忍，知道越多，她就越覺得難受，可是如今她能怎麼辦？就算知道事實又能怎麼樣？她無法因此責怪爸媽，甚至生他們的氣，多年來與姊姊之間的芥蒂，也無法因此完全消失。

她不知如何宣洩心情，到頭來只能憤怒，逃避的將問題全歸咎到秦海昀身上，怪她笨，怪她傻，怪她沒用，怪她若沒惹母親生氣，讓母親失望，就不會淪落到這種下場，當初只要聽母親的話，不就好了？

唯有這樣自私的想，她才能讓自己好過一點，甚至不需要有罪惡感，只要裝作什麼都不知道，就能像從前一樣，過著開心單純的日子。只要她繼續不知道，一切就不會有事了……

兩點四十五分，秦海昀站在學校門口。

不確定語璇是否有看到訊息，也許看了她也不會出來見她，但秦海昀還是決定等等看。

一分一秒過去，已經超過三點，妹妹沒有出現。

三點半，秦海昀從站著等，到坐在花檯前等待，還是遲遲等不到她。

到了四點多，一群打完籃球的男學生從校門口出來，其中一個一與秦海昀對上視線，立刻睜大眼睛：「姊姊！」余學翰跑到她面前，驚訝不已，「妳怎麼會在這裡？」

秦海昀站起來，待其他的同學都離去，才回答：「語璇今天在學校念書，所以我跟她約在這裡見面，但她現在應該還在教室。」

「妳們約幾點？」聽到三點，他又詫異了一下，「現在都快四點半了耶！她怎麼還不出來？就算準備考試再忙，妳專程跑來，她也該出來跟妳見個面吧？」

「考試？」

「嗯，我們下禮拜剛好段考。」

秦海昀停頓了片刻。

「沒關係，我幫妳去她班上叫她！」

他才一轉身就被秦海昀制止：「學翰，不用了。對不起，我不曉得你們下禮拜考試，我這樣突然來應該打擾到她了，而且我是傳簡訊跟她約，語璇可能沒看到，所以不知道我在這裡，我再跟她約就好了。」

「可是妳都已經來了，她抽空十分鐘應該不會怎樣吧？」余學翰神色微沉，似乎並不相信孟語璇不知情。

「沒關係，是我單方面約她，沒得到她同意就直接跑過來了。」她好奇又問：「學翰你不用準備考試嗎？」

「呃……其實我本來打算今天來學校練完球後，晚上就開始念書了，我是說真的！」他抓抓頭，有些尷尬。

秦海昀莞爾：「那我們去等車吧。」

再次出來裝水喝的孟語璇，沒有馬上回教室，反而又走到看得見校門的穿堂邊。

三點半她出來看時，遠遠發現校門口站著一個人的身影，回到教室後，她心神不寧，萬分焦躁，覺得坐立難安，就算強迫自己專心也沒有用。每隔幾分鐘，她就會忍不住想姊姊是不是還在那裡？到了四點半，她又出去看，發現對方還在那兒，身邊卻出現另一個人，很快的，她看出那個人是余學翰。

孟語璇回教室後，只能對著書本發呆，遲遲無法回神。

再過不久就要五點了，她還要繼續等嗎？就算被放鴿子，無論如何，也一定要等到她嗎？

孟語璇慢慢握緊雙手，累積在胸口的情緒快要讓她窒息，她咬緊下脣，突然就起身衝出教室，嚇到正在讀書的其他同學。

一奔出校門，孟語璇左右張望，發現秦海昀和余學翰剛離開不久的身影，她終於開口叫住姊姊，對方一轉身，她便與他們保持一段距離，然後靜靜面對秦海昀，直至呼吸漸漸平穩。

「大姊，妳不要再來了。」她面無表情，冷冷開口：「因爲我不想再跟妳見面，之後也不會再看妳的簡訊，更不會接妳的電話。」

當拳頭握緊，孟語璇的脣也跟著發顫，她接著說：「大姊也是一樣，用不著再關心我的事，以前妳丟下我跟語新離開家裡的時候，我們就已經不是妳的責任，既然妳要拋棄，就拋棄得徹底一點，當我們完全不存在就好了，不要想爲我們做什麼，過年也不用再回家。對爸媽也是一樣，妳不需要再花費心思討好他們！」她眼眶泛紅，口氣激動，幾乎是用嘶喊的：「如果媽再開口跟妳要錢，妳就不要給，孟語新要求妳買什麼給他，妳也不要理，妳不需要再給家裡任何一毛錢，因爲那裡早就不是妳的家了。我們根本沒有一個人在乎妳，這些年來我們早就把妳當作不存在了，所以妳就算做得再多、再好都沒有用，我跟語新不會感激妳，媽更不會，她早就對妳沒有任何期望，已經完全放棄妳，所以妳不要再期待了！」

「喂，孟語璇！」余學翰不敢置信的瞪著她，「妳會不會太誇張了？未免太過分了吧？」

「干你什麼事？余學翰你就這麼愛管別人家的閒事，沒別的事情可以做了嗎？」

「對，我就是喜歡管閒事，因為是姊姊的事，我才會管！我沒有辦法忍受有人在我面前罵她，不可以嗎？」余學翰面色鐵青，口氣重了起來：「妳很了不起，是超級優秀的高材生，所以妳對妳姊的態度可以這麼高傲，讓妳姊等妳將近兩個小時也可以不道歉，還出口傷人，那妳還眞是優秀到讓人瞧不起！」

儘管孟語璇咬著唇，神情倔強，秦海昀卻還是從妹妹眼中發現一抹受傷的情緒。

孟語璇再度望回秦海昀時，用恢復冷靜，卻還有些不穩的漠然語調說：「總之，我想說的都已經說了，而且說的都是事實，信不信隨妳，我只想提醒妳不要再浪費力氣，就算妳回家，也不會有人是眞心歡迎妳的！」

孟語璇頭也不回的離開後，秦海昀依舊沒作聲，余學翰也說不出話，直到兩人站在站牌下，他才開口：「姊姊，對不起。」他微垂著頭，「我不是故意要在妳面前那樣說孟語璇，我只是太生氣了，所以才會……」

「我知道。」她眼眸平靜，「學翰，可以答應我一件事嗎？」

「嗯？」

「請你不要討厭語璇。」她凝視他，淡淡的說：「她其實是個很好的孩子，只是我傷她太深了，希望你不要因此對她反感，不然語璇會難過，我也會。」

面對她的請求，余學翰先是怔怔然，沉默許久，點了頭。

「謝謝你。」秦海昀唇角淺揚，沒多久，左手就傳來一股溫暖。

余學翰輕輕將手覆蓋在她的手上，感覺到秦海昀的視線時，他的臉已經泛紅，卻沒有正視她，低啞道：「對不起，我想安慰姊姊，可是不知道怎麼做，想到最後，只想到這個方法……」

看到他連耳根子都紅了，想必是第一次這樣牽女生的手。

那雙手的溫度，漸漸喚醒她初次與少年相遇時的情景。在這個時刻，他還陪著她。

她的身邊，還有個人不曾離開。

替母親蓋好被子，賀閔傑再凝望她一眼便走出病房。

經過一間半敞開的病房門口，隱約聽見裡頭傳來陣陣啜泣，他止步細聽，似乎是住在這間病房的病患已經逝世，不斷聽見幾個年輕嗓音的哽咽呼喚。

踏出醫院，溫暖餘暉瞬間就染亮他的視野。

他朝補習班方向走回去，最後坐在天橋下，等待下一波從對街迎面而來的人，然後，又想起方才聽見的哭喚聲。

媽媽。

他揉著臉，再用力吐一口氣，試著打起一點精神，一不動，卻又不自覺發起呆來，直到看見某個人出現在眼前。

從妹妹學校回來的秦海昀，一到板橋就坐公車到天橋這裡，她跟著人群走過馬路，走到一半，就已看見賀閔傑坐在那兒。

當她走得越近，那抹被夕陽照亮的身影也就越清晰，一看見他的臉，秦海昀原本平穩的步伐，漸漸變得緩慢，還沒到終點就已先停下。賀閔傑見她忽然杵立在斑馬線中央不動，沒有朝她揮手，也沒出聲叫她，就只是坐在原地。

那一刻，他們兩人就這樣隔著一段距離凝視彼此，那樣的專注，彷彿光從眼神中，就能感覺到對方此刻的心情。

當秒數僅剩最後十幾秒，每個過馬路的人腳步紛紛加快，秦海昀依舊站立不動，直到看見賀閔傑露出微笑，慢慢對她張開雙臂……

對方的舉動，讓她的腦海登時一片空白。

沒有思考，沒有意識，像被牽引似的，她終於移動腳步，一步步朝他走去。緩慢卻筆直，到他面前時，她甚至不自覺伸出雙手，就這麼走進了他的懷抱裡。

他們擁抱彼此，並且維持一段時間，直到她開口：「……靈。」

「什麼？」

「你不是曾經跟我說過……你可以當我的神燈精靈？」她的聲音細小無比，近乎蚊鳴，「那你能不能告訴我，我的未來會是什麼樣子？今後的我……過的是怎麼樣的人生？」

聞言，賀閔傑一陣靜默。

直到他擁著她的雙臂一用力，離開椅子的同時，他小小「嘿咻」一聲，將秦海昀整個人抱起，被一百八十公分的他抱著，秦海昀的雙腳登時騰空，她牢牢環住他的脖子，沒注意到旁人的異樣目光，就這麼安靜、溫順，像個孩子似的被溫柔擁抱。

「嗯……」賀閔傑仰望頭頂上的金黃色天空，認眞思考，「喔，我看到了，我們兔子未來的生活會變得越來越好。妳會開始碰到許多的人，會認識很多很好的朋友，那些人全都是善良的人，讓妳不會覺得孤單，而妳也擁有了自己的夢，過著充滿挑戰的日子，爲了喜愛的事物，妳每天都樂此不疲，就算偶爾覺得累，內心還是非常開心，非常滿足。」

秦海昀靜靜的聽，那樣深沉溫潤的低嗓，順著風輕柔撫過她的臉，傳遞到她耳中。

「然後，妳會再遇到某個讓妳心動，也爲妳感到心動的人，你們深愛彼此，只要在他的身邊，妳就覺得很快樂，沒有委屈，沒有傷心的事，雖然偶爾會吵吵架，鬧不開心，但總是很快就能和好，最後，他爲了妳準備一場浪漫的求婚，在很多人的祝福下，你們成爲一家人，生很多小貝比，妳會看著孩子一天天長大，成天跟在他們屁股後追著跑，看到他們在臺上唱歌跳舞，畢業時上臺領獎，每年母親節，他們對妳說媽媽我愛妳的時候，妳會哭得唏里嘩啦。而當孩子們終於長大，妳會看著他們結婚生子，過著被可愛的孫子孫女圍繞的日子。妳和妳的老伴，會在每天日落時手牽手一塊出門散步，一起回憶過去，回憶往事，一起走到彼此頭髮花白，變成老公公、老婆婆。」

賀閔傑眼神遙遠，微笑低語：「當妳的老伴先去了天國等妳，而妳也準備離開這世界的那一刻，看著所有圍繞在身邊的兒女和孫兒，回顧起過去的點點滴滴時，妳會是笑的，最後在心裡滿足的感嘆：啊，原來我這一生，是這麼幸福啊！」

秦海昀的淚水淌了下來。

視線早已模糊的她，就這麼在他的懷抱與溫柔話語中，靜靜的哭了。

從妹妹口中聽見的字字句句，當下沒有回應的她，在余學翰面前還能夠保持自然，直到站在這裡，看見賀閔傑的臉，那些宛如痲痺般的感覺漸漸褪去，整顆心與靈魂彷佛都被掏空，沒有痛覺，沒有重量，只有不見深淵的空蕩。

要是再不抓住些什麼，她害怕自己眞的會就這麼消失……

天橋上，他們一起凝望相同的風景。

擁抱過後，賀閔傑牽著秦海昀的手，帶她走上天橋。

當天空地平線的顏色越來越深，兩人的手仍輕輕牽著，在這樣放鬆的寧靜之下，秦海昀打破沉默：「貝先生……今天已經去過醫院了吧？」

「是啊。」

「那你的母親還好嗎？」

「嗯，很好，我離開的時候還睡得很安穩。」

夕陽落下的同時，照在他臉上的餘暉也變得更深，但他脣角的笑意，卻似乎變淡了些。

「兔子小姐。」他凝睇著日落，問：「妳知道全世界最寂寞的地方是哪裡嗎？」

秦海昀一頓。

「對我來說，就是在看得到這種景色的地方。」他的視線未移動一瞬，「十年前我離開這裡，一個人坐在機場候機的時候，從落地窗看出去的景色，就是在這樣最靠近夜晚的日落時分，夕陽慢慢融入在黑色的地平線之中，直到完全被吞沒，從此我就忘不了那樣的畫面，因爲那個時候，正是我覺得人生最灰暗，最悲傷，也是最絕望的時候，所以這十年來在異地，只要獨自看到這樣的日落，心裡就會有一種孤寂感，因爲常會想起當年在機場，看著自己離家越來越遠，而且不知道什麼時候才能回來的感覺。可是現在這麼看著，這種感覺倒是不深了，我想，除了是因爲回到這裡，有個人願意陪自己一起看，也是原因之一吧。」

「……」

「我相信以後的日子會變得更好，妳也是，雖然也許還是會有難過的事，但有個人可以分享，互相支持打氣，一起哭一起笑，知道自己不是一個人，就已經是最幸福的事了吧？所以可以遇見妳，我覺得很幸運。」他低頭注視她，和煦的笑，「今後，我們一起加油吧？兔子小姐。」

秦海昀久久無法離開他的眼睛。

賀閔傑的手多了些力量，將她冰冷纖細的手包覆住，她的心深深一顫，沒有開口，只是緊緊回握對方的手。忍住哽咽，卻忍不住湧進眼眶的淚。

下課鐘聲響起。

孟語璇走出教室，面對站在走廊的余學翰，面色陰沉的說：「你不是已經瞧不起我了嗎？又跑來找我幹麼？有話快說，我還要準備下一科考試。」

「妳放心，這是我最後一次來找妳。我也不想再跟妳吵架，只是有些話無論如何都想告訴妳，所以還是決定來了。」

「什麼話？不就是我大姊的事？我說過這是我們家的事，你沒有資格管。」

「你們家的事？」他眉頭微擰，「妳還有把妳姊當家人嗎？妳不是說早當她不存在了？」

「……」

「我這次來是要跟妳道歉，上次我不該那樣說妳。我是什麼都不知道，也完全不了解妳家的狀況，所以沒資格管你們的事。可是我想告訴妳，雖然我認識姊姊才幾個月，但我已經可以保證她是怎樣的人，她常會問我孟語新的事，同樣的，他一定也很關心妳，不然不會等妳兩個小時都還不走，所以妳說姊姊丟下你們，拋棄你們，我一點都不相信，一定有什麼苦衷，她才不得不離開你們，而且聽妳上次說的話，我覺得其實孟語璇妳知道爲什麼，對不對？」

她啞口，臉色更加陰沉黯淡。

「我很喜歡姊姊，非常喜歡，所以有好幾次，我都很羨慕妳跟孟語新，我希望妳們可以解開誤會，可以和好。因爲我認爲，如果妳眞的打算繼續用這種態度對待妳姊姊，將她永遠排除在外，總有一天，妳一定會後悔。」語落，余學翰低語：「我想說的就是這些，抱歉，不打擾妳準備考試了。」

余學翰走掉後，孟語璇沒有反應。

「我很喜歡姊姊，非常喜歡。」

「我覺得，其實孟語璇妳知道爲什麼，對不對？」

她握緊拿在手中的書本，靜靜繼續杵立在走廊上，直到鐘聲再次響起。

幾日後，秦海昀洗完澡回到房間，就接到余學翰的電話。

「段考結束了？還可以嗎？」她關心。

「還好啦，雖然考得很痛苦，但我想應該可以比上一次好一點點……吧。」

秦海昀微笑：「辛苦了，可以暫時放鬆一下。」

「嗯。」他應聲：「還有……姊姊，我有件事想告訴妳，其實在前幾天，我有去找孟語璇說過話，爲上次我說的那些話向她道歉，雖然我不知道她有沒有接受，但我想，之後我們也應該不會再有什麼交集了，不是討厭她，而是我認爲，她不會想再見到我，所以我也對她說了一些自己的感覺，我告訴她，我喜歡姊姊，所以我相信妳，一直相信妳。」嚥嚥口水，接著開口：「我知道，我小妳很多歲，我原本想妳只是把我當小孩子，應該再過不久就不會想理我，可是妳一直對我很好，而且也是第一個支持我夢想的人，跟姊姊在一起，我覺得很開心，也很自在。之前跟妳一起去牛排館，聽到妳跟妳的朋友說，我是妳的朋友的時候，那時我眞的好高興，從來都沒有覺得這麼開心過，而且就連對孟語璇，妳也是這麼說，我很感動，可是自從聽到孟語璇說了許多妳的事，我就一直很在意，覺得很生氣，很難過，甚至開始會想保護妳，不想讓妳受傷，覺得自己……沒有辦法丟下姊姊不管，不想讓妳那麼孤單。」

他用有些緊張的低啞嗓音，緩慢的說：「我想我……是眞的很喜歡姊姊，已經不是對朋友的那種喜歡，而是……眞的對姊姊心動的，那種喜歡。」

話筒裡的句句告白，讓秦海昀的思緒停止了運轉，還可以聽見少年不穩的呼吸聲。

「謝謝你。」良久，她開口：「我也很喜歡你，我很高興可以遇見你，謝謝你一直陪伴著我，不管過多久，我都會一直支持你的夢想，就像你一直相信我一樣。」闔上眼，她輕輕的說：「可是，學翰，『沒辦法丟下一個人不管』……這樣的感情並不是愛情。你對我，其實只是心疼，覺得捨不得，沒辦法棄我於不顧，而不是需要。」

語畢，她就沒再聽見少年開口。

走到這一步，她知道自己其實可以將男孩的心意深深放在心裡就好，可是她選擇用這種方式回應他，傷害妹妹之後，現在連余學翰，她也一併傷害了。

她開始覺得漸漸能夠看清自己，所以知道自己並沒有這麼好，沒有他們說的這麼善良，爲了某個重要的人，她也能不惜傷害另一個人，辜負別人的眞心。若因此被討厭，被憎恨，失去了對方，她也願意承受。

但這一夜，這一刻，少年對她說出口的這些字字句句，她永遠都不會忘記。

即使是到下輩子，她都會記住。

醫院的味道，隨著這幾個月的每日進出，賀閔傑已經完全習慣。

從冷冽轉為溫暖，到開始有些炎熱的氣候，季節無聲的轉換，只有這間病房裡，彷彿停留在相同的時間裡，不曾轉動。

背起肩包，準備離開醫院，賀閔傑一如往常，在病床旁俯身告訴母親，那句每天都會說的話：

「媽，我走嘍，明天見。」

當他習慣性的幫她將被子拉好，微笑望望母親的臉，卻在瞬間笑意凝結，停止心跳。

久久沉睡不醒的賀母，在微弱燈光下，緩慢的撐開了雙眼。

23

「你愛不愛我？」

將頭髮盤起，露出纖細後頸的女人從鏡中凝視自己，而不是看著站在她身後的十二歲小兒子。

她耳垂上的金色耳環，在透進房間的陽光下閃閃發亮，那雙深褐色眼眸卻黯淡無光，平靜無波，像是剛看見這世上最寂寞的景色。

男孩點頭，回：「愛。」

「和『另一個媽媽』比呢？」她又問，「你比較愛她，還是我？」

「……妳。」他低語：「我只有妳一個媽媽。」

女人笑了。

那是在男孩記憶中，母親對他笑得最溫柔的一次，但他怎樣都忘不掉母親那時的眼神，比全世界的任何一個人都還要悲傷的眼神。

「閔傑。」最後，她輕輕的說：「你回來了。」

賀閔傑衝去叫醫生時，內心激動到幾乎吐不出完整的話語。

一接獲賀母甦醒的消息，賀閔喆也火速趕到醫院，一看見弟弟就抓住他喘吁吁的問：「媽沒事吧？

你有跟她說什麼嗎？」

「沒有，媽一醒來，我就馬上去叫醫生了。」

「那她有沒有跟你說什麼？」

搖頭：「媽沒說話，看起來還很累的樣子，醫生問話，她也沒有回答。」

他們看著醫生爲母親做檢查，從睜開眼睛的那一刻，賀母的目光始終停留在賀閔傑身上，不帶一絲表情，就算大兒子閔喆跟她說話也是一樣，像是要把賀閔傑的臉完全刻印在瞳孔中，永遠的看著。

「媽，妳有聽到我說話嗎？」面對遲遲沒反應的母親，賀閔喆最後也注意到她不變的視線，於是望了弟弟一眼，這時賀閔傑緩慢走近病床，帶著忐忑不安的心情，強忍不穩的聲音對她說：「媽，妳認得我嗎？我是閔傑，我……回來了。」

賀母不發一語，但凝睇他的眼睛逐漸泛紅，甚至出現了一抹淚光，胸口起伏也比方才明顯了些。

賀閔喆對弟弟溫和道：「抱歉，閔傑，你可以出去一下嗎？哥有些重要的話想跟媽說，等等我再叫你進來，好嗎？」

「好。」他頷首，再望了眼母親就步出病房。

長廊上，他呆立於窗前，直到逐漸回神，雙眸也被刺得又熱又痛，交織在胸口的狂喜感動，讓他瞬間被濃烈酸楚淹沒，無法喘息，甚至不敢發出聲音，深怕一哽咽，眼淚就會潰堤，止不住哭泣。

等到好不容易稍稍平復心情，賀閔喆也從病房出來，他握著弟弟的手臂，眞摯的說：「謝謝你，因爲有你的照顧，媽終於能平安無事的醒來。不過閔傑，既然媽醒來了，我就必須通知所有人，到時所有親戚一定都會到醫院來，可是剛才你也看到了，媽的模樣有點不對勁，不說話也沒反應……我明白現在說這些對你很不公平，但從今天起，可能還是要請你暫時先別到醫院來，迴避一陣子了，等媽的狀況好一點，至少肯開口說話，我再讓你們見面，否則這樣讓你面對那些人，尤其叔叔嬸嬸那邊，你的立場會很難堪，我也不好解釋，只要等到媽願意向大家表態，一切就沒事了，而且我相信誰都不會有異議，到那個時候，你就可以名正言順的回家了。」

他加重握住弟弟的力道，認眞懇求：「你可以答應大哥嗎？」

賀閔傑怔愣好一會兒：「好，那我可以再進去看一下她嗎？跟媽說一聲，我就回去。」

賀閔喆搖搖頭，苦笑：「媽看起來還是非常累，我出來前已經又睡著了，所以還是先算了吧！你放心，等媽的情況變得更穩定，我馬上聯絡你，所以這段期間你就好好休息，先不要來醫院，知道嗎？」

「嗯，我知道了。」

「對不起，委屈你了。」

「不會啦，你別這麼說。」

「你有發現媽剛才一直看著你吧？」賀閔喆問，「爸走了之後，我就沒再見她哭過，但你一離開病房，媽就掉眼淚了，我想她應該到現在都還不敢相信你眞的回來了吧。若媽這次可以順利出院，你就能跟著一起回家，那麼我這些年來的遺憾，總算可以放下了。」

賀閔傑露齒一笑，對方的話，讓他無法再抑止眼角的淚，顫抖哽咽：「哥，謝謝你。」

離開醫院後，賀閔傑覺得飄飄然，彷彿還在做夢。

那天是週六，他固定和秦海昀見面的日子，因爲賀母的事，與她約定的時間稍微耽擱了，因此立刻趕往天橋。他迫不及待的越過斑馬線，看到秦海昀已站在對街，更是加快步伐，奔到她面前時什麼話都沒說，一把抱住了她！

秦海昀在他懷裡一時怔愣，動也不動：「貝先生，你怎麼了？」

他氣喘吁吁，臉上完全藏不住喜悅，放開她：「我媽醒過來了！」

見他興奮到連雙頰都紅了，秦海昀也不禁被他的情緒感染，有些感動：「恭喜你，貝先生。」

「剛剛在醫院處理我媽的事，所以遲到了，抱歉。」

「沒關係，你的事比較重要，這樣的話，表示你母親的狀況已經好很多了吧？」

「嗯，我原本還很怕她不能醒過來，這下終於放心了，接下來應該就要等我媽出院的那天，我才能去見她。」

「要等出院？」

「是啊，我媽昏迷這段時間是我負責照顧，她醒來後換我哥顧，所以我暫時不用到醫院去，等到一些『事情』解決了，我才能再去見她，就像我曾跟妳說的，我跟我媽的關係比較複雜一點，沒辦法想見的時候就見。」語落，他低眸深深看她，目光柔和，「也許有一天，我會把這些事都告訴妳吧。」

他的笑容與凝視，讓秦海昀的心房隱隱一顫，無法從那雙倒映著餘暉的清澈眸中離開。

曾幾何時，每個禮拜固定一次的見面，對她來說已經變得不夠。

每當夜一深，踏出公司的那一步，她第一個想到的就是他的臉。越是疲憊，越是想閉上眼睛的時候，那張被暮色照亮的笑容就越清晰。

她希望想聽他聲音的時候就聽，想見他的時候就見，而不是只能在天橋這兒碰碰運氣，猜測下一個從對街走來的人會不會是他？連現在已經在對方身邊，都還會想著他。

「這個看起來好好吃。」剛端上桌的菜餚，讓賀閔傑滿心期待，嚥下第一口，不經意望向在身旁默默吃乾麵的秦海昀時，他拿起餐巾紙溫柔擦拭對方的唇角，眼裡滿滿的笑：「呵呵，看看我們兔子，嘴角沾到醬嘍，真不像是平常謹慎的兔子小姐。」這種近似寵溺的舉動與口吻，使秦海昀登時一僵，甚至呼吸停滯，心情佳的賀閔傑繼續將碗裡的飯吃得乾乾淨淨，不覺有異。

忽然，秦海昀似乎可以明白之前和余學翰吃飯，她做出相同舉動時，對方突然臉紅的原因了。

用完晚餐，兩人在精品店逗留一些時間，然後在天橋下吃碗豆花，等公車時，賀閔傑向她提出找一天出去遊玩的邀請。

「這幾天不用去醫院，時間變多了點，所以我想趁這時候去一些地方走走，拍拍照。妳要不要一起去？這一兩週天氣應該都不錯，一起去踏青，放輕鬆一下，好不好？」

她先是遲疑，吶吶：「這樣……好嗎？」

「什麼？」

「總覺得假日都是我在霸占你的時間。貝先生每週六下班，還要跟我見面，要是再占用到你其他時間，會不會害得你沒辦法和其他朋友見面？」

「不會啊，沒這回事，老實說一個禮拜見妳一次，我還覺得不太夠哩，因爲每天一有什麼事發生，我都會想告訴妳，只可惜現在平日下班，巧遇妳的機會沒之前多，妳平時也常加班，不好意思天天打電話吵妳。至少我是喜歡跟妳在一起的，所以不會這麼認爲。」他望著剛進站的公車，低喃：「我原以爲妳可能也跟我一樣……」

秦海昀覺得好像聽見自己的心跳聲。

她抬頭望向對方的臉，剛好對上那雙眼睛，又下意識的將目光移開。

秦海昀臉上的緋紅，讓賀閔傑一時怔了，仔細回顧自己剛才吐出的話，連忙想說些什麼來化解尷尬：「我的意思是……之前上班以外的時間，我主要都在醫院，跟學生在一起的時間反而比較長，而且我朋友平時也在忙，通常要等到休假我才能見到他，所以不會有妳占到我時間……這種困擾。」

聞言，秦海昀不語，只是點頭。

在一片沉默中，她的公車來了，她上前一步，在開口和賀閔傑道別前，公車到站的那一刻，她停止猶豫，回頭面對他的臉：「貝先生。」

「嗯？」

她抿抿脣，深呼吸，凝視他的眼：「我和你一樣。」

沒等他反應，她又快快說了聲晚安，匆匆坐上公車。

車子一開走，賀閔傑仍沒即刻回神，直到終於聽懂那句話的意思。

「我原以為妳可能也跟我一樣。」

腦袋思路停頓之際，他的顏面溫度不減反增，就這麼繼續呆站，連錯過公車都渾然不覺。

「喂，吳棠聖！」

清晨六點，賀閔傑猛搖躺在他房間床上的人：「阿聖，起來啦！哪有人一過來就直接睡覺的？起床！」

「靠夭喔，也不想是誰這時候把我叫來的？老子我值一個晚上的班，現在睏得要死，下了班還不能回家，得來聽你講一堆有的沒的五四三，滾啦，先讓我睡兩小時！」吳棠聖翻身將頭裹在被窩裡，卻還是繼續遭對方騷擾：「反正你今天休假，又沒什麼關係，我幫你買永和豆漿了，先起來吃再睡，快快快！」

睡眼惺忪的吳棠聖，掀開被子看到那張笑嘻嘻的臉，更加火大，氣得直接將坐在床邊的他一腳踢到床下，才心不甘情不願的起床，臭臉走到客廳。

賀閔傑摸摸屁股跟在後頭吃痛的說：「身為人民褓母，火氣怎麼那麼大咧？我只是太久沒見到我兄弟，想跟你聊個天嘛。」

「人民褓母？下班對刁民就不用客氣了啦！我還不了解你嗎？你每次只要發神經就直接打來鬧，從不看時間場合，之前半夜接你的國際電話都接幾次了？」他一屁股坐在沙發，不耐煩的打開早餐，「怎樣？跟幫你撿到履歷表的女人有進展了是不是？」

「我什麼都還沒說耶！」賀閔傑瞠目。

吳棠聖嗤的冷笑：「老兄，從以前到現在，只要是關於你媽和女人的事，你就跟失心瘋沒兩樣，上次你找我是因為你媽醒來，這次就不用問了，光看到你那噁心的思春笑容，我就已經快吐了。」

「我明明就很正常。」他摸摸兩邊嘴角，確定自己現在沒笑。

「對方多大？」

「小我三歲。」

「長得怎樣？個性？很會打扮嗎？」

「嗯……算是清秀型，感覺沒化什麼妝，穿得也很一般。個性很靜，非常有禮貌，很沉穩的一個女生。」

「至今為止有沒有花你的錢？要你買東西給她？」

「怎麼可能？每次我說要請她吃東西，她都會很緊張，就算請了也堅決下次請回來，更別說買東西給她了。」發現好友視線投來，他不解：「幹麼？」

「好像跟你以往交的女友類型不太一樣嘛。」

「她不是我女友啦，你這次好奇心怎麼這麼重？」

「幫你確認對方是不是『公主』啊。你難道不曉得你從以前開始就是『公主製造機』？對方明明幼稚難搞你還照單全收，讓她們花光你的錢就跟呼吸一樣輕鬆，你就是專門培育出這些女人，結果不是被甩就是被劈腿！」

「幹麼這樣？」

「她們不都是會問你『我跟你媽同時掉進海裡，你會選擇救哪個』的那型女生？就因爲你每次都老實說救你媽，所以才會被甩，雖然你很寵女友，但拜託看女人的眼光也好一點，找個懂事的，不要人家一追過來你就什麼都好，到現在還要我教你這種事，簡直丟我們男人的臉！」

雖然賀閔傑想反駁，但不敢招惹因睡眠不足而火氣正旺的吳棠聖，只能默默安靜喝豆漿。

「她叫什麼名字？」

賀閔傑頓了一下：「……不知道，我都叫她兔子小姐。」

「什麼意思？」

「我還不知道她的名字，因爲幫她撿過兔子布偶，我就叫她兔子，本名我還沒問過她。」

「賀閔傑，你在開玩笑？」他傻眼，「連對方名字都不知道，你這幾個月到底都在幹麼？」

「我也不是故意的嘛，只是綽號叫習慣，我就自然忘了本名這回事，不過她一直都叫我『貝先生』，所以應該也不知道我的本名吧。你沒講，我還沒發現這個問題。」

「奇葩！」吳棠聖由衷佩服，「兩個奇葩。」

「欸，別這樣，她眞的是個好女生，當知道我平常都吃外食，有一次親手做便當給我，便當喔，蔬菜魚肉連水果都有的那種便當喔！她不太擅長表達感情，不過眞的很體貼細心，而且她跟我一樣，和家人的關係都有些複雜，但一直都很堅強獨立，你擔心的那幾點，在她身上都看不到，放心好了。」

「你說的這麼好，下次拍張照來給我看看吧，不然約出來認識一下也可以，我親眼看到才準。」

「喔，好啊——」賀閔傑忽而停了半晌，搖頭改口，「還是算了。」

「為什麼？」

「因為她真的很好，要是你跟她相處過後喜歡上她，那該怎麼辦？」

「你在講什麼鬼話？你忘了我已經有女朋友了是不是？」

「不要，還是不要。」

吳棠聖啞然失笑，睡意全消，興味的問：「嘿，賀閔傑，你病得不輕耶，你就這麼喜歡那個什麼……兔子小姐？那對方咧？不會說了半天，就只有你一個在自作多情吧？」

「我想……應該不是，但也不敢確定。」回憶前一晚她在公車亭說的話，再回顧至今與她相處的種種，他咬住吸管，低低的說：「不管怎樣，我現在就只有『想對她好』的這個念頭。」

吳棠聖撇撇嘴角，輕哂：「喜歡就喜歡，講這麼多。等搞清楚對方心意再說吧，我可不想某天半夜又接到某人的失戀電話。」往沙發躺靠時，他又想起一件事，「你大哥還沒打給你嗎？」

「沒。」

「連給你一個大概的時間都沒有？」

「嗯。」

「這樣誰知道狀況怎麼樣？你媽到現在還是不肯說話？」

「不清楚，我前幾天有打給我哥，但他沒接，後來回訊說他臨時到新加坡出差一個禮拜，現在是我大嫂在照顧我媽，所以詳細情形得等他回來再說。」語畢，他注意到好友的沉默，問：「怎麼了？」

「沒什麼，突然不太爽快而已。」吃完早餐，吳棠聖點起一根菸，「你都這麼講了，我也不好說什麼。既然這段期間你不能去醫院，乾脆把時間花在你的兔子身上，我認爲還比較値得。」

賀閔傑莞爾：「我想也是，說不定跟她在一起的這段時間，就有好消息了。」

「眞不曉得你爸遺傳給你的這種樂觀個性，到底是愛你還是害你？」吳棠聖含了口菸，再緩緩吐出，不帶一絲表情：「有時候，我還寧可你『見色忘親』一點。」

24

週五這一天，天氣灰濛濛。

由於秦海昀和賀閔傑的上班時間不同，經過討論，兩人決定安排一日休假，到九份去走走。

秦海昀多年前與劉育森來過一次，之後便沒再來過，因此對這裡的印象並不深，雖然不是假日，但人潮依舊滿滿，觀光客隨處可見。

他們踏上以三百多個石階堆砌成的豎崎路，座落在一旁的茶樓和掛起的紅色燈籠，讓整條街景顯得古典風雅，秦海昀每踏上一層石階，視線就多停留在建築上幾秒，舒適涼爽的風吹得她渾身放鬆，心曠神怡。

這條路他們走走停停，賀閔傑沿途快門按不停，一會兒拍優雅坐在茶館門口，完全不怕生的貓咪，一會兒又多登上幾階，從高處回頭朝整條巷弄拍，直到有點喘了才終於放下相機：「完蛋了，是我最近吃太多嗎？還是太久沒運動？居然有種體力大不如前的感覺。」他笑了笑，「兔子小姐會不會累？」

「不會。」秦海昀與他僅隔一個石階時，賀閔傑朝她伸出手，秦海昀頓了頓，默默把手放在他手心，和他一起走完石階，之後兩人逛到九份老街的一間著名芋圓店，一邊吃熱騰騰的芋圓，一邊坐在店內遼望遠方山頭與海景。

「雖然說出來玩，放晴是最好的，但又聽說下雨的九份才美。只是看這樣子，下雨的機率好像不會太高。」賀閔傑瞧瞧淺灰色的天空，「等吃完午飯後回板橋，下午的時間都是妳的，妳想去什麼地方？」

聞言，秦海昀停止咀嚼，茫然：「我？」

「嗯，九份是我說想來的，但之後我想到妳想去的地方，哪裡都可以，我奉陪。」

她沉默，在對方專注的凝視之下，慢慢開口：「書店，我想去買幾本書。」

雖然不是在哪個觀光景點，但這個回答反而讓賀閔傑微笑起來：「好。」當他托腮繼續凝睇她，又漸漸想起了一件事，於是問：「兔子，妳的生日是哪一天？」

「十月三號。」她抬眸，「怎麼了嗎？」

「沒什麼，只是我最近才發現，我居然還不知道妳的本名叫什麼，妳應該也只知道我姓貝吧？」看到秦海昀呆掉的臉，下一秒亟欲開口的樣子，他馬上笑著阻止她：「沒關係，沒關係，妳先不要告訴我，我剛才原本打算問妳，可是突然間又想晚一點再知道，所以，乾脆就等到妳生日那一天，我們再告訴對方名字，保持點新鮮跟神祕感，嗯？」

此刻也才終於意識到這件事的秦海昀，當下一陣木然，與賀閔傑兩人互望許久，忍不住掩嘴笑了起來。捕捉到她這抹笑容，賀閔傑眸光一深，問：「妳平時常拍照嗎？」

她搖頭。

「要不要拍拍看？」他把相機拿給她，教她操作，「快門在這兒，焦距則在這裡調整，試著拉近看看。」

舉起他的單眼相機，秦海昀發現意外的重，將鏡頭瞄準賀閔傑時，他馬上在下巴比了個七，挑眉：「來吧，幫我拍帥一點！」

秦海昀笑了出來，幫他拍下幾張鬼臉照，然而換賀閔傑要幫她拍時，秦海昀卻顯得無比侷促，無法聽到笑一個的指令，就對鏡頭笑得自然，反而僵硬又手足無措，那副模樣讓賀閔傑忍俊不禁，最後一個快門也沒按下，就放下相機。

吃完芋圓，他們又到觀景臺繼續看風景，等到賀閔傑拍過癮，將九份所有景點都走過，便回到臺北，逛完書店已是四點多，從早上逛到下午的兩人，去吃了點下午茶順便歇息。

賀閔傑從玻璃窗朝附近的郵局望去，放下飲料道：「兔子，我去一下對面的郵局，馬上回來。」

「一起去吧？」她立刻放下叉子。

「不用不用，我只是要去看看那邊有沒有明信片，寄給我在洛杉磯的朋友，妳慢慢吃沒關係，我很快就回來！」他起身離開店裡。

秦海昀隔著窗目送他，鬆餅吃完，對方還沒回來，她趁這空檔拿出剛才在誠品買的書翻閱起來。

當賀閔傑終於回來，站到店門口，發現秦海昀正在專心看書時，微微莞爾了一下，就在這時一時興起，他拿起掛在頸上的單眼相機，瞇起一隻眼，將鏡頭瞄準她。

綁著中馬尾的半側臉，小小的臉蛋，斂下的眼睛，恬靜的神色，她身邊的氛圍看起來都變得寧靜。賀閔傑對好焦距，即將拍下她的那一刻，突然間，他沒再動作，遲遲沒按下快門。

幾秒鐘後，秦海昀目光不經意一動，發現他就站在玻璃窗外，拿著相機呆滯的盯著自己，她微愣，正要起身，對方卻緊張的伸手制止，要她別出來，接著再一臉歉然的用嘴型和手勢告訴她，請她再等他二十分鐘，下一秒，就一溜煙的跑不見了。

他莫名激動的模樣，讓秦海昀愕然，當下不解是出了什麼事，納悶之餘，卻還是聽他的話，默默坐回原位，繼續一邊等他，一邊看書。

賀閔傑以最快的速度衝回家裡，奔進房間，開始翻箱倒櫃，將所有相簿一本本翻過，再把存放其他照片的盒子一個個打開，快速瀏覽每一張，翻完之後，又跑到貼滿照片的一面牆前，從上到下仔細看過每一張，直到視線定格在其中一張上頭。

他全神貫注在照片裡頭的身影，然後小心翼翼的將它摘下，木然細看了許久，一動也不動。

當他回去，秦海昀已經背著包包，直接站在店門口等他，發現他像跑完馬拉松喘吁吁的樣子，她好奇：「貝先生，發生什麼事了嗎？」

賀閔傑先是盯著她的臉，最後噗到不禁笑了出來，什麼也沒說就將她拉進懷裡緊緊擁抱，幾乎完全貼在他胸前的秦海昀，連對方此刻的強烈心跳都感受得到。

「嘿，兔子，我問妳。」他沉啞嗓音裡掩不住濃濃欣喜，「妳相不相信有上帝？」

聞言，秦海昀怔了怔，吶吶回：「……我沒有想過這個問題。」

他又笑了，虛脫似的閉上眼睛，將額頭靠在她肩上，像在歇息。

「我喜歡妳，兔子。」賀閔傑說，眸裡一片幸福與滿足，「我父親還在時，老是跟我說，這世上每件事情的發生，都有它的意義。他是個虔誠的基督徒，不管什麼事，他永遠都會說是上帝的安排。從前我沒去深思，但我現在回顧，發現有些事情已沒辦法用『巧合』和『際遇』就能解釋的時候，我終於能明白他的話了。不管這麼安排的理由是什麼，我現在只覺得很開心，非常開心。」語落，他加重擁她的力道，感激似的嘆息：「可以遇見妳，眞的太好了。」

秦海昀的思緒靜止。

雖然不明白賀閔傑爲何會突然說出這些話，但這段告白還是讓她久久回不了神，直到胸口再度傳來一陣心跳，不是來自對方，而是來自自己，她的眼眶漸漸溼了。

不見夕陽的這日，賀閔傑的話，讓秦海昀看見比日落更溫暖的顏色，照亮眼前的路，點亮接下來的方向，不再不見終點，也不再是別無選擇。

這一次，是她自己想要往那裡走。

電話再度轉到語音信箱。

從賀閔喆告知賀閔傑到新加坡出差，已經過了一個禮拜，當賀閔傑再次主動打給他，不是沒人接，就是轉進語音信箱，結果將近一個月，他都無法聯繫到哥哥。

他起初疑惑，畢竟賀閔喆從不是會忘記回覆的人，因此曾想過對方是不是發生什麼事？但他認爲應該是賀閔喆眞的太忙了，若這時硬要找人，說不定反而造成對方困擾，只能換個角度想，沒有消息也算是一個好消息。當吳棠聖幾次問起，賀閔傑也都是這麼告訴他。

他應付得了內心疑惑，卻壓抑不住思念母親的心。他想知道母親是否無恙？身體有否好轉？更重要的是，這段日子裡她是否有想到他？想不想念他？

這些疑問與擔心，都讓他惦記掛念，每想起一次，思念就多添一分，自心底匯集，直到滿溢。最後，在賀閔喆允許前，他終於決定偷偷去看母親。

他選擇某個上班日，應該很少人會去探病的時間到醫院，卻在站在病房門口的那一刻，陷入遲疑。他其實很忐忑，不曉得這扇門後除了母親，是否還有其他親人在，如果有，而那人不是賀閔喆，那麼之後引起的問題，必定會給賀閔喆造成麻煩。但即使掙扎猶豫，他還是想見母親一面，要是眞碰到了，就隨機應變，別把賀閔喆牽連進來就好。

斟酌過後，他鼓起勇氣敲敲門，發現沒人回應，再輕手輕腳進入病房，裡頭燈熄著，只有隔著窗簾透進來的天光，沒有人在裡頭。

一段記憶，隨著雨聲，再一次被喚醒。

賀閔傑鬆了口氣。

悄聲走到病床旁，賀母正在休息，睡得很沉，不知是否太久沒看到對方，他發現母親的氣色比之前好很多，而且已經不需要再插氣管，放心之餘，他坐在母親身旁，希望她能張開眼睛看看他，卻又不忍心叫醒她，在一片寂靜中，他看見窗簾細縫裡閃爍著雨光，也許是室內過於昏暗，藏在他心底最深處的一段記憶，隨著雨聲，再一次被喚醒。

「我只有妳一個媽媽。」

他不自覺陷入回憶，直到一陣門把轉動聲傳來，使發呆許久的他瞬間一驚，完全忘記自己不能待太久，就算連忙起身，也已經來不及，一抹身影緩緩走近，看見賀閔傑時，停下了腳步。

那人不是賀閔喆，卻有張與賀母極為相似的五官。

他一身整齊的黑色西裝，沒有賀閔喆的隨和，反而有點不苟言笑，他凝視賀閔傑，以低沉無比的聲音問：「你是誰？」

縱然十年不見，賀閔傑卻還是認出了對方來，於是深呼吸，嚥嚥口水，冷靜的應：「二哥，好久不見。」

聽到他對自己的稱呼，賀閔成微微瞇起眼睛，似乎想在這不太明亮的空間中看清楚對方的臉，良久，他開口：「……你是閔傑？」

「對。」

賀閔成不語，隨即走向病床，賀閔傑立刻要將位子讓給他，對方卻說：「你坐吧，我站著就行。」

賀閔傑怔了怔，默默坐回去，對方站在他的左後方，與他一起面向母親，直到對方打破沉默：「你是怎麼知道媽的事的？大哥告訴你的嗎？」

他鏗鏘有力的語氣，有著令人敬畏的嚴肅，讓賀閔傑莫名緊張，無法去思量如何回應才最爲恰當：「嗯。」

「暫時回來的？」

「不是，我已經搬回來住了，目前在臺北上班。」

「喔？」他眉頭微挑，「這麼說的話，你應該已經回來一段時間了？我回家時沒看到你，你是一個人住在外面？」

「對，不過，我是瞞著大家回來的，因爲聽說媽的身體不好，所以才回來看看，並沒有回家的想法。」

聞言，賀閔成看他一會兒，將手放在他緊繃的肩上：「別那麼緊張，放輕鬆點，我只是太久沒見到你，才會忍不住多問一些事。既然你是瞞著大家回來，那我就不會把見到你的事告訴其他人，包括大哥，所以跟我說話你不需要這麼小心。」

對方敏銳看出他的顧慮，而且態度也算友善，讓賀閔傑心頭一顫，也有點受寵若驚，稍稍放下懸在胸口的大石頭，雖然他與賀閔成不太親，沒說過什麼話，但也知道向來嚴謹寡言的二哥，從來就不是會到處亂說話的人，有他的保證，賀閔傑著實放心不少。

「回來多久了？」

「再一個月就半年了。」語落，賀閔傑回頭，「聽說二哥現在在澳門？」

「嗯，接到媽醒來的通知，我昨天才有辦法回來一趟，下星期就會走了。」他雙手插入口袋，「大哥這幾年都有跟你聯絡？」

他點頭：「一年內大概兩次。」

「是他叫你回來，還是你自己想回來？」

賀閔傑猶豫片刻，「其實……都有。」他抿抿脣，回應：「不過一開始是大哥希望我回來的。」

對方循序的提問，讓警戒心已沒那麼高的賀閔傑，漸漸願意對他吐露一切，包括賀閔喆要他回來的理由，以及賀母在昏迷前說的話，還有在母親醒來前的那幾個月，是他天天來醫院照顧母親。

靜靜聽完弟弟的話，賀閔成沒什麼明顯反應，神情也不變：「是嗎？」他淡然問：「大哥說媽想再見你一面？」

「嗯。」

賀閔成脣角漾起一抹若有似無的笑，低眸凝望母親的臉，又伸手拍拍他的肩，「辛苦你了。」

「不會，二哥。」

「他還沒跟你聯繫？」

「目前還沒。」

「所以，媽到現在還沒見到你吧？」他問：「你會一直留在臺北，還是等媽醒來後，就回洛杉磯？」

賀閔傑這次沒有回答。

見弟弟沉默不語，賀閔成沒再追問，只是說：「妳二嫂去買水果，等等也會過來，可能還有其他親戚，如果你不想被他們看見，還是不要多留比較好。」

這番話提醒了賀閔傑，於是離開椅子，拉好包包：「好，謝謝，那就麻煩二哥……幫我保密我來這裡的事，我先走了。」

賀閔成淺淺微笑：「路上小心。」

離開醫院後，賀閔傑覺得思緒渾沌。

突然與二哥重逢，讓他緊張之餘，仍有點餘悸猶存，卻也不至於擔心會被賀閔喆發現，他想知道究竟何時才能和母親見面，無奈依舊聯繫不上大哥。

他覺得越來越困惑。

過了一個禮拜，週日晚上，賀閔傑回家前又忍不住繞去醫院看看。這一次，他買了點水果和母親喜歡的百合花，幸運的，這次母親病房裡也沒別人，趁著母親熟睡，他躡手躡腳的將水果放在桌上，進洗手間將花瓶洗乾淨，裝好水，將百合花插進去，準備放到病床旁的矮櫃子上。

「……誰？」

一道孱弱的女嗓音，讓賀閔傑倏的定格。

躺在床上的賀母，不知何時已睜開了眼，與他對上視線時，他的心跳幾乎停止。

賀閔傑欣喜無比，甚至激動到有些鼻酸：「媽，是我。」他立刻說：「我是閔傑！」

賀母當下一動也不動，只是茫然注視著他，賀閔傑繼續道：「媽，妳好一點了嗎？還有沒有哪裡不舒服？我買了點水果，我切一點給妳吃，好嗎？」

面對小兒子的關心，賀母仍舊沒有反應，也沒有表情，只是緊緊盯著他。

當賀閔傑發現她嘴唇微啓，似乎想說些什麼，並且舉起了手，立刻俯身靠近，以爲她想要牽他的手，卻發現對方伸出食指，指向了他：「……出去。」

賀閔傑的笑容瞬間凝滯。

「我不要看到你。」賀母呼吸急促，氣若游絲，渾身顫抖得厲害，「這輩子……我這輩子……一直到死，都不想再看到你的臉，別再讓我見到你，你離我遠一點，遠一點！」說到激動處，她開始咳個不停，聲音也高拔尖銳了起來：「從我眼前消失，快點消失！」

賀閔傑震驚的呆在原地。

他動彈不得，直到見母親的臉色越來越慘白，抓著胸口喘不過氣，甚至抽搐，才連忙叫了醫生。

他站在房門口，發現許久不見的賀閔喆趕來，茫然的才剛開口喚他，立刻就被臉色鐵青的賀閔喆大吼：「不是叫你不要來嗎?!」然後就被用力推開，賀閔喆直接進房探視正在急救中的母親，將他徹底隔絕在外。

接到賀母的狀況，幾位在臺北的親戚也前來探視，他們一個個在病房內進進出出，完全沒注意到坐在另一區座位的賀閔傑，待時間一晚，才紛紛離去，長廊回到一片靜謐。

當一道腳步聲朝賀閔傑靠近，最後在他面前停下，賀閔傑才慢慢抬起低垂許久的眼。

「還好嗎？」賀閔成問。

他頓了頓，這才意識到母親的病房已經安靜下來：「媽她……現在……」

「沒事了，你放心。」

賀閔傑的喉嚨乾涸，張著口，卻怎樣都無法再發出聲音，只能繼續盯著地板，深陷空白。

「媽看見你的反應，和你想像的不一樣吧？」賀閔成問：「你是不是以爲，她會很開心的歡迎你？」

他一凜。

「你現在應該已經明白，你被大哥騙了吧？」那平靜的語調，不帶一絲多餘情感，「說媽想在臨終前見你一面，希望你回來，這些全都是謊言，賀閔喆只是想利用你，等到東窗事發的那一天，再把你一腳踢開，將責任全部丟給你。他絕不會跟媽說是他要你回來，而會說是你自己硬要回來。明知媽根本沒有接受你，他怎麼可能敢故意這麼做，惹媽生氣？理由只有一個，那就是他想表現給媽看，卻又不想天天照顧不知何時才會醒來的媽，你大哥這人心思縝密，什麼狀況都會考慮，所以不是請不認識的外人照顧，而是找你，因爲他知道，現在在這個家中，會無條件全心全意爲媽付出的人，就只有你一個。從前你是不得已離開家，他知道你想回來，就編出一套謊言，好好的利用你，讓你可以無怨無悔的替他照顧媽。」

賀閔傑呆若木雞。

「一直以來，照顧媽的一切起居都是他，因此媽最依賴的也是他，只不過他這樣討好媽的目的是什麼，我們這些兄弟其實都很清楚。在媽這次病倒，隨時都有可能會走的情況下，他就更必須在媽身邊寸步不離，讓媽更信任他，至少願意將家裡的事業交給他。不管媽會不會走，那都不是他眞正關切的，他只想在所有人面前好好表現到最後一刻，媽沒事，他就繼續對媽邀功；若媽走了，念在媽生前對他的看重，他在賀家更可以走路有風。他要你來照顧媽，又不能讓家裡的人知道，給你的理由是擔心親戚們會有聲音，事實上，是他自己不想惹出麻煩，若媽哪天醒來，從別人口中知道是他叫你回來，還讓你照顧她，你想，媽有可能再信任他嗎？」

聽到這裡，賀閔傑已經沒有辦法思考，只能傻傻看著二哥的臉。

「你眞以爲你大哥是個善良無比的好人？」賀閔成淡漠的面容中，有一抹輕淺的笑，「他比誰都會演戲，從以前開始就是這樣，在誰面前都會裝好人，只是你那時年紀小，太過單純，所以才會完全相信他。但他這人心裡想的和做的永遠都不一樣，經過這件事，你也該看清楚他的眞面目了。媽醒來後，他之所以不讓你來醫院，也不再聯絡你，是因爲你已經沒有利用價值，反而成爲他的麻煩，所以你不用再等他聯絡，因爲你等不到的。你一直以來最信任的大哥就是這種人，在這個家中，最自私自利的，一直都是賀閔喆。」

當他又拍拍弟弟的肩，賀閔傑仍一點知覺也沒有。

但二哥的話，讓他慢慢想起，當初母親甦醒，賀閔喆趕到醫院，對他說的第一句話。

「媽沒事吧？你有跟她說什麼嗎？」

「沒有，媽一醒來，我就馬上去叫醫生了。」

「那她有沒有跟你說什麼？」

那個時候，賀閔喆眞正在意的並不是母親的安危，而是在母親醒來後，她有沒有主動問起這件事，或是他說溜嘴，告訴母親自己之所以會回來，全是因爲賀閔喆的請託。而在那之後，他又突然支開賀閔傑，說要與母親單獨談一些事。

那個時候，賀閔喆要和母親談的，是否就是關於他？說是弟弟自己硬要回來，與他無關？

賀閔傑木然的想，胸口彷彿瞬間失了溫，徹底心涼，直到耳邊傳來一陣輕盈的腳步聲，一名六歲大的小女孩跑了過來。

「爸爸！」

「喔，好乖。」賀閔成登時露出溫柔的笑，俯身將女孩抱起，女孩親暱的勾住他脖子，「爸爸，媽媽問你好了沒？」

「好了，爸爸現在就要下去了。」語畢，他面向賀閔傑，對女兒說：「瀅瀅，來，他是小叔喔，打聲招呼，說閔傑叔叔好。」

「閔傑叔叔好。」女孩依偎在父親懷裡，用稚嫩的聲音開口，賀閔傑依舊啞口，只能慢慢離開座位，恍然望著女孩。

「那麼閔傑，我先走了。」賀閔成抱著女兒離開，彼此逐漸拉遠距離。

女孩倚在父親身上繼續盯著賀閔傑，開始童言童語：「爸爸，閔傑叔叔明天也會跟我們一起回澳門嗎？」

「你希望叔叔來嗎？」

「嗯。」

「那可能沒辦法嘍，閔傑叔叔他啊，很快就要回洛杉磯了，所以沒辦法跟我們一起去澳門喔。」

父女倆一邊嬉笑閒聊，一邊走到樓梯口，直至消失於長廊盡頭，獨留賀閔傑站在原地，怔怔然凝望兩人離去的方向，久久不動。

25

電話沒有人接。

週六下午五時，秦海昀站在天橋下，一直站到六點，都不見賀閔傑出現。

他幾乎不遲到，就算偶爾晚五分鐘，也會打過電話來通知，然而這一次，他卻比平常晚到將近一小時，而且無消無息，打給他，他也沒接，直接轉進語音信箱。

這種情況是第一次，所以特別異常，電話撥了，簡訊也傳了，回家等候了一夜，始終等不到回應。

他是不是發生什麼事？

帶著在意與擔憂的心，隔天晚上下班，她又到天橋去，將他會去的地方都走過一遍，到他以往的下班時間，甚至還去補習班樓下看一看，那些下課走出來的人群裡，沒有賀閔傑。

一天、兩天，她都站在天橋上，望著橋下的人潮，希望能在這些身影中發現他，直至週六又來臨，她在天橋下站了半小時便不再等，而是憑著記憶中的路線，直接到他住的大樓。

她站在六樓的一扇鐵門外，按了門鈴，屋裡頭越安靜，她心中不安越深，於是又按幾次鈴，終於，鐵門內傳來聲響，內門被開啓，但門後的身影卻讓秦海昀一時以爲看錯了人。

穿著白色T恤的賀閔傑，頭髮凌亂，睡眼惺忪，面色蒼白，臉上的鬍子像是好幾天沒刮，整個人憔悴而消瘦，頹然的模樣，不見以往朝氣，完全變了一個人。

秦海昀的出現，讓賀閔傑先是呆滯幾秒，接著露出了笑：「兔子，妳怎麼會來？」

他沙啞無力的嗓音，又令秦海昀微微一愣，喉嚨乾澀：「這幾天……我聯絡不到你，有點擔心你是不是發生什麼事……」她小心端詳他的臉，「你還好嗎？」

「嗯，我沒事。奇怪，今天禮拜幾了……」他一邊揉揉太陽穴，一邊擰眉低喃，一臉恍神，還有點意識不清的樣子，最後闔上眼睛，苦笑：「……抱歉，兔子，我腦袋瓜裡現在好像有鐵槌在狂敲，痛得快要裂開，我先去躺一下，等等再出來，不好意思。」

當賀閔傑回到房裡，秦海昀注意到客廳桌上滿滿的啤酒罐，而她進到他房間，餘暉從落地窗外灑進屋內，一片昏黃，隨著光線，她也注意到窗旁的一面牆，上頭貼滿了照片。

她走到趴臥在床的賀閔傑身邊，微微俯身，輕問：「貝先生，若你覺得頭痛，我去買點止痛藥給你，好嗎？」

聽到她的聲音，賀閔傑慢慢撐開沉重的眼，目光定在她臉上。那雙空洞黯淡的瞳孔，不見任何波動與光芒。

當她不禁伸手觸碰他的臉，他才輕輕顫了一下。

秦海昀想了想，開口：「是不是醫院那邊……出了什麼事？」

賀閔傑默然，再度扯扯脣角，笑得牽強，而這一問，也讓他的眼眶漸漸泛紅、溼潤，沒有多久，一滴眼淚便從他眼角流淌而下。

此刻的他，已經沒有開口的力氣，只能任憑淚水一點一滴浸溼枕頭。他握住她貼在他臉上的手，緊緊握著。他忍住哽咽，屏住呼吸，直到因爲喘不過氣而抽噎一口氣，顫抖不止，淚流滿面。

當他溫熱的淚滑入她的手心，秦海昀凝視他，之後張開雙臂，將對方此刻的悲傷與淚水全擁進自己懷裡。她靜靜聽他哭泣，靜靜聽他的痛，在只屬於兩人的日落時分，與他緊緊相擁。

隨著夕陽漸沉，賀閔傑的淚與哽咽，最終也慢慢消失在一片黑夜中。

離開住處的兩人，到附近的小吃攤吃晚餐。

消沉多日，久久沒有好好吃飯的賀閔傑，拿起碗筷，囫圇吞下一桌子的菜。

哭過以後，他的神情已不見低落，看起來恢復不少，昔日的明亮笑容也重回臉上。

「對不起，突然消失這麼多天，結果害妳必須找到家裡來，我完全沒意識到手機已經沒電了。」他邊吃邊說，聲音聽來活力十足，「我之前跟補習班請幾天假，也該回去上班了，再不回去，我會被主任殺掉的。從明天起，我不會再讓妳等，也不會再讓妳找不到，少了去醫院的時間，之後跟妳在一起就更方便了。」

秦海昀一聽，開口：「不用……再去醫院了嗎？」

「嗯，不用。」他點頭，「從今以後，都不用再去了。」

「那貝先生的母親……」

「妳放心，沒有我媽，我也會振作，因爲我還有妳。」他笑了笑，「我只有妳。」接著，又道：「我只剩妳。」

她默默看他將飯吞進嘴裡，吸吸鼻子，讚美起這家店的炒飯，然後繼續大快朵頤。他的反應和回應，都讓秦海昀幾乎可以確定，也許他母親終究還是不樂觀，說不定已經離開了人世，所以賀閔傑才會如此悲傷，這幾天，他獨自承受這份傷痛。

當夜深了，賀閔傑牽著秦海昀的手，送她去坐車，在公車站牌下，秦海昀打破沉默：「貝先生。」

「嗯？」

「我今天可以留在你這裡嗎？」她望他的眼，「我還是很擔心你，而且……」抿抿脣，她說：「我還不想離開你。」

賀閔傑深深凝睇她，將她擁進懷裡，嘆息似的說：「妳這些話，我可是一直忍住不說的耶，不過可以親耳聽妳開口，我反而覺得更高興。」他笑吻她的髮，「謝謝妳。」

秦海昀眼眸一酸，在他懷中閉上了眼睛。

在賀閔傑家裡，洗完澡的兩人，靠在床邊坐在地板上，面向著落地窗，在一本本相簿的簇擁下，開始翻起賀閔傑拍的照片，很多都是這些年來，他在國外拍的風景照和人物照。

秦海昀翻到其中一本特別舊的，裡頭的照片全是家族照，賀閔傑告訴她，照片裡的那些人都是他的家人，但數量不多，加起來不超過十張，而有賀閔傑在的只有三張，其中一張是全家福，有賀閔傑的父母、三個哥哥、一個姊姊，然後是五歲大，坐在父親腿上的賀閔傑；第二張，是賀父和他的親子照；最後一張，則是某個女人摟著他的畫面。

秦海昀發現，賀閔傑像他的父親，第一張照片上的女人，就是他的母親，年輕時的賀母非常美麗，深邃精緻的五官，乍看下就像混血兒，至於第三張的女人，長髮及腰，有與賀母相似的眼睛，不過身材太過纖瘦，氣色也比一般人蒼白。

秦海昀好奇：「這位是……」

「我小阿姨，我媽的妹妹。」賀閔傑的視線停駐在女人臉上，「我七歲到十二歲這五年，是跟她住在一起，而不是跟我爸媽，還有哥哥姊姊。她的身體不好，可是人很溫柔，她去世之後，我就回到原來的家。」

他凝望女人的眼神專注深沉，卻蘊含著溫和：「我跟她住在一起的時候，很多人都要我叫她『媽媽』，當我因此生氣鬧彆扭，她就安撫我，說我直接叫她阿姨就好。現在回想起來，在我所有的親人中，唯一眞心眞意對我好的，除了我爸，大概就只有她一個了。」

儘管他的故事有許多令人好奇的地方，但秦海昀還是選擇靜靜等他說下去，只是後來他閉上眼睛，喉嚨一滾，像嚥下某種情緒，輕哂：「我本來以爲已經可以告訴妳這些，但我好像還是沒有準備好，想自在的說這些，感覺還是很難。」

「沒關係，你不必勉強自己說出來。等到有一天你想說，而且也能說了，再告訴我，我會聽的。」

聞言，賀閔傑忍俊不禁：「我們兔子好像被我影響了，怎麼覺得這句話比較像是我會說的話。」他專注凝視她片刻，深深的看，最後說：「第一次看到妳把頭髮放下來，感覺和平常不一樣。」

「會奇怪嗎？」

「當然不會，我喜歡妳這樣子，很漂亮。」他笑了，眞切的：「妳很漂亮。」

毫不掩飾的由衷讚美，讓秦海昀當下微微紅了臉，賀閔傑一見，脣畔笑意變得更深，他輕撫她的髮與臉龐，慢慢貼近，最後吻上她的脣，來自他的溫熱氣息，讓秦海昀在迷茫之際，也不自禁將手伸至他頸後。

兩人的吻由輕至重，由淺至深，彼此的脣分開時，秦海昀看見他的淺淺微笑，那一刻，她發現自己不想離開這個男人，彷彿在她心裡，早就渴望這麼做很久了，於是這一次，在他再度靠近前，她已先覆上他的脣，直至喘不過氣，才依依不捨的分開，賀閔傑將脣落在她頸間，深深的吮吻，秦海昀不由得輕顫了一下。

「睡吧。」他低啞開口，吁一口氣，與她額貼著額，面露扼腕的喃喃道：「我不太想在還有點宿醉的情況下就這麼失控，不太浪漫。」

賀閔傑的話，讓秦海昀不禁莞爾，兩個人都笑了。

那一夜，他們擁著彼此入眠，賀閔傑睡著，秦海昀還貼在他胸前，靜靜聽著他平穩規律的心跳聲，直到閉上眼睛。

那是她所聽過最美的聲音。

清晨，日光又讓房內變得明亮起來。

秦海昀在賀閔傑懷中睜開眼睛，發現他還沒醒，便輕輕下了床，走到貼滿照片的牆壁面前。看著看著，她注意到那些貼得密集的照片，唯獨中間留有一個空白，像是之前貼在這兒的照片被拿了下來，特別突兀。當她仔細看過每一張照片，沒多久，背後就傳來一股暖意。

睡醒的賀閔傑從身後擁住她，將下巴抵在她頭頂上：「早安。」

秦海昀有些恍然，握住他的手：「早。」她指著牆壁上的空白處，好奇問：「貝先生，爲什麼這裡沒有照片？」

賀閔傑瞧了瞧，隨即一笑：「因爲我收起來了，那張照片很重要，而且非常珍貴，我得好好保存，等到某個時機再送給妳。」

「送給我？」

「嗯，老實跟妳說，我們從九份回來的那天下午，我把妳丟在店裡，突然跑去別的地方，那個時候，我就是回來找這張照片的。那是在很久以前，我還沒有離開臺灣的時候拍的，當我從郵局回來，看到妳在店裡頭專心看書，就想起這張照片。當年我拍下來之後，因爲很喜歡，就一直保留到現在。」他擁緊了她，「等妳看到，一定也會大吃一驚。」

秦海昀抬起了頭，一與賀閔傑對上視線，他便低頭吻她的唇，卻不想馬上分開，於是兩人就這麼倚著牆，再度擁吻了一會兒。

從此以後，她不再只能在天橋碰運氣，或是等待週六的來臨。只要開口說想見他，她就能見到他。

平日對方下班，她就到天橋那兒等他，兩人一見面，做的事與平常並沒有什麼不同，依然是逛逛街，到常去的幾家店走走，在天橋下吃豆花，聊著今天所發生的事，最後一起到候車亭下等公車，如此日復一日，沒什麼大變化的日子，卻因爲有賀閔傑在，讓秦海昀第一次覺得生命開始有了重心，有了自己存在的重量。

週六，他們相約在誠品書店。

教完了課，賀閔傑前去找她，發現秦海昀獨自站在人煙稀少的某區書櫃前，正專注在眼前的一整排書籍。他放輕腳步走過去，從她背後擁抱了她一下，輕語：「嘿。」

不知不覺，秦海昀已開始習慣他的擁抱，這似乎是他的習慣，與他在一起之後，賀閔傑就常不經意出現這種舉動，彷彿這可以帶給他安全感，而他也喜歡以這種方式來表達他的心情與感情。

他摘下自己的一邊耳機，放在秦海昀的右耳，對方微愣之際，賀閔傑又俯身輕靠著她的左肩，當耳機裡傳來一段節奏，賀閔傑的唇便貼近她耳畔，跟著耳機裡的音樂，與歌手同步哼唱：

When I was young I'd listen to the radio
Waitin' for my favorite songs
When they played I'dsing along
It made me smile……

他給她聽的是木匠兄妹的〈Yesterday once more〉，女歌手充滿磁性的低嗓，與賀閔傑的沉穩聲線有些相似。

那是她第一次聽見賀閔傑唱歌，同時也發現，賀閔傑有一副好歌喉，唱起歌來，比說話時還來得平穩低沉，是令人放鬆，讓人舒服的嗓音。秦海昀一邊沉浸在他的歌聲裡，一邊被他呵護擁抱，讓對方溫柔帶領，隨著歌聲與節奏，輕輕搖擺。

這一刻，是她第一次深深意識到，自己是被愛的。

知道在某個人的世界，在他心中的某一處，有一個位置是屬於她，是爲她而存在，秦海昀無法抑止眼眶的溼潤。在這世上，還有這麼一個地方，是她的容身之處，能夠毫無保留的被包容，毫無保留的被接受。

這樣的她，如今也能敞開自己，再次去愛一個人……

日落時分，他們站在天橋上，看著逐漸沉落的夕陽。

想起賀閔傑之前曾站在這裡說過的話，秦海昀抬眸，發現賀閔傑正專注於遠方天空。他的目光深沉，焦距遙遠，有一段時間都沉默不語。

那雙眸裡的黯淡，讓秦海昀很快明白，他想起了他母親，也許至今，他仍未完全從傷痛中走出來。

「貝先生。」

「嗯？」

「你現在看到夕陽，還是會覺得寂寞嗎？」

聞言，賀閔傑注視她一會兒，脣角揚起：「雖然過去確實會覺得感傷，可是現在的每個星期六，只要在這裡看到夕陽，那就表示再過不久就可以見到妳，所以就算看到這樣的景色，腦海想到的也不盡然都是不好的事了。只是說也奇怪，現在回想起來，總有種妳一直在等我的感覺，所以這一次，我應該要負起責任，換我等等妳了。」

她思索他的話：「這是在道歉嗎？」

「我們兔子果然冰雪聰明。」

「若有一天我突然沒來這裡，貝先生會怎麼辦？會繼續等嗎？」

「嗯，到那時候，我會在盡頭等妳。」他忽然指著夕陽下的地平線，一派認眞的說，又馬上睜起無辜大眼，語帶緊張：「妳不會這麼對我吧？」

秦海昀笑了。

「好啦，親愛的兔子，我錯了，不然我這神燈精靈今後就任妳差遣，有什麼願望儘管說好了。」

聞言，秦海昀想了想：「之前我已經在這裡對你許過願，若再許一個，是不是就要放你自由了？」

「放我自由？爲什麼？」

「阿拉丁許的第三個願望，不就是讓精靈自由嗎？」

賀閔傑一聽，先是呆愣半晌，最後一把將她摟住，哈哈笑著：「在妳身邊就是自由了。」語落，他眨眨眼，「這好像是我第一次聽到妳開玩笑，眞稀奇。」

「是嗎？」

「嗯，和第一次見面時，一直使用敬語，小心說話的兔子小姐不太一樣嘍。」他寵溺的摸摸她的髮，語氣裡有著欣喜。秦海昀若有所思，順勢將頭輕靠在他胸前。

「對了，妳還記不記得之前我跟妳說的大學同學？就是我那個當警察的朋友，他一直嚷嚷著說想見見妳，如果妳願意，下次我把他介紹給妳認識，好嗎？」

「好。」

「他人不錯，不過見到妳的時候，可能會一直說我的壞話，到時妳就選擇不要聽就好，妳只要相信貝先生是全世界最棒的男人就好，知道嗎？」他摀住她的兩邊耳朵時，秦海昀忍俊不禁，眸一抬，賀閔傑就迅速在她唇上落下一吻。

在逐漸消失的暮色下，他們牽著彼此的手，在天橋上看著夜晚來臨。

她想將他此刻的笑臉，深深刻印在自己心裡。

希望有一天，當他再次站在餘暉下，眸裡的黯淡已不在，那樣痛徹心扉的眼淚，今後不會再看見。

而她的世界，也不再是一片寂靜無光。有他的笑容在的地方，就是她的方向。

26

灰濛烏雲，完全籠罩臺北的整個天空。

強烈對流帶來的豪雨，連續幾天，自早到晚都不曾停過，遠方雷聲不時轟隆作響。撐著傘的人來來去去，沒有因這場雨而亂了步調，彷彿早已習慣這樣的日子。

停靠在候車亭的公車一輛接一輛，下來一群人，又載走一群人。無數個匆促腳步踏過天橋下的十字路口，在這樣的滂沱大雨中，已經沒什麼人去注意腳邊的斑馬線旁，烙印在柏油路上的醒目煞車痕。

週一深夜，一輛黑色轎車，突然在這裡朝正在過馬路的行人衝撞，當時一名國中生正好邊看手機邊過馬路，沒立即注意到危險，車子衝來的瞬間，走在他身後的男子一把將他推開，而那輛失控的轎車往另一方向行駛時，又陸續撞倒其他機車才終於停止爆衝。

這起酒駕釀成的意外事故，造成五人輕重傷，其中兩名是機車騎士，還有三名路人，包括那名國中生，男學生躲過車子的正面撞擊，卻還是受了重傷陷入昏迷，而及時將學生推開的那個男人，在救護車趕到前，就已經沒有生命跡象。

事故發生時，附近許多人都跑過來看，包括就在巷裡賣豆花的老爺爺，他告訴秦海昀，當晚賀閔傑到這兒買豆花，離開之後沒多久，街頭就傳來一陣巨大撞擊及尖叫聲，他匆匆丟下攤子跑出去看時，賀閔傑已倒在馬路上，直接遭車子迎頭撞上的他，剛買的豆花成了碎片灑落在四周，連身上背的單肩包，裡頭的隨身物品也全被輾碎。

他的電話，從此再也沒人能打通。

星期六，秦海昀到賀閔傑居住的大樓，發現他家的鐵門和內門半開著。

她走進屋裡，張望整個客廳，沒什麼東西被變動過，卻隱隱嗅到空氣裡的潮溼，此時仍不停歇的大雨聲，在這空蕩無人的屋子裡，顯得特別清晰。

「誰在裡面？」

背後傳來一道陌生女聲，秦海昀回頭，一名身材微胖的中年婦人站在門口，將秦海昀打量了一遍，問：「妳是賀先生的女朋友嗎？」

「賀先生？」

「是啊，原本住在這裡的賀先生，我是他的房東啦，我是要來處理這間屋子的事的。」婦人大剌剌的直接穿拖鞋踏進來，兩手插腰搖搖頭，嘖嘖嘆：「可憐哪，年紀輕輕就出了這種事，到現在也沒看到半個家裡的人來處理。唉，這幾天我得把這些東西都清理掉才行，不然之後租給別人，留下這些，會很麻煩呢！」

「房東太太，請讓我來，交給我處理，好嗎？」

「是嗎？那太好了，我身體不太好，動不動就腰痛腳痛的，早就沒辦法這樣到處搬來搬去了，他身邊有人來處理，當然是最好的了。」婦人鬆一口氣，隨後又凝視她的臉片刻，再次嘆息，甚至輕輕拍她的手，用像母親般的口吻說：「小姐，要節哀哪。」

婦人離去後，秦海昀開始收拾起這間屋子裡的東西。

在房間裡，她將書櫃裡的書籍與相簿收進紙箱，並在書桌的抽屜，發現他的護照及其他證件。看到他的照片，以及「賀閔傑」三字時，秦海昀的視線靜止不動。

原來，他並不姓貝。

從一開始，就是她弄錯了他的姓，而他也從未糾正她，就算不知道對方的名字，不知道對方是誰，他們還是相遇了。

他們依然相愛了。

清理好書櫃、衣櫃還有書桌，再清理床邊的置物櫃，裡頭有一個A4紙大的精緻盒子，被細繩牢牢綁著，她坐在床邊將盒子拆開，裡面只有一張被相框裱起來的照片。

照片裡的主角，是一個綁著短馬尾的女生。

她坐在蒙上些許雨霧的玻璃窗內，鏡頭像直接從室外拍進去的。

女孩的容貌青澀，大概才十幾歲，她微微垂首，右手握著筆，正專注凝睇桌上的書。

秦海昀的呼吸停滯了。

當她看見女孩的臉，以及身上的制服，時間彷彿也在那一刹那靜止了。

照片中的女孩……是她自己。

雖然她對照片裡的地方沒有半點印象，但這個人，確確實實是高中時期的她。

秦海昀感到一陣茫然，呆坐在床上許久，直到天空響起沉悶的雷聲，她才緩緩將視線移向前方的落地窗。外頭的雨仍不停的下，天色卻異常的變得明亮，幾近發光的明亮。

「那是在我很久以前，還沒有離開臺灣的時候拍的，當我從郵局回來，看到妳在店裡頭專心看書，就想起這張照片。」

「等妳看到，一定也會大吃一驚。」

她望向貼滿照片的那面牆。

照片中的空白處還在那裡，她拿著相框走到牆前，注視那塊空白，最後將相框拆開，拿出照片，慢慢覆上那處空白，結果吻合。

「貝先生，爲什麼這裡沒有照片？」

「因為我收起來了，那張照片很重要，而且非常珍貴，我得好好保存，等到某個時機，再送給妳。」

很長一段時間，秦海昀都沒有從這面牆前離開。

她從早上待到深夜，將那面牆的照片一張一張摘了下來。整理好房間，疲憊的她躺在賀閔傑的床上，靜靜凝視窗外黑夜。

也許是房間變得空蕩，雨聲似乎又更加響亮，尚未收起的枕頭和棉被，還殘留一些他的味道，她動也不動，就這麼聽著雨聲，直到閉上眼睛。

週末兩天，她都在整理賀閔傑的遺物。

根據房東太太的說法，到目前為止，還沒見到賀閔傑的家人來看過，想起他曾說自己有三個哥哥，一個姊姊，其中大哥跟他的感情最好，除此之外，他對他家裡的事一無所知。

他拍的照片，秦海昀全帶了回去，至於其他的，只能全部清理掉，或是交由房東太太處理。

她的世界，再度變回一片寂靜。

毫無預警的，讓人覺得是一場夢的時間也沒有。

黃昏時站在天橋上，她仍覺得下一秒就會看見他的臉，然後他會緊緊擁住她。

彷彿他依然還在這個地方。

「我說這麼做沒問題就是沒問題，不要那麼多廢話，到底妳是課長，還是我是課長？這麼不滿意的話，妳來當課長，不然就給我走人！」

倉管部課長再次在辦公室裡大發雷霆，甚至氣得將卷宗一把甩在地上，當著所有部屬面前，毫不留情的痛罵秦海昀，連其他部門的人都聽得見，而小雪她們只能默默將臉埋進電腦中，完全不敢抬頭看，更別說出面爲秦海昀說一句公道話，害自己倒楣。

隨著日子一久，公司裡每個人都認定，課長存心要讓秦海昀不好過，除了越來越挑剔，無理取鬧，愛無中生有，更常在上司面前，將自己的失誤全推到對方身上，她做得越好，越受信任，他對她就越不滿。

雖然秦海昀早已習以爲常，也一向低調處理，但這麼多年來，卻未曾從課長口中聽到要她走人這句話，因此她心裡明白，在對方眼裡，也許是眞的開始容不下她的存在。

這些吵吵鬧鬧，問題不斷的日子，只有在踏出公司大門的那一步，秦海昀才能暫時忘記。

她依舊習慣在下班後直接到天橋去。

站在天橋中央，看著這條街的夜，以及沒有半顆星星的天空邊際，任徐徐微風吹起她的髮，只要來到這裡，秦海昀就不會繼續繫著髮，只因爲賀閔傑曾經說，喜歡她頭髮放下來的樣子。

「妳很漂亮。」

當一段音樂在喧囂中傳進耳裡，她拿出手機，螢幕上的名字，讓她停頓一會兒。

「喂？」她接聽，久違的喚：「學翰？」

「……嗯。」他稍稍壓低嗓音，「姊姊，好久不見。」

她神情柔和：「我以爲你不會再跟我說話了。」

「沒有啦！」余學翰慌張的，小聲囁嚅：「我……不是故意的，只是有段時間，一直覺得心情很煩很亂，所以不知道該怎麼面對姊姊才好……」

「你好嗎？」她問。

「嗯。」

「最近在做什麼？」

「就……跟平常一樣，上課、打球，而且上禮拜才剛忙完校際盃賽。」

「你辛苦了，有贏嗎？」

「沒有，輸了。」他語氣略顯失落，「總覺得沒有上次姊姊來看的時候打得那麼順。」

「沒關係，還會有下一次。」她鼓勵，「我會繼續爲你加油的。」

「眞的嗎？」

「當然。」

余學翰靜默幾秒，聲音微啞：「謝謝。」

「語新在學校還好嗎？」

「嗯，很好，就跟平常一樣。不過他今天上課偷玩手機，被老師抓到，結果被沒收了。」他接著說：「至於孟語璇……我已經很少再見到她，就算有時候在學校碰到，也是裝不認識，因爲現在看到對方，老實說還是很尷尬。可是，我看到之前學校的段考名次名單，她還是在全校前五名以內，看起來沒受到什麼影響，所以我想，她的狀況姊姊應該不用太過擔心。」

聽完，秦海昀淡淡一笑：「謝謝你，學翰。」

「不會啦。」他不好意思的說，「那……姊姊呢？最近在做什麼？過得好不好？」

「嗯，很好。」她淡淡應，又說了一次：「我很好。」

「那就好了，自從我對姊姊妳說那些話之後，我就以爲妳不想再跟我聯絡了，加上後來沒再看妳傳簡訊來，所以還沮喪了好幾天呢！」

「對不起，因爲當時我回你的話，應該很傷你的心，所以我不知道你還願不願意再跟我說話，我怕會繼續影響你，甚至傷害到你。」喉嚨一澀，她說：「對不起，學翰。」

「沒關係啦，我已經沒事了，姊姊妳沒做錯什麼，現在像這樣繼續跟妳說話，我就已經很高興了。」他頓了頓，「不過……」

「不過什麼？」

「姊姊妳上次說的那些話，其實我仔細想了很多天。雖然妳說……那不是『喜歡』，但是直到現在，我還是覺得我的感情沒有錯。」他深呼吸，一字一句緩緩的說：「我希望姊姊妳能夠快樂，可以幸福，每天都能笑得開心，沒有任何傷心難過的事。也許是我的年紀太小，沒辦法讓妳相信，但我是眞的想珍惜姊姊。我知道我現在沒什麼能力，也沒辦法爲妳做什麼，可是至少，希望妳的身邊會有這樣的一個人，可以一直保護妳，讓妳覺得開心幸福的人出現。」

他吶吶道：「只要姊姊身邊有這樣的人……我就很高興了。」

少年溫柔眞摯的話語，讓當下拿著手機不動的秦海昀，沉默了好久，好久。

當思緒靜止，目光也靜止，身邊的聲音，彷彿漸漸離她遠去。

「我希望妳能開心，可以美夢成眞。」

曾經，有人給了她一個夢，並且讓它成眞。

那人帶領著她，宛如孩子丫丫學步般，牽住她一步一步慢慢往前走，教她如何快樂，如何勇敢，如何敞開自己的心。讓她相信，不管她是怎麼樣的人，在這個世上，依然會有一個人，願意毫無保留的愛著她。

告訴她，她永遠值得被愛。

27

深夜十二點，一部摩托車在街頭轉角處被攔下。

騎士是一名年輕人，遲遲不願意配合臨檢，跟兩位交警盧了起來：「警察先生，相信我啦，我眞的沒有喝酒！」

「有沒有喝，測一下就知道了。」吳棠聖不跟他廢話，請同仁硬是給他做酒測，結果一出來，吳棠聖面無表情的說：「酒測值0.55，麻煩駕照拿出來。」

「我沒帶。」他咕噥。

「你幾歲？」

「二十。」

「大學生？」

「對。」

吳棠聖挑眉，二話不說低頭開起罰單：「酒駕加上無照駕駛，請在規定時間內辦理，謝謝合作。」

値勤結束，疲憊不已的吳棠聖，卸下制服後按按脖子，放鬆一下，一與女友通完電話，回家前他先到便利商店買了罐咖啡，再騎車繞去天橋下的十字路口處。

夜深了，路上的行人與車子明顯少了許多，等過馬路的人寥寥無幾，唯有此刻，才是這個地方最安靜的時候。

吳棠聖啜著咖啡，站在已關起大門的店家門口，靜靜注視賀閔傑當時發生事故的位置，沒有多久，他注意到有一名女子慢慢從旁邊的天橋上走下來。她背對著他，坐在面對斑馬線，靠近建築物的其中一座長椅上，就此停留在吳棠聖的視線中。

在幾乎空蕩無人的街道上，女子獨自坐在那兒不動的身影，反而有些突兀，但吳棠聖不以爲意，喝完咖啡，便頭也不回的離開，準備返家休息。

只是，他隔天下班騎車經過那裡時，竟又在天橋下發現相同的身影。

到了第三天，他再度看見她，始終一個人坐在那裡的她，永遠只凝望著對街方向，像在等人，也有點像在想事情。

也許因爲她一直在那個地方，吳棠聖才開始有些在意，同時也注意到，幾個喝醉酒的男人，正一邊吆喝一邊搖搖晃晃的朝她的方向走去，看見這一幕，吳棠聖毫不猶豫的將車停在騎樓下，快步走到那名女子身邊，開口：「小姐。」

陷入思緒的秦海昀，一聽見身後有人呼喚，回了頭。

一對上她眼睛，吳棠聖說：「抱歉，我只是——」他瞄瞄正從背後經過，不時往他們兩人身上瞥幾眼的那些男子，秦海昀這才意識到那些人的存在，待那些人離去，吳棠聖接著說：「——我只是想來跟妳說，現在很晚了，妳一個人待在這兒有點危險，這裡一到半夜常有很多喝醉酒的人出現，還是不要單獨坐在這兒會比較好。」

面對她專注不動的凝視，吳棠聖又補充：「妳放心，我不是什麼可疑人物，我是警察。」他示出警察證，以免對方心生懷疑。

「謝謝你。」她說。

「妳在等什麼人嗎？」

「……不是，我只是想要在這裡坐坐。」停頓一秒，她接道：「想些事情。」

「是嗎？」他朝馬路瞧了瞧，再度想起賀閔傑，半晌，他對她說：「妳等我一下。」之後就跑到附近的便利商店，帶了兩罐飲料回來，給她一罐，「這請妳。」見秦海昀愣住，他笑問：「可以讓我也坐在這兒嗎？」

秦海昀怔了怔，猶疑一陣，最後默默往一旁移，空出一些位置，吳棠聖坐下時道了謝，並向她解釋：「不好意思，我不是故意要跟妳搶座位，只是突然想念起我兄弟，所以決定來這邊吵他一下，而且，比起妳一個人，多一個男生在這裡也比較安全吧？」他從口袋掏出菸時停了一下，問：「妳介意嗎？」

「不會。」

「謝了。」他點起菸，緩緩吸一口，再吐出冉冉白煙。

秦海昀不禁問：「你說你的兄弟……在哪裡？」

他不語，朝天空一指，然候望著前方的斑馬線，淡淡開口：「是我朋友，上個月他在這裡出了車禍，已經走了，當時他為了救一個國中生，結果害自己被車追撞，只可惜，聽說那國中生到現在都還沒清醒，昏迷指數只有三，恐怕是凶多吉少。」他再吐一口煙，「我那個朋友，生前在這附近上班，就在我親戚的補習班裡當老師，還是我介紹他去的，因為他是在下班回家的途中出了事，所以直到現在我還是會想，如果一開始沒有介紹他來這裡上班，他應該就不會發生這種鳥事，說不定還是一枚活潑亂跳的呆瓜。」

秦海昀動也不動。

這時吳棠聖看著她，歉然笑道：「抱歉，莫名奇妙跟妳講這些，只是這些話卡在我心裡太久，實在不吐不快。現在能跟小姐妳坐在這邊，我想也是有緣啦，所以妳就把我當作一個諸事不順，純粹想發牢騷的人就好了。不過，如妳不想聽，我就安靜閉上嘴巴。」他問：「妳會覺得困擾嗎？」

她搖搖頭。

吳棠聖輕扯唇角，露出一抹像是感謝的淺淺微笑，打開飲料啜了一口，開始說：「他是我的大學同學，算是我見過最單純的笨蛋。那傢伙平時一副窮光蛋的樣子，其實家裡滿有錢的，父母都在經營企業公司，事業搞得很大，基本上算是很幸福的一個家庭。他的媽媽有一個妹妹，結了婚後發現自己無法生育，而她姐姐自己就有五個小孩，當年他們就把家裡最小的兒子，也就是我的朋友，過繼給他的小阿姨，那個時候我朋友已經七歲，自然適應不良，而且那傢伙光是愛他親媽媽就愛得要死，怎麼可能會再稱呼別人為媽媽？只是，就算他不想離開原來的家，還是跟他阿姨還有姨丈一起搬到了臺南。

「幾年後，他阿姨跟姨丈的婚姻出現問題，暫時分居，剩我朋友和他阿姨兩人一起生活，而那個時候，我朋友的父親因為工作的關係，本來就經常南北兩邊跑，只要一南下，就會去看小兒子，久而久之，與小姨子的關係自然也越來越熱絡，結果沒想到，兩人就這麼產生感情，不過礙於他們家是個大家庭，爲了面子，誰都沒有說破，只會在私底下議論紛紛罷了。而我朋友當時年紀小，根本搞不清楚狀況，也不知道那些大人們到底發生什麼事。就這樣過了幾年，他的小阿姨生病去世，他的姨丈也沒意願再撫養他，所以我朋友在他十二歲的時候回到他原來的家，可是因爲離家太久，他和家人的關係已經變得生疏，再加上他父親和小姨子的事，自然也連帶影響周遭親戚對他的感覺。」

嘆息一聲，吳棠聖繼續開口：「發生這種事，打擊最大的當然就是我朋友的母親了，自己的丈夫和妹妹搞不倫，誰能夠接受？只是最殘酷的是什麼？就是他丈夫這輩子都不可能忘記對方，畢竟有哪個女人可以贏過一個死去的情人？不過即使這樣，她和丈夫還是能像從前那樣和諧相處，但對於她這個小兒子，她反而不曉得該用什麼心情面對了，當初同意讓兒子過繼給妹妹的是她自己，沒想到這麼做會讓丈夫和妹妹都背叛了她，也許看到這個兒子的臉，就會讓她想起丈夫與妹妹的事，甚至可能還會覺得他跟小阿姨是站在同個陣線的吧？至少那些親戚就是用這種眼光看他的。

「總之，就算我朋友回到他渴望許久的家，除了他父親，也沒什麼親人疼他，連自己的哥哥姊姊們，也只有大哥對他還算好。往後的日子，就是看其他人的臉色在過，他母親雖然不至於對他壞，也還是會關心他，但就是沒辦法再像從前那樣愛他，就這樣一直到我朋友二十歲，他的父親去世了，從此他的母親就變得鬱鬱寡歡，卡在心頭這麼多年的事，沒有因爲丈夫這一走從此消失，反而因爲始終沒有說破，而變成一輩子都忘不掉的疙瘩，只要看到我朋友，她就痛苦不堪，甚至生了病，最後家裡長輩決定把我朋友送去國外。說是要讓他出國念書，未來好幫助家中事業，實際上是不想再讓他待在這個家，所以我朋友就在不得已的情況下，獨自去了國外，兩三年後，家裡甚至斷了他的金錢援助，從此讓他自生自滅。

「明明有家卻歸不得，到最後我朋友自己也清楚，或許不會有人叫他回來了，但就在他於國外生活的第十年，也就是今年，他的大哥叫他回來了，理由是他的母親住院，陷入昏迷，情況不佳，在動手術前，曾說想要在死之前再見小兒子一面，這對一心想要回到母親身邊的我朋友而言，是多大的好消息。整整十年，他等得太久了，所以一接到消息，就二話不說馬上回臺灣，天天悉心照顧母親，沒有一天間斷，就爲了等媽媽醒來。」

語落至此，吳棠聖深深吸一口氣，沉默幾秒，嚥嚥口水，繼續說下去：「結果，他母親在兩個月前醒了，但完全不是他大哥說的那樣，他母親一見到我朋友，就直接把他給趕了出去，後來他才知道，自己從頭到尾都被他的大哥給騙了，他大哥只是想找一個能替他照顧母親的幫傭，才會利用他弟弟渴望回來的弱點，把他騙回臺灣，等到他母親情況一好轉，他大哥馬上就跟他做切割，從此不聞不問。所以我朋友除了再一次被他母親拋棄，也被他從小一直信任的大哥徹底背叛。」

當吳棠聖的聲音逐漸沙啞，他的眼眶有些泛紅，他深呼吸：「我朋友死後，我就不曉得他們家是怎麼替他處理後事了，對於他的事，他們家把消息完全封鎖，像是怕別人知道他們家有這個人似的，所以別說喪禮，我連他葬在哪兒都不曉得，但以他們家對他視如敝屣的樣子，說不定給他簡單蓋個墓碑後，就不會再管了。」

他輕哂一聲：「更諷刺的是，原本以爲他母親已經撐不了多久，結果在我朋友死後，她的身體就好轉了，甚至聽說現在已經出院，直接回家休養了。在她昏迷不醒的那段期間，她這兒子每天爲她奔波，從沒有一句怨言，而且天底下有哪個兒子照顧母親還得跟小偷一樣躲躲藏藏，不能被家裡的人發現的？全天下就只有他這白痴會這麼傻。」

將飲料一口氣喝完，吳棠聖又點了一根菸，吸吸鼻子，收拾起有些激動的情緒：「我原以爲這傢伙這輩子就只有一個慘字可以形容，但幸好，最後還是讓他遇上喜歡的女生，只不過我這個朋友實在太天才，居然連對方的名字都可以不曉得，就和人家相處半年以上，而且到他死之前都還不知道那女生的名字，只叫她『兔子』，他媽的！我要上哪兒去找他說的那位兔子？簡直比海底撈針還難，一點線索也沒有，可是我到他家去看的時候，那邊的房東說，他的女友已經把屋子裡的東西都清理好，應該就是那位『兔子小姐』了，雖然有聽她說對方大致的模樣，但要找到人，還是沒那麼容易啊。」

說完這麼一大段話，吳棠聖最後低頭看手錶上的時間，若有所思：「今天是十月八號，那位兔子小姐的生日是三號，已經過了五天，爲了她的生日，我朋友從一個月前就開始準備一份禮物，要在對方生日那天給她看，誰知道生日還沒到，他人就先掛了。爲這份大禮，我被他盧了整整一個多禮拜，要我教他怎麼剪輯、後製、編輯……搞得我頭快痛死，雖然來不及完成，但也有四分之三的完整度了，就只差一些音樂還沒弄上去……」

當他站起來，緩緩一嘆，然後望向秦海昀，發現對方自始至終都專注凝視他不動，思考了片刻，最後說：「雖然這份禮物應該沒緣讓那位兔子小姐看到了，而且我也沒打算放在網路上大肆張揚，這樣就失去他的原意了，但是，若能多一個人知道這個故事，我想還是有些意義，至少還有人看見他的努力。

所以，不知道小姐妳有沒有興趣，看看我朋友爲他女友製作的禮物，如果妳喜歡我朋友的故事的話。」

沉默不語的秦海昀，依舊沒出聲，只是慢慢點了頭。

十分鐘後，吳棠聖踏進警局，正在值班的同仁納悶問：「阿聖，你不是閃了嗎？怎麼又跑回來了？」

「有要事要辦，欸，視聽室的鑰匙在哪？給我一下。」

「你要幹麼？」

「給我朋友看個東西，大概十五鐘左右就下來了。」他晃晃手裡的USB，拿到鑰匙就帶著秦海昀上樓，那位同事還回頭好奇瞧了一下。

一進到位於三樓的視聽室，吳棠聖就請秦海昀隨便坐，於是她挑了最前排的位子，投影機布幕放下，吳棠聖也開始在後方操作筆電，前方的燈一關上，布幕畫面就亮了。

那是一段影片。

影片開頭先是一段輕音樂，還有一段文字，出現的是十月六日這天的日期，下一幕畫面，是一名陌生女孩，背景看起來像是一間教室，她拿著一個白色看板，看板上頭第一段，寫的是數字001，接著則是一個英文名字，Tina。

「哈囉，我是Tina。」畫面裡的女孩俏皮的笑，對著鏡頭說：「祝兔子小姐，生．日．快．樂．唷！」

秦海昀怔了。

下一幕，換一名身材胖胖，戴著眼鏡的男生，他手上也拿著相同的看板，數字變成002：「嗨，兔子小姐，我是Jimmy，祝妳生日快樂，Happy Birthday！」

第三位則是一位年輕婦人：「我是Kelly，祝兔子小姐生日快樂。」

隨著影片的播放，畫面中每個拿著看板的人，都依照數字排列，對他們口中的「兔子小姐」送上祝福。地點有的在室內，有的在室外，甚至連在街頭上都有。除了臺灣人，還有一些來自其他國家的外國人。

「兔子小姐生日快樂！」

「Dear rabbit, happy birthday to you.」

「生日大快樂，兔子小姐今天要過得開心喔。」

「我是Kevin，兔子小姐，我們老師是個好男人喔，嫁給他吧！」

「ウサギさん，お誕生日おめでとう！」

「我是張霖，祝妳生日快樂！」

「Happy Birthday！」

「祝兔子小姐生日快樂。」

「生日快樂～～～」

「我是小琴，祝妳生日快樂！」

「我是JoJo，兔子小姐生日快樂喔。」

「生日快樂！」

「생일 축하해요！」

「兔子小姐生日快樂，祝妳幸福。」

「Happy birthday！」

「我是陳大山，祝兔子小姐生日快樂。」

「生日快樂！」

……

當祝福從最初的001到099，到最後的第一百個人，秦海昀一看見那張面孔，視線再也無法移開。

影片裡的賀閔傑，手裡也拿著看板，上頭寫的正是他的本名。

他坐在鏡頭前，露出燦爛無比的笑容，對著另一頭的她說：「我是賀閔傑，這是我的名字。兔子，祝妳生日快樂。」

他深深一笑，帶著些許靦腆，語氣溫柔：「妳還記得嗎？妳曾經跟我說過，在妳國中的時候，很期待妳的同學會錄製像這樣的祝福影片給妳，現在，我幫妳完成這個願望了，而我希望自己就是最後給妳祝福的那第一百個人，希望妳會喜歡我為妳準備的禮物，希望妳看完後會覺得很開心。雖然可能沒辦法做得像專業級那樣完美，但內容保證都是眞心眞意的喔！然後……我想對妳說的是，謝謝妳這些日子以來一直在我的身邊，因爲有妳在，我才能熬過最痛苦也最絕望的一段時期。所以即使我在這裡發生過許多難過，讓人心灰意冷的事，我還是很慶幸自己在離開臺灣這麼久之後，能再回來這裡。我也要感謝我的好兄弟阿聖，若不是他，我恐怕就不會見到妳了。我想讓兔子妳知道，我愛妳，非常愛妳，眞的眞的很愛妳，希望在未來的日子裡，還能夠繼續跟妳一起走下去，從今以後，不管發生什麼事，我都會一直在妳身邊，當妳最大的依靠，在妳背後支持著妳。」

語畢，他吁一口氣，搔搔臉，偏頭思考著還有什麼話沒說，沒多久睜大眼訝異道：「啊，糟糕，剛講了這麼多，我居然還沒幫妳唱生日快樂歌，抱歉抱歉。」他馬上輕輕喉嚨，隨即便一邊拍手打節奏，一邊唱了起來：「祝妳生日快樂～祝妳生日快樂～祝妳生日快樂～祝妳生日快樂……」

看著他的笑，隨拍子左右搖擺的模樣，秦海昀不自禁輕輕勾起了唇角。

當眼淚落下她的臉頰，她的視線依然不變，就算賀閔傑的臉最後模糊成一片，她也完全捨不得移動一瞬，只想讓時間停留在這一刻，直到他的笑容漸漸重回清晰……

離開警局之後，她向吳棠聖道謝，然後叫車回家，上車前，吳棠聖問：「對了，小姐，可以請問一下妳的名字嗎？」

「我叫秦海昀。」

「OK，秦小姐，以後盡量別這麼晚還待在外頭嘍，很危險的。」他叮嚀，「我叫吳棠聖，路上小心，拜拜。」

「拜拜。」她回他一抹微笑。

計程車開走後，秦海昀在車內凝望窗外片刻，從包包裡拿出一副MP3，那是賀閔傑留下來的，她將耳機戴上，靠著窗，閉上眼睛，開始聽起一遍又一遍的〈Yesterday Once More〉，曾經他擁著她，在她耳邊輕輕哼唱，也是他最愛的一首歌：

When I was young I'd listen to the radio
我年輕時 常聽著收音機
Waitin' for my favorite songs
等待我最喜愛的歌曲
When they played I'd sing along
播出時就跟著哼唱
It made me smile
那使我非常快樂
Those were such happy times and not so long ago
那眞是一段快樂時光 就在不久以前
How I wondered where they'd gone
我很想知道它們到哪裡去了
But they're back again
但它們回來了
Just like a long lost friend

像個失去聯絡很久的朋友
All the songs I loved so well
每首歌都是我所鍾愛的

那曾經是最美好的一段時光。

他的笑容，他的擁抱，他的一切，都還在那片溫暖餘暉之中。

與他的歌聲一樣，宛如昨日重現。

週三晚上，公司聚餐，許多倉管部以外的其他同事都紛紛來向秦海昀敬酒。

「姊姊，妳太不夠意思了，妳這樣走掉，我要怎麼追到黛黛？」財務部的許宗奕苦著臉說。

「嗚，沒有姊姊，今後我們就倒楣了，爲什麼姊姊要辭職啦？沒有妳在我們要怎麼應付矮老白那傢伙？」小雪更是痛苦哀嚎。

「對不起，沒辦法繼續留下來陪你們。」秦海昀歉然的笑。

對同事們一一道別後，經理董琴也端酒走了過來，摟住她的肩：「姊姊呀，眞的不再考慮一下嗎？經理很捨不得妳耶，想到之後有什麼打算了嗎？還是要直接結婚了呢？」

她搖頭，與經理乾杯：「經理，謝謝妳這幾年來的照顧。」

「加油喔，若哪天想回來，我們隨時歡迎妳。」她笑瞇瞇。

當秦海昀正式向公司請辭，不少人都驚訝不已，而倉管部課長一收到消息，就突然一改先前對她的態度，還一臉惋惜的說：「唉，其實課長也不是真的要妳辭職，妳都待了這麼久，課長當然不可能會故意這樣對妳，一切都是相信妳的實力才會這樣做，希望妳能進步啊！」

黛黛她們一聽到課長這麼說，都忍不住在背後痛罵這個老矮白實在矯情噁心。

離開待了七年的公司之後，秦海昀也即將把目前住的公寓退租。

整理屋子裡的東西時，余學翰打電話給她，得知她要搬家，驚訝的問：「姊姊妳要搬去哪裡？」

「還是在臺北，只是換個地方。」

「妳一個人可以嗎？若需要我幫忙，儘管打給我，我沒問題喔！」

她微笑：「謝謝。」接著，她想起一件事，「對了，學翰，可以告訴我你家的地址嗎？」

「喔，可以呀，姊姊要做什麼？」

「我有一個東西想送給你。」

將家裡都整頓好後，週六，秦海昀到了精品店去。

她去看看那一座神燈壺，離開店後，就走上天橋，她望著日落時分的街景，被橙光照得閃閃發亮，當天空顏色漸深，已經可以看得見地平線的暗紅，逐漸被即將來臨的夜晚染成了黑。

「妳相不相信有上帝？」

秦海昀緩緩抬起眸，讓天空占據她所有視線。

他曾經對她說過，在她身邊，就是自由。

實現她的第二個願望之後，他也眞的像神燈裡的精靈一樣，永遠自由了。

在她過去的歲月裡，可否曾看過像此刻這樣遼闊的風景？

夕陽落下前，她的手機傳來簡訊聲，她看了片刻，沒多久就收回口袋。

曾幾何時，她只要聽到簡訊聲響，就會馬上開啓來看，而不是在看到名字前，就先暫時擱置在一邊。當她的世界出現像余學翰這樣的男孩，從此在那些訊息裡，她也能看見溫暖的關懷，而不再是只有冷冰冰的數字。

如果說這是安排，那麼這樣的她，在茫茫人海中與這樣的他們相遇，也都是有意義的。

當她第一次覺得眼前的畫面都開始有了顏色和溫度，靈魂深處彷彿也有了重量，是否也是因爲，她曾經走過一段只有黑白的路，而他們也走過一段只屬於自己，不同於其他人的路，最後各自造就這樣的他們，又讓他們在這個時間，與這樣的她相遇，才能讓她看到截然不同的風景？這一切到底是巧合、是際遇，還是那個人曾告訴過她的，是安排。

不管答案到底是什麼，站在這裡的她，面對這片再熟悉不過的暮色時，仍深深發現了一件事。

她很幸福。

不管最後她得到是什麼，在她的人生裡，能夠遇見這時候的他，對此刻的她而言，是幸運，更是至高無上的幸福。

在夕陽完全沉落，黑夜來臨的前一秒，秦海昀彷彿還能聽見那個人的聲音，甚至看見對方站在另一頭的身影……

「到那時候，我會在盡頭等妳。」

感謝祂讓她生於此生。

那是第一次，她相信這個世界有上帝，並且感謝祂的存在。

她閉上了眼睛。

當天色發白，值完夜班的吳棠聖離開座位伸伸懶腰時，發現外面下起毛毛雨。

上完廁所，準備回去的他，看見幾名同仁匆匆離開警局坐上警車，他問身旁的人：「怎麼了嗎？」

「我也剛從樓上下來，所以沒聽清楚，好像是有民眾報案，說在哪條路上發現一名女性屍體。」

「屍體？」他一愣。

「嗯，聽說有人在她身邊發現一個空的安眠藥瓶。」同事說完這句，便立刻被其他人叫走。

一早就聽到這消息的吳棠聖，站在屋簷下時，不禁抬頭盯著那些如細雪般飄下的雨一會兒。

良久，他發出沉沉一聲嘆息。

趁著雨勢還不大，他穿上雨衣，騎車離開警局。

清晨六時，在警車與救護車來之前，就有不少人已經聚集在天橋下。

一名路人看見秦海昀整個人半躺在長椅上，原以為她喝醉酒，直到發現椅子下有一罐安眠藥瓶，而藥瓶裡空無一物，對方才察覺到她已經沒有呼吸，驚慌的趕緊報警。

她的髮遮住了她一半側臉，僅露出她闔上的一雙眼睛，她面容凝靜，動也不動，就像累了整整一天終於回到家，躺在床上沉沉入睡的孩子。

前一日黃昏，當她在天橋上再次收到母親傳來的數字簡訊，她就將自己所有的積蓄存款，一點也不留的全匯給了母親。

同一天，她將手機停掉，搬出公寓，身上不帶任何一件行李物品，所有該做的，該處理的，她都在這天一一辦妥，沒有半點遺漏。

那個人曾告訴她，不會再讓她找不到他。

也曾告訴她，只要在這裡看見夕陽，表示再過不久，就可以見到她。

她明白，所以再也不需要等了。在他發現她就在對街前，她就會先朝他奔去。

在這一片餘暉下。

房間裡，孟語璇靜靜坐在書桌前，低頭注視這日收到的信封。

她終於能夠伸手將裡頭的卡片拿出來，並且翻開，上頭秀娟整齊的字體，就這麼映入她眼簾。

語璇：

對不起，今年的聖誕節，姊姊應該無法再寄卡片給妳了。

我有一些請求，希望妳可以答應。

關於我的事，若學翰向妳問起，請妳替我瞞著他，也請告訴語新，請他什麼都不要說。

還有，我曾經買一支手機給語新，若媽發現了，請幫我轉告她，那是我自己想送給語新的禮物，請她別生氣。

很抱歉要拜託妳這些事，但是在家裡，我能信任的就只有語璇妳了，因為妳比我聰明，所以我相信妳能做得很好。

對不起，傷了妳的心，我不是一個好姊姊，對不起。

雖然妳討厭我了，可是，能有妳這樣的妹妹，仍是我的驕傲。

我很愛妳。

海昀

目光落在最後一行的最後幾個字，孟語璇的眼淚就滴落在卡片上。

她緊咬下唇，完全無法止住顫抖和奪眶而出的淚。

我很愛妳。

她用盡全身力氣極力忍住哽咽，心口漲得發疼，每呼吸一次都在痛。

「如果妳真的打算繼續用這種態度對待妳姊姊，將她永遠排除在外，總有一天，妳一定會後悔。」

孟語璇不斷抽噎，慢慢趴在桌上，再也控制不住的潰堤痛哭。

天空細雨隨風飛飄，輕得像是落下了霧。

在這片雨中，從學校練完球的余學翰，慢吞吞的一步步走到家門口。疲憊的他，連傘都不想撐，就這麼讓雨飄灑在身上。

從說要幫她搬家，通完了那通電話，從此他再也無法聯絡到秦海昀。

關於她的一切，就此無聲無息，傳再多通的訊息，撥再多次的電話，都傳不到對方那裡。

他站在鐵門前半晌，輕輕吐一口氣，懶懶抽出鑰匙要開門時，卻瞄見家裡的信箱有一封信，拿出一看，收件人是他的名字。

余學翰納悶盯著別緻的信封，小心撕開封口後，裡面沒有信，只有一張照片。

還是高中生的秦海昀，坐在玻璃窗內低頭念書的照片，被當年的賀閔傑拍下後，也成了專她的那段青澀歲月，唯一一張的紀念。

「我想看看姊姊十六歲時的樣子呢。」

當余學翰最後將照片翻到背面，上面有一行用黑筆寫上的文字：我永遠都會爲你加油。

隨著烏雲遠去，那些輕得像霧的雨，風一吹，很快就飄散無蹤。

濛濛冰冷一停息，原本灰茫茫的天空，似乎也漸漸變得明亮了。

28

「喂，賀閔傑！」

下午茶店裡，吳棠聖將書和報告重重放在桌上，就一屁股坐下，喘吁吁的質問：「我問你，你在做報告的引用資料的時候，是不是漏掉兩個部分？」

「兩個？有嗎？」

「啊就有哇，不然系主任把我叫過去幹麼？你又不是不知道那個老頭子龜毛得要死，少個頁碼就可以呱呱叫個沒完，你趕快找一下，把那些漏掉的資料補上去，我等一下回學校時再交！」

「那我還得再去圖書館借喔？超遠的耶，不要，我好懶。」賀閔傑無力的趴在桌上不動。

「去你的，我借來了啦，你趕快找一下哪裡漏了，這部分你搞的，你比較有印象，你弄一下，我立刻修改，然後再去印出來，快點快點快點！」

「好啦。」賀閔傑抓抓頭，無奈翻起眼前的幾本書跟報告。

之後的一陣沉默中，他專心比對報告裡所有引用資料的來源，盯著內容，他頭也不抬的問：「欸，系主任是不是有說過，一九九〇年以前的資料就不需要用了？」

發現對方沒回應，賀閔傑抬頭，看到他突然對著筆電螢幕定格不動，於是喊：「喂，吳棠聖，我在叫你啦！」

「噓！」他迅速將食指覆在脣上，眼神又往左邊飄。

賀閔傑納悶：「怎麼了？」

他似笑非笑，一臉有趣的說：「你聽一下我們後面那桌的對話。」

聞言，賀閔傑噤了聲，豎起耳朵安靜聽來自後桌一對男女的聲音。

「喂，郭庭，妳不要亂打人好不好？」

「還不是你在那邊扭扭捏捏的？裝什麼害臊？快點講話啊，是要結巴到什麼時候？看起來超窩囊的！」

「這個女生講話好嗆辣。」吳棠聖吃吃的笑。

賀閔傑不禁回頭偷瞄了一下，發現總共有三名高中生，但他沒看到正在講話的那兩人的臉，從這角度，只看得到坐在他們對面的一名馬尾女孩，始終沒有說話，只神情平靜的看著同學們。

「那你們慢慢聊，我先到外頭去打個電話，等等再進來，劉育森，你加油點啊！」郭庭一離開座位往店外走，經過賀閔傑那一桌時，吳棠聖眼睛一亮：「哇喔，這女生正耶！」

「好了啦，你不是說快點把東西弄一弄嗎？我已經找到一個了，補到原檔裡吧。」

「好好好，等等，我再聽一下……」吳棠聖顯然聽出了興趣，一會兒後，又笑起來，「欸，現在那兩個好像是第一次見面，講話超客套的，應該是剛剛那個正妹介紹他們認識的，對吧？」

「誰知道？」他聳肩，卻也不自覺跟著偷偷聽下去。

那個男孩以有些不穩的吶吶語氣說：「妳有沒有什麼興趣？」

馬尾女孩靜了幾秒，之後回：「看書。」

「是喔？那妳平常的休閒活動是什麼？」

「也是看書。」

「是喔……」

聽出男孩不曉得要再怎麼問的樣子，那種氣氛的尷尬，讓吳棠聖已經憋笑到趴在桌上不住的發抖，賀閔傑也不禁跟著偷笑，同時注意到，那馬尾女孩的聲音有些特別，清清淡淡的，沒什麼情緒起伏，有種不太像是她這年紀會有的沉穩。

後來，那個男孩還是順利跟馬尾女孩聊了一下，之後對她說：「我去一下廁所，妳有沒有想吃什麼蛋糕？等等我回來去櫃檯叫，請妳吃。」

「沒關係，不用了。」

「別客氣啦，不然我幫妳點巧克力的好了？OK嗎？」

沒聽到女孩回答，他們就見那男孩往洗手間走去，於是想對方應該是同意了。

就在這時，賀閔傑的手機響起音樂，他接起沒多久就掛斷說：「欸，阿聖，我家裡突然有事，先閃嘍！」

「蛤？要幹麼？」

「我大哥有事找我，先走一步了，東西我已經補好了，接下來就交給你啦，拜！」賀閔傑立刻拎起包包跟桌上相機跑出店裡，外頭的雨還在下，經過玻璃窗時，卻突然停住了腳步。

他不禁回頭瞧瞧坐在裡頭的那名馬尾女孩，兩個同學暫時離席後，她就趁空檔開始讀著桌上的書，握住筆的手也不時在書上謄寫著。

她專注清秀的面容，讓賀閔傑的目光停留了幾秒，最後忍不住慢慢拿起相機，將鏡頭對向玻璃窗裡的她，抓好角度後，迅速按下快門。拿下相機，對方依然專注在書中世界，就在那一刻，他忽然有點好奇這女孩笑起來會是什麼模樣。

腦海一閃過這種想法，他想了想，最後決定上前輕輕敲幾下窗，女孩一聽見，立刻抬起頭來，將視線轉向他。

賀閔傑在窗面上哈出一片霧氣，然後手指在裡頭畫出一張笑臉，然後再指指自己揚起的嘴角。

女孩怔怔然的看他。

見對方始終不爲所動，賀閔傑只好使出殺手鐧，他開始做起鬼臉，各式各樣的古怪表情，他全力使出來，當他最後做出一張奇醜無比的滑稽表情，女孩終於不小心噗嗤了一下，卻又馬上伸手掩住了唇。

看見女孩笑容的賀閔傑，也揚起了燦爛微笑，他朝她豎起兩根大姆指，就揮揮手和她道別。

賀閔傑離開後，女孩仍朝窗外看了一會兒，才將視線移回原處。

當她繼續讀起手邊的書，沒有多久，唇角再度慢慢漾起了笑。

全文完

晨羽小叮嚀：雖然這只是一個故事，但還是要告訴大家，無論發生什麼事，請別輕易放棄自己的生命，勇敢面對人生。

後記

完成這個故事時，是在五月中旬。

從開始動筆到結束，幾個月的時間，乍看不長，卻也不短，回顧的時候，覺得時光流逝的速度快得可怕，寫的過程卻又覺得度日如年。

從去年開始，我就一直想寫這個故事，無論這是不是一個悲劇，我就是想寫這個故事，完成之後，我開始思考起自己有否有將它寫好，卻又很快明白，從以前到現在，對於自己寫的故事，我從來就沒有過「滿意」或是「好」的念頭，也許是來自對自己無止盡的要求，也許是寫故事本來就沒有什麼所謂的「最好」，對讀者來說，精不精彩是首要條件，而我能做的就只有盡力將它寫完，寫完之後，我便無法再控制它，不管中途發生過什麼事，我都只能放下。

短短半年間，我的身邊發生許多事。在寫作上，我經歷了算是有史以來最嚴重的低潮，而在這段過程中，我依舊在寫《姊姊》，儘管內心對許多事都充滿了質疑，心灰意冷，會想暫時拋開一切，卻也很清楚唯有繼續寫下去，我才能走過這一段困境，就算結果什麼都不會改變，至少也學會如何去面對跟處理它，所以我知道自己無法停滯不前，必須硬著頭皮一直去衝撞，才有可能撞出更寬闊的路，這樣的心境轉變並不是第一次遇上，但像這樣血淋淋的震撼教育，卻是第一次。

而在現實生活中，我經歷了一場生離死別，即便是走到生命的最後一刻，對方所展現出的樂觀及豁達，至今仍深深烙印在我腦海裡，感受生命無常之際，加上內心正逢的關卡，都讓我在寫《姊姊》時一度覺得艱辛，難以下筆，像是在和自己打一場永遠沒有結果的仗，看不見終點在哪裡，慶幸的是，我終究是熬過去了。

寫完之後，覺得腦袋空蕩的同時，也感受到一個故事的力量，不管最後我寫出了什麼樣的故事，但藉由文字，我得到心靈上的抒發和慰藉，也讓我得以重新審視自己，學會用更多不同的角度看待一些事，並且寬容一些事，而這也是那個人所教會我的最後一課。

對於閱讀這個故事，並且看完這個故事的讀者朋友，我心存感激。

謝謝一直以來在網路上支持我的小平凡，因爲有你們的鼓勵和陪伴，我才能走到這裡。

謝謝尤莉和馥蔓的包容與耐心，讓我最終能順利完成這個故事。

謝謝我的家人，你們永遠是我背後最大的幸福與力量。

最後，謝謝玉成老師，很高興這輩子能當您的學生，願您在天國能夠繼續守護您所珍愛的一切。

願來生，還能再當一次您的學生。

這個故事，特別獻給您。

晨羽

城邦原創 長期徵稿

題材

(1) 愛情：校園愛情、都會愛情、古代言情等，非羅曼史，八萬字以上，需完結。
(2) 奇幻/玄幻：八萬字以上，單本或系列作皆可；若是系列作，請至少完稿一集以上，並附上分集大綱。

如何投稿

電子檔格式投稿（請盡量選擇此形式投稿）

(1) 請寄至客服信箱service@popo.tw，信件標題寫明：【投稿城邦原創實體書出版／作品名稱／真實姓名】（例：投稿城邦原創實體書出版／愛情這件事／徐大仁）
(2) 稿件存成word檔，其他格式（網址連結、PDF檔、txt檔、直接貼文於信件中等）恕不受理；並請使用正確全形標點符號。
(3) 請附上真實姓名、性別、聯絡電話、email、POPO原創網會員帳號、作者簡介與出版經歷。
(4) 請加入POPO原創市集(www.popo.tw/index)申請成為作家會員，並將投稿作品公開放上該網站至少4萬字，若想全文公開也可以。

紙本投稿

(1) 投稿地址：10483台北市民生東路二段149號6樓A室
城邦原創實體出版部收
(2) 請以A4紙列印稿件，不收手寫稿件。
(3) 請附上真實姓名、性別、聯絡電話、email、POPO原創網會員帳號、作者簡介與出版經歷。
(4) 請自行留存底稿，恕不退稿。
(5) 請加入POPO原創市集(www.popo.tw/index)申請成為作家會員，並將投稿作品公開放上該網站至少4萬字，若想全文公開也可以。

審稿與回覆

(1) 收到稿件後，約需2-3個月審稿時間，請耐心等候通知。若通過審稿，編輯部將以email回覆並洽談合作事宜，如未過稿，恕不另行通知。
(2) 由於來稿眾多，若投稿未過，請恕無法一一說明原因或給予寫作建議。
(3) 若欲詢問審稿進度，請來信至投稿信箱，請勿透過電話、部落格、粉絲團詢問。

其他注意事項

(1) 請勿抄襲他人作品。
(2) 請確認投稿作品的實體與電子版權都在您的手上。
(3) 如果您的作品在敝公司的徵稿類型之外，仍然可以投稿，只是過稿機率相對較低。

國家圖書館出版品預行編目資料

姊姊／晨羽著. -- 初版. -- 臺北市；城邦原創,
2014.06
面； 公分. --（戀小說；22）

ISBN 978-986-90505-3-1（平裝）

857.7 103008752

姊姊

作 者／晨羽
企 畫 選 書／楊馥蔓、簡尤莉
責 任 編 輯／簡尤莉

行 銷 業 務／林政杰
總 編 輯／楊馥蔓
總 監／伍文翠
總 經 理／黃淑貞
發 行 人／何飛鵬
法 律 顧 問／台英國際商務法律事務所 羅明通律師
出 版／城邦原創股份有限公司
台北市中山區民生東路二段 149 號 6 樓 A 室
電話：(02) 2509-5506 傳眞：(02) 2500-1933
E-mail：service@popo.tw
發 行／英屬蓋曼群島商家庭傳媒股份有限公司城邦分公司
聯絡地址：台北市中山區民生東路二段 141 號 11 樓
書虫客服服務專線：(02) 25007718．(02) 25007719
24小時傳眞服務：(02) 25001990．(02) 25001991
服務時間：週一至週五09:30-12:00．13:30-17:00
郵撥帳號：19863813 戶名：書虫股份有限公司
讀者服務信箱 email：service@readingclub.com.tw
城邦讀書花園網址：www.cite.com.tw
香港發行所／城邦（香港）出版集團有限公司
地址：香港九龍九龍城土瓜灣道86號順聯工業大廈6樓A室
email：hkcite@biznetvigator.com
電話：(852)25086231 傳眞：(852) 25789337
馬新發行所／城邦（馬新）出版集團 Cité(M)Sdn. Bhd.
41, Jalan Radin Anum, Bandar Baru Sri Petaling,
57000 Kuala Lumpur, Malaysia.
電話：(603) 90563833 傳眞：(603) 90576622
email:services@cite.my

封 面 設 計／黃聖文
電 腦 排 版／浩瀚電腦排版股份有限公司
印 刷／城邦印書館股份有限公司
經 銷 商／高見文化行銷股份有限公司
客服專線：0800-055-365 傳眞：(02)2668-9790

■ 2014 年6月初版
■ 2024 年2月初版20.1刷
Printed in Taiwan

定價／240元

城邦讀書花園
www.cite.com.tw

ISBN 978-986-90505-3-1

廣　告　回　函
北區郵政管理登記證
台北廣字第000791號
郵資已付，免貼郵票

104台北市民生東路二段 141 號 2 樓

英屬蓋曼群島商家庭傳媒股份有限公司

城邦分公司

請沿虛線對摺，謝謝！

填完本回函後請撕下對折，並在下方張貼膠帶或膠水，不必用釘書機或貼郵票，直接投入郵筒即可，感謝！

自由創作，追逐夢想，實現寫作所有可能

城邦原創：http://www.popo.tw

POPO原創FB分享團：https://www.facebook.com/wwwpopotw

書號：3PL022　**書名**：姊姊　**作者**：晨羽

請於此處用膠水黏貼

讀者回函卡

謝謝您購買我們出版的書籍！
請費心填寫此回函卡，我們將不定期寄上城邦集團最新的出版訊息。

姓名：＿＿＿＿＿＿　性別：□男　□女　聯絡電話：＿＿＿＿＿＿

生日：西元＿＿＿年＿＿＿月＿＿＿日　傳真：＿＿＿＿＿＿

地址：＿＿＿＿＿＿

E-mail：＿＿＿＿＿＿

學歷：□小學　□國中　□高中　□大學　□碩士　□博士

職業：□學生　□上班族　□服務業　□自由業　□退休　□其它＿＿＿

年齡：□12歲以下　□12～18歲　□18歲～25歲　□25歲～35歲
□35歲～45歲　□45歲～55歲　□55歲以上

您從何種方式得知本書消息：□POPO網　□書店　□網路　□報章媒體
□廣播電視　□親友推薦　□其它＿＿＿

您喜歡本書的什麼地方：□封面　□整體設計　□作者　□內容
□宣傳文案　□贈品　□其它＿＿＿

您常透過哪些管道購書：□書店　□網路　□便利商店　□量販店
□劃撥郵購　□其它＿＿＿

一個月花費多少錢購書：□1000元以下　□1000～1500元　□1500元以上

一個月平均看多少小說：□三本以下　□三～五本　□五本以上＿＿＿本

最喜歡哪位作家：＿＿＿＿＿＿

喜歡的作品類型：□校園純愛小說　□都會愛情小說　□奇幻冒險小說
□恐怖驚悚小說　□懸疑小說　□大陸原創小說
□圖文書　□生活風格　□休閒旅遊　□其它＿＿＿

每天上網閱讀小說的時間：□無　□一小時內　□一～三小時
□三小時～五小時　□五小時以上

對我們的建議：＿＿＿＿＿＿

【為提供訂購、行銷、客戶管理或其他合於營業登記項目或章程所定業務之目的，家庭傳媒集團（即英屬蓋曼群島商家庭傳媒（股）公司城邦分公司、城邦文化事業（股）公司、城邦原創（股）公司），於本集團之營運期間及地區內，將以電郵、傳真、電話、簡訊、郵寄或其他公告方式利用您提供之資料（資料類別：C001、C002、C003、C011等）。利用對象除本集團外，亦可能包括相關服務的協力機構。如您有依個資法第三條或其他需服務之處，得致電本公司客服中心電話 02-25007718；25007719 請求協助。相關資料如為非必要項目，不提供亦不影響您的權益。】

請於此處用膠水黏貼